Slow reading

慢读译丛 | 谢大光 主编

法国经典作家专栏荟萃

事物及其他

〔法〕莫泊桑 著

巫春峰 译

南方出版传媒

花城出版社

中国·广州

图书在版编目（ＣＩＰ）数据

事物及其他 / （法）莫泊桑著 ；巫春峰译. -- 广州：
花城出版社，2018.9
（慢读译丛 / 谢大光主编）
ISBN 978-7-5360-8642-5

Ⅰ．①事… Ⅱ．①莫… ②巫… Ⅲ．①随笔－作品集
－法国－近代 Ⅳ．①I565.64

中国版本图书馆CIP数据核字(2018)第164092号

出 版 人：詹秀敏
责任编辑：余红梅
技术编辑：凌春梅
内文插图：范凌霞
装帧设计：林露茜

书　　名 事物及其他
　　　　 SHIWU JI QITA
出版发行 花城出版社
　　　　 （广州市环市东路水荫路 11 号）
经　　销 全国新华书店
印　　刷 恒美印务（广州）有限公司
　　　　 （广州南沙经济技术开发区环市大道南路 334 号）
开　　本 880 毫米×1230 毫米　32 开
印　　张 10　2 插页
字　　数 230,000 字
版　　次 2018 年 9 月第 1 版　2018 年 9 月第 1 次印刷
定　　价 52.00 元

如发现印装质量问题，请直接与印刷厂联系调换。
购书热线：020 - 37604658　37602954
花城出版社网站：http://www.fcph.com.cn

"慢读译丛"总序

谢大光

　　阅读原本是一个人自己的事，与看电影或是欣赏音乐相比，当然自由许多，也自在许多。阅读速度完全可以因人而异，自己选择，并不存在快与慢的问题。才能超常者尽可一目十行，自认愚钝者也不妨十目一行，反正书在自己手中，不会影响他人。然而，今日社会宛如一个大赛场，孩子一出生就被安在了跑道上，孰快孰慢，决定着一生的命运，由不得你自己选择。读书一旦纳入人生竞赛的项目，阅读速度问题就凸显出来了。望子成龙的家长们，期盼甚至逼迫孩子早读、快读、多读，学校和社会也在推波助澜，渲染着强化着竞赛的紧张气氛。这是只有一个目标的竞赛，千军万马过独木桥，无怪乎孩子们要掐着秒表阅读，看一分钟到底能读多少单词。有需求就有市场。走进书店，那些铺天盖地的辅导读物、励志读物、理财读物，无不在争着教人如何速成，如何快捷地取得成功。物质主义时代，读书从一开始就直接地和物质利益挂起钩，越来越成为一种功利化行为。阅读只是知识的填充，只是应付各种人生考试的手段。我们淡漠了甚至忘记了还有另一种阅读，对于今天的我们也许是更为重要的阅读——诉诸心灵的惬意的阅读。

这是我们曾经有过的：清风朗月，一卷在手，心与书从容相对熔融一体，今夕何夕，宠辱皆忘；或是夜深人静，书在枕旁，情感随书中人物的命运起伏，喜怒笑哭，无法自已。这样的阅读会使世界在眼前开阔起来，未来有了无限的可能性，使你更加热爱生活；这样的阅读会在心田种下爱与善的种子，使你懂得如何与他人与自然和谐相处，在纷繁喧嚣的世界中站立起来；这样的阅读能使人找到自己，无论身处顺境还是逆境，抑或面对种种诱惑，也不忘记自己是谁。这样的阅读是快乐的。"好读书，不求甚解。每有会意，便欣然忘食"，我们在引用陶渊明这段自述时，常常忘记了前面还有"闲静少言，不慕名利"八个字。阅读状态和生活态度是紧密相关的。你想从生活中得到什么，就会有怎样的阅读。我们不是生活在梦幻中，谁也不可能完全离开基本的生存需求去读书，那些能够把谋生的职业与个人兴趣合而为一的人，是上天赐福的幸运儿，然而，不要仅仅为了生存去读书吧。即使是从功利的角度出发，目标单一具体的阅读，就像到超市去买预想的商品，进去就拿，拿到就走，快则快矣，少了许多趣味，所得也就有限。有一种教育叫熏陶，有一种成长叫积淀，有一种阅读叫品味。世界如此广阔，生活如此丰富，值得我们细细翻阅，一个劲儿地快马加鞭日夜兼程，岂不是辜负了身边的无限风光。总要有流连忘返含英咀华的兴致，总要有下马看花闲庭信步的自信，有快就要有慢，快是为了慢，慢慢走，慢慢看，慢慢读，可以从生活中文字中发现更多意想不到的意味和乐趣，既享受了生活，又有助于成长。慢也是为了快，速度可以置换成质量，质量就是机遇。君不见森林中的树木，生长缓慢的更结实，更有机会成为栋梁之材。十年树木，百年树人，心灵的成长需要耐心。

　　在人类历史上，对于关乎心灵的事，从来都是有耐心的。法国的巴黎圣母院，从1163年开始修建至1345年建成，历时180多年；意大利的米兰大教堂，从1386年至1897年，建造了整整五个世纪，而教堂的最后一座铜门直至1965年才被装好；创纪录的是德国科隆大教堂，从1248年至1880年，完全建成竟然耗时632年。如果说，最早的倡议者还存有些许功名之心，经过600多年的岁月淘洗，留下的大约只是虔诚的信仰。在中国，这样安放心灵的建筑也能拉出长长的一串名单：新疆克孜尔千佛洞，从东汉至唐，共开凿600多年；敦煌莫高窟，从前秦建元二年（366）开凿第一个洞窟，一直延续到元代，前后历时千年；洛阳龙门石窟，从北魏太和年间（477—499）到北宋，开凿400多年；天水麦积山石窟，始凿于后秦，历经北魏、北周、隋、唐、五代、宋、元、明、清，各朝陆续营造，前后长达1400多年……同样具有耐心的，还有以文字建造心灵殿堂的作家、学者。"不应该把知识贴在心灵表面，应该注入心灵里面；不应该拿它来喷洒，应该拿它来浸染。要是学习不能改变心灵，使之趋向完美，最好还是就此作罢。""一个人不学善良做人的知识，其他一切知识对他都是有害的。"以上的话出自法国作家蒙田（1533—1592）。蒙田在他的后半生把自己作为思想的对象物，通过对自己的观察和问讯探究与之相联系的外部世界，花费整整30年时间，完成传世之作《随笔集》，其影响一直延续至今；另一位法国作家拉布吕耶尔（1645—1696），一生在写只有10万字的《品格论》，1688年首版后，每一年都在重版，每版都有新条目增加，他不撒谎，一个字有一个字的分量，直指世道人心，被尊为历史的见证；晚年的列夫·托尔斯泰，已经著作等身，还在苦苦追索人生的意义，一部拷问灵魂的小说《复活》整整写了10年；我们的曹雪芹，穷其一生只留下未完成的《红楼梦》，一代又一代读者受惠于他的心灵泽被，对他这个人却知之甚少，甚至不能确知他的生卒年月。

　　这些就是人类心灵史上的顿号。我们可以说时代不同了，如今是消费物质时代、信息泛滥时代，变化是如此之快，信息是如此之多，竞争又是如此激烈，稍有怠慢，就会落伍，就会和财富和机会失之交臂，哪里有时间有耐心去关注心灵？然而，物质越是丰富，技术越是先进，越需要强大的精神力量去制衡去掌控，否则世界会失衡，带来灾难性的后果。对于个人来说，善良、真诚、理想、友爱、审美，这些关乎心灵的事，永远不会过时，永远值得投入耐心。千里之行，始于足下，就让我们从读好一本书开始。不必刻意追求速度的快慢，你只要少一些攀比追风的功利之心，多一些平常心，保持自然放松的心态，正像美好的风景让人放慢脚步，动听的音乐会令人驻足，遇到好书自然会使阅读放慢速度，细细欣赏，读完之后还会留下长长的记忆和回味。书和人的关系与人和人的关系有相通之处，物以类聚，人以群分，书人之间也讲究因缘聚会同气相求。敬重书的品质，养成慢读的习惯，好书自然会向你聚拢而来，这将使你一生受用无穷。

正是基于以上考量，我们编辑了这一套"慢读译丛"，尝试着给期待慢读的读者提供一种选择。相信流连其中的人不会失望。

2011年7月10日 于津门

谢大光：百花文艺出版社原副总编辑，有20多年外国散文编辑经验，先后编辑出版"外国名家散文丛书""世界散文名著丛书""世界经典散文新编"等120余种散文书籍；主编《百年外国散文精华》《日本散文经典》《法国散文经典》《俄罗斯散文经典》《拉美散文经典》等。

莫泊桑

目录 *contents*

1

世俗琐记

政治生活

旅游

前言

〔法〕让·巴尔萨莫

　　《事物及其他》收录了莫泊桑从1881到1891十年间在巴黎各大报纸上发表的专栏文章。可以毫不夸张地说，没有报刊业，就没有被冠以短篇小说之王的莫泊桑。除小说之外，他的大部分作品都刊登在日报上，他也因此名利双收。19世纪80年代的专栏写作在当时可谓风靡一时，众多名作家都纷纷加入此行列。就莫泊桑个人而言，他对专栏文章这种题材以及它的必要性不抱有任何幻想，不是因为他对自己和他人写的东西不屑一顾，而是这种当时盛行一时的未定型体裁很少得到社会承认。莫泊桑的朋友于勒·勒迈特曾经就毫不客气地说道："在报纸上撰写专栏是世上最无意义的事，简直是在浪费一个人的大好时光。"尽管言辞犀利，但是身为专栏专家的他还是坚持认为一篇优秀的专栏评论丝毫不逊色于一部耐读的小说。当时颇为高傲的莫泊桑为何会接受在文学界看来低下、繁重、毫无意义的活呢？更何况专栏文章与他孜孜以求的伟大作品以及崇高的艺术相去甚远。事实上，金钱在其中扮演了一个重要的角色。1880年，一位《费加罗报》的知名专栏作家一年能挣六万法郎。这笔可观的收入对于仅仅30岁初出茅庐的新手作家莫泊桑来说简直是天文数字。而福楼拜所起的作用也完全不能忽视。尽管福楼拜极其憎恨报刊业，但是他清醒地意识到报纸在他那个时代对从事文学创作的人来说是必不可少的一步：文学专栏作家的地位一旦得到广泛认可，那必然会树立威信，声名鹊起；撰写专栏文章能够让新手作家练练笔，致力于命题文章的写作，在坚持不懈的写作中锤炼写作技巧。再者，1882年的报刊业方兴未艾，吸引着所有巴黎人的眼球。在他们看来，报刊业是文学活动的集结地，一个充满能量、新意迭出、文采斐然的世界，所有的关系，所有的相遇，所有的名气都在那里实现。这一切莫泊桑都在从事专栏写作后实现了，他成名后迅速结识了当时巴黎文学界有头有脸的大人物。年长他10岁的左拉是他心中崇拜的偶像。左拉完美地将文学与报刊进行无缝连接，抹去了小说和新闻业之间明显的差别。

但是报刊业也同样有自己的要求。1876年，无人知晓的莫泊桑首次在《国家报》上发表了两篇文章，具有一定的学术价值，只可惜学究气太重，趣味性尚缺，没有获得预期的成功。失落的莫泊桑想要放弃这个"肮脏的活"。然而事实是，直到1878年，他都在想方设法离开海军部小职员的岗位，为的是加入光彩夺目的报刊业。同年，身无分文的他向福楼拜求助，想借老师的威名结识《高卢人报》的主编达尔贝先生，结果却劳而无功。具有讽刺意味的是，福楼拜的仙逝却阴差阳错地帮助了他。在《梅塘夜会集》中，他出版了极具福楼拜风格的《羊脂球》。他也因此一举成名，开始了文学生涯。1881年5月31日，《高卢人报》的新任主编阿尔蒂尔·梅耶尔力邀莫泊桑为其专栏写作，并签订了正式的协议，每月供稿4篇，酬劳500法郎。他为报刊写的第一篇专栏评论是用来介绍《夜会集》的，文笔优雅，清新洒脱。其后的作品介于散文和中篇小说之间，比如《巴黎一个小资的星期天》。开启莫泊桑专栏作家生涯的《高卢人报》是当时最早创建的报刊之一，可以毫不夸张地说是最为耀眼的一颗明珠。

莫泊桑与《高卢人报》的合作一直延续至1884年。他没能完全履行他在1881年许下的诺言，也没能保持每周一次社评的节奏，但是他为《高卢人报》留下了90部短篇小说和127篇专栏文章，其内容五花八门，涉及社会的方方面面，比如言辞激烈的政治专栏，殖民地见闻，文学批评，对法国思想以及谈话艺术的思考。此外，他还在阿尔及利亚旅居过很长一段时间，时常向报刊邮寄他的游记和对殖民主义的见解。

莫泊桑没有在《高卢人报》终老一生，他还与多家报刊合作，这同时也使得他其他方面的才华得以施展。自1881年10月开始，他就收到《吉尔·布拉斯》主编的邀请，并为其撰写了《女人》一文。他们的合作在1887年戛然而止，期间共产生了75篇专栏文章和160部短篇小说。《吉尔·布拉斯》的风格与前一份报纸截然不同，它保持中立的政治立场，更倾向于享乐主义和社会杂谈，时见色情下流的段子。莫泊桑时而撰写一些人文风情为主题的社评或者一些风流韵事，如《伊斯基亚》，时而关注谈话的艺术，批评当代的作家，其分析透彻，视角新颖，笔触细腻。

1884年以后，他的报刊写作明显放慢了脚步，因为他认为见习期已过。他开始云游四海，将大量时间都献给了《漂亮朋友》。随着作品的发表，巴黎最负盛名的《费加罗报》终于向他抛来了橄榄枝。起初，他们的合作并不顺利，与专栏作家沃尔夫的唇枪舌剑使他一度萌生退意，但最终两人握手言和。可好景不长，莫泊桑在出版了14篇专栏文章和12部短篇小说之后，又与《费加罗报》产生矛盾，甚至还将其告上法庭，指责它随意篡改文章。1886年的莫泊桑接受《十九世纪报》的邀请，专门发表有关油画展的文章。之后，他逐渐淡出报刊业，直到1889年，他才重拾旧业，在《巴黎社会新闻报》上陆陆续续发表了数十篇文章。1891年4月13日，身患重病的莫泊桑在写完《阿拉伯节日》一文之后彻底告别了令他疲惫不堪的报刊业。

长时间游弋于小说和报刊业的莫泊桑其实在心底是不愿成为一个研究时事的记者的，更不愿当一位报道新闻的通讯员。左拉一直迷恋于新闻报道所展现出的新颖叙事技巧，而莫泊桑则不同，他还沉醉于文学的那个古老世界，他将文学凌驾于报刊之上，他所憧憬的正是一个被文学化了的报刊业。

可是这一切都只是理想，他在现实里仍是一个地地道道的"新闻工作者"。政治，旅游，艺术，戏剧，女人，只要这些主题是鲜活的、当下的、及时的，必然会受到读者的青睐，当然作家的技巧也是不可或缺的。文学创作和学术论文往往要求逻辑清晰，层次分明，每个用词都得斟酌一番。但专栏写作恰恰相反，趣味性和自发性是它的制胜法宝，既不拘一格，又不落俗套，在供读者消遣的同时发人深省，因为它经常触及事物的表面，刚往纵深发展的时候，文章就已经结束了，令人回味无穷。莫泊桑将其称为"文学的粉尘"，因为它取材广泛，用词灵活，驳杂多端，体裁不一。

"文学的粉尘"终究还是文学。莫泊桑的专栏写作充满了奇思异想，融现实与想象于一体，将小说技巧运用得淋漓尽致，比如一些游记；同时又不失新闻体的真实和严肃，社评类的文章是这方面的典范。其实在小说中，莫泊桑对想象一直持批判态度，因为它使事物失真，但是在专栏中他却视若珍宝。报刊中想象的运用当然异于小说，它更加委婉，不那么炫目，经常为身为观察者的专栏作家服务，其目的不是像在小说中改变现实的面貌，而是为读者展现一幅更逼真的图景，赋予一个更具诗意的意义。即使在一些最客观、最接近报道的专栏中也不乏想象，它们两者之间的碰撞带来令人意想不到的魅力。将这些文章比作蒙田的"散文"似乎也不为过，很多当时著名的专栏作家都把蒙田视为专栏写作的鼻祖。莫泊桑也欣然接受这种"亲子关系"，他认为他和蒙田的相似之处不在于内容驳杂，而在于评论新闻时对"暗示"的使用，这种技巧强调秘而不宣，点到为止，激发读者兴趣，留给读者无限的遐想空间。他在"文学专栏"中对这种技巧的使用达到了炉火纯青的地步。

在这部著作中，莫泊桑对当时的法国社会持悲观态度，这主要源于叔本华哲学思想对他的影响。我们看到很多文章都是对当时社会的一种揭露和批判，涉及爱情、财富、权利、艺术等诸多方面。他从不同角度毫不留情地撕开社会的面纱，让真实袒露在世人面前。对政治的批判也穿插于他的文章中，但是他从不表态，对政治斗争漠不关心。他不是保守派，既不想看见国家陷于战争的泥沼，也不鼓吹重返君主旧制。在他眼里，整个法国正在衰落，一步一步走向死亡。所以，文章中充斥着讽刺也就不足为怪。这部作品中使用的修辞格主要是讽刺和矛盾，讽刺的对象不是某个可笑的个人，而是"秋千"，亦即人们口中不断念叨的错误观点和陈词滥调。整个社会的价值观和人文观都是腐烂的、荒谬的、令人痛心的。在很多专栏文章中，我们都会看到莫泊桑猛烈抨击世俗的可憎之处，人人都以金钱为准，谈话毫无艺术感，除了无稽之谈、风花雪月之外，思想匮乏，鲜有妙语。他心目中理想的对话应该是不以说话者为主，他不应沾沾自喜于自己的"英雄事迹"，甚至于他的形象是缺失的，因为没有高贵的主体，只有崇高的事物，讲话者要隐其身，让所谈事物闪耀光芒。理想的对话也应该是朴实无华的，当它洗尽铅华呈素姿之时，如一把利剑直击读者心灵，使得读者灵魂震颤的同时幡然领悟事物的真善美。这种对话或许就是莫泊桑专栏写作所模仿的典范，因为它的聚焦点永远是事物本身，就像这本书题目的第一个词"choses"那样。

（本文作者为法国上萨瓦大学文学教授）

文学专栏

〔文学随笔〕

专栏作家[1]

专栏作家和小说家的激烈交锋正在如火如荼地进行中。专栏作家指责小说家撰写的专栏作品平淡无奇，而小说家则以同样的理由反唇相讥。

他们都或多或少有点道理。

但是钢琴家指责笛子演奏家指法不娴熟，笛子演奏家责怪钢琴家的中气不足，这还是令人惊讶不已的。他们皆是音乐家，然器材有别。专栏作家和小说家亦是如此，两者皆为文人墨客，性格迥异，我甚至认为互相对立。

小说家需要洞察力，一般性观点，以及对人细致入微、深入的观察，尤其是事件的连贯、思想的起承转合方面所表现出的严格逻辑性，这也是一本书的创作赖以生存之处。

专栏作家的观察力聚焦的是事而不是人，前者是报纸的灵

〔1〕该文于1884年11月11日刊登在《吉尔·布拉斯》。——原注

魂，而且更准确地说是对事件的评论而不是观察。此外，专栏作家需要的更多是神来之笔而不是深度，更多的立体感而不是流于表面的描写，更多的戏谑而不是一般性观点。

小说家的主要优点在于文学作品的气度和风度，有条不紊的叙事艺术，起承转合和场景布置的技巧，特别是营造笼罩小说人物气氛的那门艰深而又讲究的学问。但是这些优点一旦用在专栏写作中将变得一无是处，甚至是有害的，因为专栏作品应该短小精悍、信马由缰，思想和事件的跳跃没有任何过渡，没有文学家煞费苦心、细致入微的酝酿工作。

我刚才讲的是一本书所渲染的气氛，这正是重点所在。

正是先前存在的一方水土决定了种族、生理结构、器官以及出生和繁衍在地球上的那些人的所有生活方式，他们因大陆的不同而受到各种各样地形、环境、气候的影响。

人物和事件的鲜活、逼真以及合情合理全都仰仗一本书的气氛。生活中发生的一切都可以成为小说的素材，但是作家要想让精心准备的环境和与之匹配的事件毫无斧凿之痕，必须谨小慎微，富有才华。

因此，小说家的主要优点与报刊业是格格不入的，毫无专栏写作的轻盈与流畅。而专栏作家的主要优点，如风趣、轻浮、活力、俏皮，赋予小说一种轻率、缺乏条理、流于表面的感觉。

如果我们进一步分析的话，还会发现专栏作家取悦读者的原因是他在讲述事物的时候融入了自己的奇思妙想，自己的风度韵致，总是以同样的方法来评价事物，运用同样的思想和表达方式，而读者对此已习以为常。

相反，小说家在标新立异的同时还要表现出他所刻画人物的各式各样性格特征。他应该评价的时候兼顾形形色色的观点，用他们的眼睛来看待生活，展示出这些思想迥异的人对事和物的不同看法，他们因秉性和成长环境的不同而不同。

因此，两种才华兼具的人未曾有之。

真正的专栏作家和真正的小说家都是凤毛麟角，又有几人能受得了这每日每夜伏案写作的辛劳，又有几人每天都文思如泉涌，又有几人每天都能抓住读者的眼球？

小说家却能无视读者的不满，甚至不屑一顾，等待着后人对他的评判。他根据自己制定的准则、自己的信仰以及自己的性情来继续从事小说的写作。

相反，专栏作家的兴衰仰仗于大众读者一时的喜爱。他需要不断地成为读者的宠儿，竭尽全力地吸引或者说服他们。为了打好这场持久战，他需要不可思议的精力，不知疲倦的韧劲，取之不尽用之不竭的才智和灵感。一贯以来，小说家对新闻界的同僚都持鄙视态度，但这丝毫不会影响一位著名报刊的社长寻觅优秀专栏作家的难度，出版商留下一位优秀小说家亦是如此。

我想简单地描绘一下巴黎几位主要的专栏作家，几个大师，以及那些通过孜孜不倦的努力和经久不衰的知名度证明其才华经得起考验的人。我先将青年才俊搁置一边，他们要么过于年轻，要么还未名声大噪；接着我特别选择了每一类中具有代表性的人物。

我们绝无为他们排名的想法，更何况专栏作家对此很敏感。昔日的诗人被冠以"易怒天才"[1]的称号。今天我们亦可以如此称呼这些专栏作家。小说家对他人的评判有多冷漠或者装作冷漠，专栏作家就有多激动和急躁。与他们打交道之时必须谨小慎微，还要裹上糖衣。

我想谈论的这些人值得我们的尊重。

我们且从字母表中的第六个字母F开始吧。

亨利·弗吉尔先生[2]

高大帅气，满脸胡须，胡须泛着金黄色，散着阵阵香气。面容清秀，镇定自若。他少言寡语，不太爱动。他的才华和他的形象是吻合的。

他是一位睿智而又辛辣的专栏作家，善于绵里藏针式的讽刺。他是一位细致入微、用词考究的作家，热爱自己的语言，对其了如指掌，在使用时再三推敲，才思敏捷，恶语伤人的话总是藏而不露。而斯科尔[3]大张旗鼓地抨击，像一把阵阵劈

---

[1]拉丁诗人贺拉斯的一段诗文，选自《诗体书简》中的"我能忍受一切，为了与受神灵启示的易怒天才相安无事地生活在一起"。莫泊桑多次使用具有讽刺意味近乎成语的这种说法，请参见《对〈漂亮朋友〉的批评的回复》一文。——原注

[2]亨利·弗吉尔（1838-1901），《吉尔·布拉斯》的专栏作家，笔名为"内斯托尔"和"哥伦拜恩"。他于1884年11月12日在《吉尔·布拉斯》刊登《专栏作家和小说家》一文，回应莫泊桑。——原注

[3]见P10的斯科尔原注。——译注

来的利剑，弗吉尔则截然不同，他暗箭伤人，不露锋芒，好似长在胡须里的鱼钩。

尽管他论述的是时下热门话题，但是却不是一位纯粹的我们称之为新闻类的专栏作家，因为他在其选择的主题中尤其想表达的是他从中得到的寓意，不是插科打诨那种，而是富有哲理的寓意。

事实上，亨利·弗吉尔是一位哲学家，一位今日已经绝迹的十八世纪哲学家。心善，乐观，比较随遇而安，对他人、事物和世界都感到满足，他强烈反对那些绝望者、悲观主义者，心思缜密、悲天悯人的叔本华门徒[1]。他热爱生活，言行一致，他的作品和他本人都散发出这种满足感的气息。他的雅致和修养耽于美妙的幻想中，这是世纪末的人们所共有的，梦想的或者现实的爱情能够抚慰这一切。他好像透过一层透明的薄纱去观望人生，以及世上所有悲伤、令人扼腕、可怕的事情。这层薄纱上可能会勾勒出女人的形象和面孔，她们笑脸盈盈，搔首弄姿，将身材的曼妙、微笑的魅力、眼睛的迷人、嘴唇的诱惑表露无遗。

然而，他继承了前人的高雅精神却没有沾染他们的怀疑主义。他从时事中得到的教训时常带有某种诚实的印记，我对此

---

[1] 莫泊桑对德国哲学家叔本华的作品了如指掌，尤其是《人生的智慧》和《思想集》。1877年至1880年期间，法国有了译本，也有相关学者研究。他最感兴趣的就是悲观主义，被它深深影响之后写了一部短篇小说《在一个死者身边》。此书于1883年1月30日开始在《吉尔·布拉斯》连载，莫泊桑时常在其专栏作品中提及。——原注

深表遗憾，但是很合大众口味。

总而言之，他是当今报刊业最引人注目和最受欢迎的作家之一，也是让报刊业备受尊重且发光发亮的几个人之一。

亨利·罗什福尔先生[1]

谁不认识这位风趣的小丑？他好动，有点神经质，头上挂着一缕白色的头发，鼻梁骨断了，眼露忧色，声音沙哑。这位令人抓狂的人，这位反叛者，这位破坏大王在他的行为举止中散发出一种如此直率和真诚的魅力，以至于他怒不可遏的对手们都喜欢他，还很高兴地向他伸出双手。亨利·罗什福尔是位杰出并且值得信赖的同僚，这位民主党人士是个出色的小件古玩行家，精通古画和各色各样的旧货，是对一切事物都充满激情的爱好者。

他在击倒敌人时，既不用亮剑也不用刀光剑影，而只用腿钩绊灵巧一击足矣。对人、法语、语法、理性他都"下绊子"，就这样轮了一圈，被绊倒的对手再也不会爬起来了。

他的思想出人意料，拥有爆竹般的爆破力。法兰西的祖先所传承下来的细腻和尖酸，他丝毫都没有吸取。

这位优雅迷人的男人带着小丑的面具，发明了一种奇怪滑

〔1〕亨利·罗什福尔（1831-1913），记者，《不屈者》创始人，是一位言辞辛辣、擅长抨击文章的专栏作家。巴黎公社后被流放，于1880年返法。——原注

稿的语言。他让词语跳跃、使其脱节并带有一股出人意料的装腔作势。这一切使我们忍俊不禁，捧腹大笑，让我们忆起马戏团里真正的小丑名副其实的滑稽表演。通过不可思议的音节对比、令人诧异的无稽之谈，他唤醒了一些稀奇古怪、出人意料的思想。从他的思想、口中、笔下不断涌现出意想不到、充满喜感的字句，还有在强烈诙谐感外衣包裹下的令人哄堂大笑的真知灼见。

从心思最细腻的女人到目不识丁的小混混，没有人不被这股来自巴黎永不枯竭的勃勃生机给逗乐的。只要人们去呼吸一下这股气息就会感到被一个不可名状的东西给塞满了，就像巴黎的灵魂。

在字母R之后，我们来看下一个字母S。

奥雷利恩·斯科尔先生 [1]

斯科尔留给世界的词语多如繁星。现在的专栏作家在这个思想宝库里汲取养料，而未来的专栏作家亦会如此。

他的表达直截了当，像一颗子弹那样准确无误地直击人的心灵，他的文风继承并革新了十六世纪的优良传统，他凭借一己之力使自己的风格成为十九世纪的经典。

[1] 奥雷利恩·斯科尔（1833-1902），《伏尔泰》的主编，《费加罗报》的专栏作家，有着出色的讽刺文笔。他于1884年出版了《一个巴黎人的回忆录》。——原注

在品味奥雷利恩·斯科尔的专栏美文时，我们好像体味到了一种自然流露的法式风趣的精髓。从真正意义上来说，他是一位才华横溢、异想天开、诙谐幽默的专栏作家。

他是个美男子，高个子，风度翩翩，头脑灵活，还爱吹牛，才华横溢，爱吵架。

很不幸的是他有很多弟子但是无人接过他的衣钵。他们学到了他的风格但是却没领悟他的思想。在字母表的倒数第四个字母我们找到了——

阿尔贝·沃尔夫先生[1]

与前面三位不同的是，这位先生有着猎犬般无懈可击的嗅觉，他能发现最能引起公众兴趣，最能感动、燃起公众激情的当日时事、巴黎时事、一切时事，公众也就成了他的观众。他不仅发现，而且挖掘、评论、加以发挥，每一步都做得恰如其分。当日事当日毕，为的是迎合所有人的期待。刚才我提到了一本书中要制造出笼罩人物的气氛。是啊！奥雷利恩·斯科尔先生沉浸在那一时刻的气氛中，以至于他好像时常在书写所有他的读者正在思考和已经思考的内容，因为他以他一贯尖酸辛辣、幽默诙谐的笔触为他们的观点做了总结，总是那么入木三

[1] 阿尔贝·沃尔夫（1835-1891），德国籍，《费加罗报》的专栏作家。——原注

分、文采飞扬。

他忠实的读者在读他时隐隐约约会感到一种情感，好像一个刚踏入饭店的人，马上呈上一份他那天唯一想吃的美食，而他自己可能还未曾料到。

此外，沃尔夫先生正在做一项所有真正的巴黎专栏作家应该做的事情，那就是写自己的回忆录，因为他们长期经历了这种动荡不安、收集情报、稀奇古怪的记者生活。

第一卷记录了最有趣的旅游见闻，第二卷《巴黎的泡沫》是一个饶有趣味、震撼人心、视角新颖的研究，它揭露了这个著名的《首都之首都》背后不可告人的秘密。《邪恶的流氓》《著名的苦工》《怪兽》《血腥的通奸》《犯罪和疯狂》，这些书思想深邃，精彩非凡，让人爱不释手。

我本来很想谈一下雷欧·夏普路先生[1]，他刚去世不久，他为当代专栏业带来了一股新风，其特征是警示性与辛辣性兼备。另外他还是当今报刊业最直率的人之一，这种直率甚至显得很生硬，但是他的忠诚能够经受任何考验。

如果有人现在让我说出当今年轻人中能挑大梁者，我就在《吉尔·布拉斯》中挑一个，他就是格罗克劳德[2]。

〔1〕雷欧·夏普隆（1840-1884），《大事件》和《吉尔·布拉斯》的专栏作家。他曾写过几部有关巴黎生活的作品。——原注

〔2〕埃提尔·格罗克劳德（1858-1932）收集整理了他在《吉尔·布拉斯》发表的文章，主要描写上层生活，令人发笑同时又自相矛盾。他于1886年将这些文章集于《一年乐事》出版，插图由卡昂·德·阿希负责。——原注

斯蒂里尔那[1]

朱尔丹先生

正如我们所说的，这究竟是什么？

哲学老师

散文。

朱尔丹先生

什么！当我说"尼克尔，给我把拖鞋拿来，还有我的睡帽"，这是散文？

哲学老师

是的，先生。[2]

事实上，这就是散文。的确，每个人都在说散文，写散文，因为正如朱尔丹先生的哲学老师说的那样，除了诗歌和散

〔1〕该文于1881年11月29日刊登在《高卢人报》。——原注
〔2〕选自莫里哀的《贵人迷》，第2幕，第4场。——原注

文之外别无他物。

然而，我的想法却截然不同，我打算做一些比莫里哀还要细致百倍的区分工作。因此，有一点我是坚定不移的：所有在议会里宣读的政治演讲都是一派胡言，而四分之三的报纸都是用蹩脚的法语写成，这是凡夫俗子唯一能听懂的语言。所以总体来说，非诗非散文，我们周边充斥着胡言乱语和粗制滥造。还有必要证明吗？

是的，在低级小酒馆里点一份牛排或者想了解他朋友的"夫人"和"千金"身体如何，只要动动舌头足矣，但是可能这些人都自命不凡地幻想自己在讲法语，实则是自取其辱。

任何能够草率地完成一封信的人都恬不知耻地自认为有文采。所有的通讯员都自诩为文人，所有守门人在读一个作家作品的时候都以鉴赏家自居，根据这本书是否与自己平庸愚蠢的思想相符来对其评头论足，指指点点。

什么是文采？我们能说些什么呢。说到底，我也一无所知，我还是试着用莫里哀的方式来回答："为什么鸦片令人昏睡？"风格也是同样的道理，且不去考虑教授和语法学家们的自负，他们教授我们写作的规则，但是他们自己却像伙夫一样粗俗。

然而，前段日子在一份著名的早报上对此主题有所探讨，我很受启发。有一署名叫"下布列塔尼"的人家，但是我更愿意称之为"卖弄文采"，因为对阿尔丰斯·都德[1]作品

----

〔1〕阿尔丰斯·都德（1840-1897），因其《磨坊信札》而备受推崇，于1881年出版了《努马·卢梅斯当》，强烈抨击议会政客的道德观。——原注

里一句话的意思拿捏不准而写信请教弗朗西斯科·萨尔赛先生[1]。就像我们对一条鱼的新鲜度持怀疑态度而嗅来嗅去，这人家在仔细"闻完"每一句话，拆解每一个句法结构，推敲完每个词之后，认为有必要把这个例子提交给一位行家，遂选择了萨尔赛先生。这位著名的评论家在回答时以现代风格的特点为由，认为已经与古典作家相去甚远；这人家予以反驳，争执还尚未平息。

萨尔赛先生差不多在他最后一篇文章中如此写道："这些问题比起政界毫无意义的口水战和我们所热衷的毫无裨益的争吵要有趣得多！"

我不去否认这些问题是有趣的，但是我认为它们和那些报纸里所充斥的令人难以忍受的政治口水战一样空洞无用。

为何？

是因为我们从来就没教过法国人怎么说、怎么写他们的语言！是因为他们每天都阅读报纸里铺天盖地的拙劣散文，而他们居然还津津乐道！是因为他们把提埃尔先生[2]奉为伟大的作家，把《工人》的作者曼纽尔先生[3]当作诗人！

----

〔1〕弗朗西斯科·萨尔赛（1827-1893），《时代》的文学和戏剧批评家。——原注

〔2〕路易·阿道尔夫·提埃尔（1796-1877），1871年至1873年时任共和国总统，出版过《大革命的历史（1823-1827）》。——原注

〔3〕曼纽尔（1823-1901），学院督察员，朱尔·西蒙的总理。他于1870年1月17日上演了他的一部悲剧《工人》。同年，米歇尔·李维出版社出版了三种不同的版本。——原注[按：朱尔·西蒙（1814—1896），法国哲学家，政客，曾任法国部长委员会主席。——译注]

前段时间我看到一位地地道道的作家是差不多这样来定义风格的："它让公众伤心，时常令批评家愤怒，激起法兰西学院的愤慨。"他还补充道："风格是意象的真实、丰富和多彩，对独一无二和富有特点的形容词分毫不差的选择，词与义的恰如其分以及思想和句子节奏的和谐统一。"

他还继续说道："句子应该灵巧如小丑，往前跳跃，往后翻滚，凌空飞跃，形式不一；从来不要做两次相同的筋斗，不断以多样的姿势和多变的姿态制造惊喜。"

他也说："思想是词语的灵魂，而词语是思想的身体，句子将身体和灵魂完美地融合在一起。"

甚至第二天当我偶然打开提埃尔先生一部著作时，我读到以下文字："大地银装素裹，连一寸地皮都无法看见……战斗持续了八个小时，夜晚时分，一败涂地。"画面感恰如其分！

接着就是几天后我偶尔翻开特普隆[1]有关民法法典中所有制的一段，第一句让我惊讶不已的话如下：

"在如此多的机构垮台或者老去的时候，所有制屹立不倒，它建立在司法之上受到法律保护。甚至于，是所有制使得当今社会稳稳地扎根于不稳定的民主之上。"

哦，真不幸！读读这个吧！我多么渴望知道询问萨尔赛先生意见的那家"下布列塔尼"人的住址，想听听他们的意见！

– 你好，亲爱的。您还好吗？

〔1〕雷蒙·载奥德尔·特普隆（1795-1869），《民法视角下的所有制》一书的作者，该书于1848年在巴黎出版。——原注

— 谢谢，还行。您呢？今天天气好极了！

— 是的，但是空气的底部还是透着凉气。

这样的对话谁没有听过成千上万次？

然而，谁能告诉我，何为"空气的底部"？我知道盘底的残留物，瓶底，短裤的底部（屁股），钱袋见底，但是，尽管我已经把我的想象力发挥到了极致，还是无法理解"空气的底部"。

因此，每次我听见这个似真非真的底部时，就想入非非。我凝视着风就好像我们在观赏雕像时必须发现隐藏的一些人的面孔那样："您去寻找空气的底部。"

我丝毫不否定我有点极端敏感和神经质，但是这些事情令我恼火，就好像音乐走了调，锯子锯石头发出的噪音，锉刀发出的吱嘎吱嘎声音。现在我再也不敢打开一份报纸了，因为我敢肯定每天在这些报纸中，我会读到这个极度令人诧异的修辞，尽管这些报纸的政治色彩有细微差别：

"我们敢宣称这个消息没有依据上的阴影"。

啊！编辑先生们，您到底想表达什么呢？

一则消息会在依据上有什么样的阴影呢？您所提及的阴影，您自己已经见识过吗？依据的阴影！惊愕不已！如果英国的贵妇人能够领悟我们语言的精妙之处，想想她们会怎么看我们！尽管您只提到了这个依据的阴影，这个依据还是会令她们愤怒地羞愧死。

再来看一句著名大使先生说的话："所有这些谣言没有任何依据！"

那么，大使先生，这些谣言从何而起呢？我不说了，到时间了。但是，当我考虑到您在写这句话的时候想都没想过，而您的部长读了之后没有笑容，我有权利说你们俩使用的都是"内阁法语"。

比喻从来就没有在一个人的脑海里留下明确的印记，这是件多么有趣的事情！对于大部分人来说，一个词的价值是相对的，确实，它能表达某些东西，但是从来不会立即唤醒一个清晰明了、绝对恰当的画面。我们约莫理解指明的意思，我们揣摩表达的意愿，但是我们还是不能领悟到底意欲何为？为何如此？为什么我们不能一眼看穿一个表达的价值，就像货币那样？

我会这么回答：为什么区分四十万法郎和四十生丁的珐琅需要很长时间的研究工作？一个西班牙–阿拉伯的镀金刻纹餐盘，简洁而不失雍容华贵，另一个是来自然镇[1]的刻满装饰物的餐盘，区分这两个同样如此。

为什么在德鲁奥馆里需要那些博学的专家煞费苦心地区分正品和赝品？

这也是为什么朱尔丹先生从早到晚都在写散文，却在这些微妙的文风问题上没有丝毫鉴定能力，尽管他自以为是，但是这些问题极其困难，永远不能盖棺定论。

附言： 在我最近的一篇专栏文章里，我谈到了平衡人类法律和自然法则的难处，以及婚姻和爱情问题，我为此询问了

〔1〕然镇（Gien）是法国卢瓦雷省的一个市镇，属于蒙塔日区。——译注

奥贝提娜·奥克莱小姐[1]的意见，本来对她的答复没抱多大希望。

我收到了下面这封信：

先生，在您11月22号的文章中，您给我提了一个问题。这就是我的答复：

为了驱除夫妻生活的不幸和不忠，应该让法律和自然达到一致，风俗和诚实和谐共处。

另外，我对这个议题不想深究，会在《女公民》中继续我对婚姻的研究。

致以诚挚的问候！

奥贝提娜·奥克莱

我饶有兴趣地关注奥贝提娜·奥克莱小姐的进展，我也会努力抓住她给我的机会，将来一起探讨此议题。

[1]奥贝提娜·奥克莱（1851-1914），女权主义者，社会活动家。1881年她创建了《女公民》报刊。1879年，她在马赛名为《男女社会和政治平等》的演讲取得了一定的成功。——原注

善谈者[1]

　　最近，我在贝尔尼兹刚刚出版的私人信件中读到下面一段："自我从意大利归来，我就一直活在一个极其平庸、枯燥乏味的世界里。尽管我再三恳求，他们还是喜欢一味地、不厌其烦地跟我谈论音乐、艺术、崇高的诗歌。这些人在使用上述词汇的时候显得异常镇静，就好像他们在谈论红酒、女人、暴乱或者其他一些肮脏的东西。尤其是我那滔滔不绝的姐夫，简直把我吵死了。因我在思想、激情、爱情、仇恨、鄙视、想法、心思等方面的特立独行，我感到我被整个世界孤立了。"[2]这种过火的、"极好的"俏皮话能够适用于所有或者至少来说几乎所有当今的沙龙，因为那里的对话是平庸的、

---

　　[1] 该文于1882年1月20日刊登在《高卢人报》。——原注
　　[2] 贝尔纳于1879年在李维（C. Lévy）出版社出版了贝尔尼兹的《未刊发的书信（1819-1868）》。——原注

司空见惯的、丑陋的、约定俗成的、单调的，每个蠢货都可以信手拈来。这些话不仅从女人薄薄的嘴唇里说出来，说话时优雅的褶皱使嘴唇上翘，也从男人长满胡须的口中吐露出来，衣领饰孔上一段红色的饰带好像在炫耀他们是聪明人似的。就这样滔滔不绝地说着，让人作呕，好像一个令人哭泣的傻瓜，没有任何变化，没有任何亮点，没有任何妙语，没有任何思想的火花。

事实上他们在谈论音乐、艺术、崇高的诗歌。然而，听这些正人君子和来拜访的贵妇人对仅有的一些崇高、美好的事物进行喋喋不休、索然无味的议论，远不如听一个卖猪肉的有声有色地谈论猪血肠那么有趣。您认为这些人会去思考他们所说的？会努力挖掘所谈事物的深度，参透隐含的意义？才不会呢！他们不厌其烦地重复着有关某个话题老生常谈的东西。仅此而已。因此，我表示，目前若要跻身所谓的上流社会，并且面带微笑地忍受那些愚蠢的无稽之谈，超人的勇气、经受一切考验的耐心以及一种从容不迫的漠视是必不可少的。

当然，有几个沙龙例外，可是极其罕见，凤毛麟角。

诚然，我并非断言每个踏入沙龙的人马上就能够有维克多·雨果谈论诗歌时的那种权威，圣桑[1]谈论音乐时的那种才华，博纳[2]谈论绘画时的那种博学。也并不是要求我们在

---

[1]卡米尔·圣桑（1835-1921），管风琴演奏者，作曲家，《桑松和达丽拉》歌剧的作者。——原注

[2]雷翁·约瑟夫·博纳（1838-1922），历史和风景画画家，刚刚在1881年当选为艺术院院士。于斯曼不敢苟同莫泊桑的品位，认为博纳的画"有毒，肮脏，光线透过的污迹斑斑的玻璃"。——原注

十分钟的谈话中能道出微不足道小事里所蕴含的哲学意义，识破事物的"言外之意"，这个"言外之意"可以是一件事的魅力所在，一件艺术品的深层诱惑，也可以是所有谈及话题的无限延伸。不是的！应该避免草率地处理一些重要问题；但是为了使现今的沙龙为大家所接受，至少我们还是要学会闲谈。

闲谈！究竟何为？夫人啊，闲谈曾经是融入上流社会的手段，这种手段让谈话者魅力四射，谈起事来绘声绘色，能驾驭任何话题取悦听众，有微言大义之本领。如今，我们讲话、瞎吹、喋喋不休、说人闲话、搬弄是非，我们不再闲谈，永远不再！我刚才提及的那位激情澎湃的音乐家大声说道："好像他们在谈论红酒、女人、暴乱或者其他一些肮脏的东西。"怎么！善谈者就是善于谈论酒、女人、暴乱以及其他无聊的事，就像贝尔尼兹说的那样，其实什么都没说。

善谈者应该能说会道，将各种事物说得栩栩如生，能有舌战群儒之气概，亦有诙谐幽默之精神。今天我们只会无稽之谈，深陷其中，不能自拔。每个人轮流吹嘘自己那些私人、无聊、说不完道不尽的事

他们在谈论音乐、艺术、崇高的

情，而别人觉得空洞无味。请注意，说话的人中十之八九是一家之言，讲述他们曾经经历的沧桑。过程缓之又缓，讲完一句，思绪就停顿一下，听众的思想感到厌倦，以至于我们总想对他们说："请你们闭嘴，至少让我静静地思考。"

然后，对话总是无休止地停留在当天或者昨天一些平淡无

奇的事情上；对话不再从一个简单的观念飞跃到另一个，以此类推。

我经常听居斯塔夫·福楼拜说（我认为他的观点有着独特且深邃的道理）："当我们与别人交谈，我们能从一点识别出他们是智者，那就是他们不停地从事实讲到一般概念，从中提取出一种法则，总在扩展延伸，从来都只是把一件事当作跳板。"

哲学家、历史学家、说教者正是如此。相对而言，上个世纪有风度的善谈者亦是如此。比起那些花边新闻，他们更喜欢谈论自己的观点。如今，一切皆是花边新闻。当我们偶然步入一个沙龙，听到的只是一些两性生活或者幕后花絮，没有风趣的评论，约定俗成的句子、各种偏见络绎不绝，人云亦云的现象比比皆是。

如今只剩下自言自语者。他们这些人狡猾着呢！意识到没有人能够反驳，他们成了晚会和晚宴上的讲演者。大家都认识他们、引用他们、邀请他们。法兰西学院里面甚至就有好几个这样的。有人热衷于单独面谈，有人更青睐画廊。他们有备好的主题，喋喋不休的谈资、论点以及诡计。

此外，他们中最著名的那位是个很讨人喜欢的男士。他精于男女间的调情，一个人侃侃而谈，他的对手们嫉妒地直跺脚。啊，从来不！他们从来不和男人交谈。一切都只为女人。女人为其智慧所倾倒，为其知识而赞叹，为其花言巧语所痴迷。他是多么会讨女人欢心，多么会勾引她们，多么会让她们神魂颠倒！终于有一个人应该鄙视叔本华了！正如叔本华对他的鄙视那样！

玉树临风？不是，他相貌平平，却是个好人。他的一切都是好的：脸庞，衣着，话语，才能，地位，所有。他几乎完美无缺。对于男人们来说，他要是心肠坏一点才更加完美。

女人眼里，他是典范。他知道如何玩弄诡计而不引起任何嫉妒。他每日选择一位心上人（至于怎么做到的，我丝毫不知），或者更准确地说，他们是单独在一个角落缠绵。他声如细丝，周边没人能听见。他很严肃，不苟言笑，总是一副老好人样子，而女方要么盯着看他，要么时不时地嘴角保持满意的微笑，那是幸福者的微笑，那是语言上的多纳托〔1〕！

尽管风流倜傥，但是我们认为他不是我们所谓的对女人献殷勤的男人，他只是会和女人聊天罢了。

为什么我要提到他？因为每当我们提到他时，每个女人都大声说道："这个男人的嘴抹了蜜！"唉，不是的，他一点都不是一位善谈者！除了四五位以外，可能这个世上已不存在善谈者了。甚至这些人慢慢变成了自言自语者，由于再也不能找到能与之唇枪舌剑的人了。

---

〔1〕阿尔弗雷德·东特，又名多纳托，动物磁气疗法施行者，比利时国籍，1882年，他在巴黎组织了一场催眠术演出。——原注

细腻 [1]

的确，法国的精神好像出了毛病。我们时常将之比作香槟的泡沫。然而，长时间开了盖的酒会挥发，可能，精神亦是如此。

我们确实保存了一个精神的替代物，那就是笑话。然而我们已经失去了代表法国特征的最重要优点：细腻。

如今，这个民族传统的优点已经被某些粗暴、粗俗、愚蠢的东西取而代之。我们傻乎乎地笑着。

法国的精神可以表现为几种不同的方式。

我们可以分为几类：下里巴人的精神、阳春白雪的精神、书本的精神。

---

[1] 该文于1883年12月25日刊登在《吉尔·布拉斯》。这篇专栏文章揭示了莫泊桑如何进行写作的：他重拾之前发表在《高卢人报》两篇专栏《法国精神》《善谈者》的主题和情节，使其变得多样化。——原注

什么是精神呢？字典里没有任何定义。这是一定的思维活动技巧，时而神采飞扬，时而诙谐幽默，时而富有趣味，在脑海中产生一种令人愉悦的瘙痒，引人发笑。

我们把笑叫作一种内心特别的愉悦，主要表现方式为做鬼脸、嘴角边的褶皱以及好像从鼻腔里发出的一阵阵叫声。

然而，在巴黎，将两个词、两种思想甚至于两个音以奇怪和出乎意料的方式联系起来，随便一个无稽之谈，玩些语言的小花招，这一切都能给巴黎人民带来一丝满足感。

为什么所有法国人笑的时候，所有英国人和德国人都认为我们的笑话难以理解？为什么？只是因为我们是法国人，我们有法国式的智慧，我们拥有这个迷人且灵活的笑的禀赋。

然而，如今我们为了一些蠢话而笑，以至于我们惊讶得不认识自己了。

在投石党时代、摄政期、复辟时期、路易十八统治时代，人们所使用的词语有着一种活力，它俏皮尖刻，有时甚至恶毒，总是含有秘而不宣的意义。在嬉笑或者恶毒的挖苦背后暗藏的是一个精妙的思想，就像银圆那样发出脆响。如今的思想像铅发出的声音一般，走了调。

难不成这四五年来，才思敏捷的法国人所做出的努力得到的结果却是矫揉造作、附庸风雅这些词？矫揉造作！附庸风雅！为什么矫揉造作？为什么附庸风雅？这两个音节中有什么有趣的？到底我们的思想被哪股愚昧的洪流淹没了？

大家都这么说："在法国，会思考是很平常的事。"然而，我们遇见的却越来越少了。但这种没落感在哪里表现得最明显？那当然是在沙龙。

说话要有趣？做何理解？

但是，法国式迷人的细腻感失去的不仅仅是对话。目前的社会，满眼尽是新晋的贵族，他们已经丧失了细腻雅致，这是一种难以言传、难以捕捉的灵敏嗅觉，几乎是贵族文人的特权，也就是我们所谓的艺术感。

一个艺术家！今日的读者贪婪地阅读着这些荒谬的小册子，只因它们摘下了假面具就认为是风趣的，完全不理解适用于文学家的"艺术家"一词。相反，在上个世纪，读者是很高雅、很挑剔的评判者，将这个已经消失的艺术感推向了极致。他醉心于一句话、一首诗、一个妙不可言或者大胆创新的形容词。他只消读二十行、一页纸、一个肖像、一个片段就能评价一位作家。他细细品味，探寻字的言外之意，识破作者暗含的意图，不遗漏任何一点，每每会意，还继续琢磨有没有可挖掘的。因为这些思想已经缓缓地对文学情感有了准备，被一种神秘力量暗暗地驱动着，使其灵魂置身于作品之中。

不管一个人多有才华，当他只关注被讲述的事情，当他没意识到文学真正的能力不在于既成的事实，而是安排、表现、表达这个事实的方式，那么这个人就没有艺术感。

在读到一些页数、一些句子的时候，涌上心头那种深深的、醉人的快感不仅仅源于它们所讲述的，而且源于表达和想法的完美吻合，一种和谐感，一种不可言传之美，在绝大多数情况下，群众的评论是不会谈及的。

伟大的诗人缪塞不是一位艺术家[1]。他用词简单而迷人，但是说出来的那些讨人喜的话几乎令这些人无动于衷。他们追求深意，不断探寻，惊叹于更崇高、更不可捉摸、更具精神性的美。

相反，群众认为缪塞能够满足他们所有略显粗俗的诗性渴望，却无法理解波德莱尔、雨果和德·李勒一些诗歌能够带给我们的震颤，近乎狂喜。

词语有一个灵魂。绝大多数读者只关注其意思。应该找到这个灵魂，它在与其他词触碰时闪现，放出光辉，以一束前所未有的光芒照亮了一些书，然而使这道光芒射出还是相当艰难的。

一些人在写作时，文字的组合和对照唤起了一个诗歌世界，然而上流社会的人士已经不知道怎么去识别和领会了。但我们和他谈及此事时，他上火，讲道理，提出理由，否定，大叫，希望我们给他指出来。没有必要去试一下。心未感受到的永远不会理解。

当我们谈及连他们自己都忽视的"秘密"时，一些聪明人、饱学之士，甚至作家都感到很惊奇，他们微笑着耸耸肩。他们不知道已经显得无关紧要了。就好像跟聋子谈论音乐。

两个天生具有这种艺术神秘感的人，只消只言片语就能心

[1]莫泊桑对缪塞（1810-1857）的评价不一而足，在其短篇小说中数次提到缪塞的《罗拉》。1880年左右，他还在评判缪塞的作品过于浅显，认为他不是"旷世奇才"。十年后，在《十九世纪小说演变》的专栏中，他将其看作抒情诗的先行者之一。——原注

缪塞

领神会，就好像他们使用的是不为人所知的语言。

那么我们思想的这种迟钝到底病因在哪？新的风俗？抑或新的人类？或许是这两者。可能政府也有其责任！但是我不愿指责政府制造了根瘤蚜或者马铃薯病。况且诸如此类的指责还是司空见惯的，但是都没有足够的理由。政府将我们变得跟德国人那般笨拙，这一点我们可以毫不顾忌地指责它。

有句谚语说得好：有什么样的主子就有什么样的奴才，有什么样的国王就有什么样的人民。如果王子是位才华横溢、满是艺术家气质的文人，那么人民也很快会变得如此。当王子是个呆头呆脑的人，整个民族也变得愚蠢。然而，我们得承认，我们的王子既不是艺术家，也不是文人骚客，既不细致入微，也不高贵典雅。我所说的"我们的王子"指的是我们的议员。有几个例外，但是他们不算数，因为已经淹没在普选制代表的茫茫人海中。

国家元首是位绝对有教养的人，然而他不会竭力把香榭丽舍宫变成一个"思想和艺术的殿堂"，正如我们上个世纪可能会做的那样。

书信体[1]

　　书信体是法国的荣耀之一！当我写下这些自负的话时我的脑海中情不自禁地浮现出高中老师的形象。此外，这个负有盛名的文体好像已经不复存在了。我们法国的波尔多酒和香槟酒也遭此劫。然而我还是更倾向于认为一种文学的根瘤蚜摧毁了"法国天才之根"。所以，书信体是属于我们法国的，德·塞维涅夫人已将其写到炉火纯青的境界。这是一件众所周知、无可否认、光彩夺目的事情，以至于我无法承认——尽管我是这么认为的——德·塞维涅夫人[2]那些著名的信件中没有令我兴致盎然的。

　　向书信体致敬！它是一种将家常和风趣的闲聊融汇成文字

----

〔1〕该文于1888年6月11日刊登在《高卢人报》。——原注

〔2〕塞维涅夫人（1626-1696）的《信件》于1725至1726年间首次出版，在1870年至1880年期间，有几次再版。——原注

的形式。出于礼节上的义务，一些有修养的人不得不给他们的朋友隔三岔五或者每周每月都通信来往，一切取决于亲密程度。书信能够通过娱乐消遣的笔触讲述一些柴米油盐的平常事。

考虑到要通过书面形式将思想传达给亲朋好友，如果这些思想写得很优雅，那毫无疑问它们会更有价值。往昔，在大革命爆发前的两个世纪内，人们在写家常信时总是有点矫饰，而且想方设法在信中不谈正事。每个人都不分白昼黑夜地给一个人写信。我们就奇怪他们怎么还有闲暇做别的事情，因为我们已经找到的和发表的信件不计其数，汗牛充栋。

大部分信件一文不值，至多让我们了解那个时代的生活细节，可是也有不少极具价值的，既得益于写信者的才华也归因于所谈主题的重要性。所有与我们国家历史紧密关联的信件都成为国家档案库里一座隐秘的图书馆，我们可以通过目录来了解历史的浮沉。

历史学家给我们呈现的大事件就像精心制作的菜肴，而在信件中，我们了解了政治、战争以及革命是怎么被"烹调"出来的。

从这点来看，没有比阅读泰赛[1]元帅的书信更令人着迷和感兴趣的了。朗不多伯爵做了收集和出版工作。泰赛元帅虽算不上一位写信的绝顶高手，却是从中获益的第一人，因为他

[1]热内·德·福尔莱·泰赛（1650-1725），路易十四麾下的军官，曾经在罗马担任大使。——原注

首先是位善于阿谀奉承之徒，心思敏捷，和曼特隆夫人勾勾搭搭，他在战争和献殷勤方面很有手腕，在军营里他对笔墨纸砚的使用要胜于他的剑。

朗不多伯爵灵机一动，将这些信件公布于众，我们在字里行间除了发现这些有趣、出乎意料、令人捧腹、时而粗俗时而庄重的细节以外，还能强烈感受到那个时代的男人是以怎样的技巧向贵妇人献殷勤的。诚然，如果思想不高尚的话，我们会认为它有伤风雅。

在一些我们认为禁忌的事情上开的放肆玩笑和趣闻轶事令最庄重的公主都莞尔一笑，朗不多先生甚至还删除了一些。但是公主们没有因此而恼火，也没有感到震惊，因为即使在那个庄严肃穆的年代，这些都是书信里司空见惯的。

事实上，这些故事都是以风趣诙谐的方式被讲述出来的，那时候人们叫作"献媚"，它意在将厚颜无耻隐藏于高贵优雅又不失风趣的句子之下。就像那个世纪大部分的男女老少一样，泰赛元帅心灵手巧，能够匠心独具地表达过于露骨的玩笑，他首先将我们的注意力引向修辞上的别出心裁。

心灵因字里行间的风趣和巧妙的言下之意得到消遣。就好像女舞蹈家透明的裙子一般，它本应该遮住该遮挡之处，我们会说"啊！老天爷，她是光着的"，却不会因为薄纱下坦露的裸体而过于惊讶，薄纱虽在，却是透明，这才是震撼之处！思想陶醉于这种技艺之中，被这部闹剧逗乐，由于那一层看似掩饰的薄纱，它愿意挖掘言下之意。

如今我们敢对贵妇人说一些和从前一样大尺度的话，这点毋庸置疑，但是我一点都不认为人们能把它写出来，因为书信体已死，就像我的老师所断言的。

在法国，我们一直以来都热衷于放肆的玩笑，它即使在上流社会都有其存在理由，甚至是高雅的标签。它是我们这个社会与民族的标签，即使有时候个别用词令人感到震惊，也不会因此恼火，只是付之一笑。我们的社会接受了法兰西思想最猥亵下流的大胆独创，这正是前两个世纪的男男女女遗留给我们的传统。泰赛元帅可被归为胆大心细的花言巧语者行列。

当然，我们这个因一般笑话就捧腹的民族和面带羞涩却不苟言笑的近邻英国人，其实是一样没有道德感的。

但是，这种自由率真的传统只在几个法国世家得以延续，尽管日渐式微。可以肯定的是，大部分新开张的沙龙都对精神这个东西比较陌生，不管自由与否。共和国最伟大的才子们称他们为"新兴阶层"[1]，这是一个没有传统、不学无术的阶层，他们把笨拙当作卓越的文笔，把索然无味看成是理所当然，把法国年轻一代变成鱼龙混杂的一群人，既有自负的中层阶级又有做作的、附庸风雅的乡下人，还有毫无情趣的生意人和外省愚蠢的政客，只有在谈到他们的利益时才显得不那么拘谨。

毋庸置疑，这些人既没时间也没情趣给他们的男女朋友就所看、所思和所感写上一些有思想深度的东西。通常来说，他

[1] 甘贝塔于1872年在勒阿弗尔做了一次演讲，其中就提到了法国社会的"新兴阶层"。——原注

们只知一加一等于二，只会朱尔丹式的表达[1]。他们的心思一点都不细腻，眼中只有投机倒把，他们唯一关心的事也遮蔽了其慧眼。

然而，如果我是一个女人的话，我不想有一个只会给我送耳环的男人，尽管爱慕精美的珍珠和晶莹剔透的钻石，我觉得这些还不足以表达绵绵的爱意和让人度过寂寞无聊的漫长时刻。我所要的就是等着他的来信，那熟悉的字迹必定会给我带来精雕细琢的赞美之词，一些经历，奇闻轶事，还有令人开心或者情意绵绵的虚构故事。这一行又一行的字迹都是为我而写，为了取悦我，为了给我找乐子。

今天，在这些最出名、最具才华、最杰出的人中，又有几人能够像泰赛元帅那样，以如此绘声绘色的方式讲述他们眼中变幻无常的日常生活中所孕育的五花八门的事件？不管这是出于友谊还是出于爱情，或者只是纯粹的阿谀奉承。

我还要补充一点：又有多少女人能够以同样的文笔、同样的才思、同样的心血来潮回复这些信件？

想象一下，两个世纪以前几乎所有男人都为我们留下了这些意趣盎然、魅力四射、妙笔生花的信件，而那时的女人，上至公主下至新贵，几乎都能不落下风地与那批最早的文学家交集，擦出思想的火花。正如我高中的老师所说，我们不得不断言书信体已经不复存在，它已被法国大革命判了死刑，还有几位绅士和美丽的夫人作陪葬。

[1]朱尔丹是莫里哀喜剧《贵人迷》里的一个主要人物。此人只会掩饰自己，哗众取宠，不学无术。此处指故意哗众取宠式的花架子。——译注

〔重新发现〕

十六世纪的法国诗人 [1]

出版商阿尔丰斯·勒梅尔刚刚为圣勃夫的处女作《十六世纪法国诗歌和法国戏剧批评概貌》[2] 发行了令人叹为观止的增订版，对于我们后辈来说，这简直就可以和荷兰埃尔泽菲尔印刷所出版的书媲美。

圣勃夫的贡献在于他是第一位挖掘法国十六世纪诗歌的人，至少是这方面的首位推广者。在他之前我们对诗歌鲜有了解，仅仅是道听途说罢了，就像我们知道在旅行家的幻想作品中存在一些遥不可及的地方，他们口口声声说已经游历了一

[1] 该文于1877年1月17日刊登在《国家报》。——原注

[2]《十六世纪法国诗歌和法国戏剧批评概貌》由圣勃夫著，1828年出版。这本著作为龙萨和七星诗社正名，反对"古典主义"品位，因此，也成了浪漫主义宣言。1869年在沙彭蒂耶主编那里再版。1876年在阿尔封斯·勒梅尔那里出第三版，他是《当代帕尔纳斯派》以及帕尔纳斯诗人的出版商。——原注

事物及其他
flow reading

圈。但是，在他深入解析之后，圣勃夫分享给了所有人。他对十六世纪的诗歌推崇备至，公开声明要捍卫之，马伯雷[1]和布瓦洛[2]曾经将它贬得一无是处，而他却要为之辩护以及"平反"，犹如骑士和他的贵妇人。

如今，维庸、克莱芒·马罗、龙萨和他的七星诗社、马尼、德斯帕蒂、贝尔托以及他们的追随者与车尼尔、缪塞还有雨果一样为大众所熟悉。重读圣勃夫有关的批评史，欣赏他的评论，研究他的结论，实属趣事。正如每个发明者和发现物的关系，他可能对我们最早的诗歌过于偏爱。然而人们普遍都认同了他对古诗的崇敬之情，但是现在还需重新考虑一下。

我们最初了解他的研究是通过他介绍的柔情诗人查尔·德·奥尔良，紧随其后的是国民诗人维庸，他称其为"坏小子""放荡者"。事实上，法国古诗的一个显著特征是其骨子里的大胆独创、放荡不羁、情意绵绵。这是一个过早就情窦初开或者多愁善感的孩子，但他时常会忘记崇高的理想、真挚的情感和伟大的生命。它滑稽可笑、油嘴滑舌、令人愉快，但几乎从来没有崇高过。

通常来说，在文学诞生的初期应该盛行的是一种简单的天真无邪，而我们却崇尚玩世不恭、厚颜无耻之风。可以说，我们诗歌的诞生是因为它用高超的技艺道出了那些风流韵事，在近一个世纪，它的主题始终如一。可能诗人蓦然被明媚的春光

[1] 弗朗斯瓦·德·马伯雷（1555-1628），法国诗人。——译注
[2] 布瓦洛（1636-1711），法国十七世纪诗人，文学批评家。——译注

打动了，心中隐隐泛起阵阵诗意，他们便吟诗作对，诗歌回环相押、抑扬顿挫，一连串赏心悦目的诗节唯有一个瑕疵，它毫无缘故地戛然而止正如它开始的那般。其实，这种变奏曲我们可以无限制地继续下去，当我们从"粉色玫瑰、山楂树、犬蔷薇花、百里香"一直回顾完所有花、植物和树木之后，还可以写不计其数的东西，几年时光都不够用。

除了自然界包罗万象的事物之外，还要加上很多崇高的话题，涉及的有爱神丘比特、女神维纳斯、战神阿波罗、罗神墨丘利，朱庇特神庙，以及古代异教徒以来所有腐朽不堪的神话讽喻。所有这些构成了那个时代诗歌灵感汲取的源泉。或许如此写成的诗歌不乏优雅，但是光有这点是远远不够的，这种文学往往具有一点是真正的别出心裁之处，那就是它的思想，它恰如其分的用词，它的洒脱不羁，它巧妙风趣的俏皮话。归根结底它是高卢人的，它是法国的，我们这一代可能已经不再能达到他们那样的高度。

克莱芒·马罗的诗歌也并无二致，圣勃夫对他是这么评价的："机智的谈吐，妙语连珠，巧舌如簧。"他的寓言《狮子与老鼠》是此类中的精美杰作。

随着乔阿基姆·杜·贝莱的横空出世，第一次出现了真挚的情感和感情。他先于龙萨发起了文学上的改革，正是在他的作品中我们开始发现了意象，它是诗歌之魂魄，天才之准绳。

圣勃夫引了一例："淫乱的葡萄枝蔓久久相拥。"[1]

[1] 选自杜·贝莱的《橄榄》。——原注

还补充道，他的前人从未想到过这点，然而这是再真实不过的了。

乔阿基姆·杜·贝莱善用亚历山大诗体，当时还不为人所知，如今已经变得美妙绝伦。龙萨甚至还鄙视它，拒绝使用，认为它像散文那样过于简单，软弱无力，缺少筋骨。这个拒绝很好解释：在七星诗社的领袖及其弟子的作品中，矫揉造作经常取代优雅，装腔作势胜于崇高，而八、十音节，甚至更少音节的诗句更容易拿捏，更适用于他们诗作的"花拳绣腿"。

然而在龙萨作品中有时会展露出真正的才华，微妙细腻，想象丰富，充满动感。

这位诗人最杰出的才华恰恰是马伯雷和布瓦洛批判他的对立面，然而我们丝毫不能小瞧了他们过分的严厉。他们履行审查官的义务就正如龙萨履行作家的义务。龙萨的功绩在于打破语言一贯的单调重复，锐意创新，大胆使用词语和意象，丰富了词汇。总会存在马伯雷这样有用武之地的老学究式语法学家，但是最令人期待的奇才是那些不拘一格的人，如龙萨这样的才子。

七星诗社的诗人如多拉特、阿玛迪斯·贾米娜、乔阿基姆·杜·贝莱、雷米·贝罗、埃提尔·乔戴尔、庞杜思·德·提埃尔以及不计其数的弟子们都在某种程度上继承了他们恩师的优点和缺陷。

他们的学派陷进了过于矫饰的泥潭中，但是最终还是出现了一位热情似火的马图然·雷尼尔，他灵感的火花四溢，是位令人生畏的讽刺家，一时风光无限，鼎鼎大名。他作品中的诗句变得张弛有力，像一把绷紧的弓弦，愤怒和暴力似一把把利箭射出，令人叹为观止。

他的意象通常短小精悍、合情合理、五彩缤纷。

圣勃夫引用了这句诗，对其赞不绝口，实乃明智之举："如此我们的欲望染白了我们的头发。"[1]

雷尼尔怒发冲冠，用他自由随性的天赋抨击马伯雷的僵化和谨小慎微，此外，他还有为对手辩护的胸襟。

"最终马伯雷来了，法国第一人。让人领略悠悠诗韵"[2]布瓦洛如是说。

圣勃夫在这两个流派之间竭力维持一种难以维持的平衡。他的天平时而偏向这边时而偏向那边；他疲于应付拆东墙补西墙一类的事。因此，我们根本不可能领悟他的思想，我们几乎可以批判他太过于公正。

可能在某些地方他歪曲了问题？想要保持绝对的公平，最终适得其反？他比较得太多，但区分度不高。

他列举了马伯雷给法语带来的所有好处。他提及了很多至理名言，有好几处都与戴奥德尔·德·邦维尔[3]的著名诗学相契合："当我们把几乎是同义词的词语放在一起，最美的诗句就诞生了。"之后他便会自我寻思，这类人会不会毁掉冉冉

〔1〕选自马图然·雷尼尔（1573-1613）的《讽刺集》。——原注

〔2〕选自布瓦洛《诗艺》。——原注

〔3〕戴奥德尔·德·邦维尔（1823-1891）于1871年出版了《试论法国诗歌》，里面有一篇专门研究龙萨的文章。在其《维庸式抒情诗》（1873）和《查理·奥尔良式回旋曲》（1875）中，他还受到了被圣勃夫重新发现的诗人的启发。——原注

升起的文学，只留给它这一句格言"请自重"。他指责马伯雷只是位"音节的调停者"，并且从来就没有真正领会他的前辈们。

所有这一些都可能言之凿凿。但我们一致认为马伯雷没有布瓦洛那样具有诗人气质；我们得去读他的箴言而不是其作品；他是位语法学家，一个韵律学的高手而不擅长作诗。尽管极其严苛，但还是留下了一批弥足珍贵的训诫。给语言强加一些规则丝毫不会令其失去活力，敢为人先、不拘一格的天才总是会超越它们，就好像那些毫无用处的束缚一般，它们只会令一些平庸的诗人难堪，逼着他们墨守成规。

圣勃夫在书中后面一点说道："就我们看来，诗歌不是由一些相互匹配的只言片语创造出来的，它来自天才内心深处一种隐秘、不知其所以然的东西。天才不总是一气呵成，有时候我们发现一些部分已经大功告成，而另一些则初具轮廓。"

不仅仅天才不总是一气呵成，而且时时处处都有神来之笔是荒谬可笑、不切实际的。文思如泉涌，各种大胆独创过后，必然是风平浪静的转折期。这时候正是诗人应该使用一门至高无上的艺术之时，它能使圣勃夫口中刚刚勾勒出的部分趋向完美，这就是语言艺术的功劳，这同时也是马伯雷的那些训诫显得很有必要的原因。他教我们用技艺替代灵感枯竭的方法。

我们对这位一本正经的教育家最大的批评就是，他资质平庸，却完全忘了其他人有天资异禀，如果说他制定的这些规则对于常人来说是一个约束的话，天才则如鱼得水。

他几乎令他周围的人不苟言笑，古老的风趣话已经屈服于矫揉造作、索然无味的修辞学。我都不知道他遏制了莫里哀所唤起的那些令人欢快的妙语连珠。

他那一连串色情的暗喻令稚嫩的诗歌感到窒息，但是伟大的高乃依笔走龙蛇，未受其影响。

总而言之，他隐约地看到了诗歌的本质，然而这是很多人始料未及的。话虽如此，他还是经常看不清，缺少见解，思维狭隘，理解偏差，还支持很多谬论。我们对那个时代几乎所有作家最大的批评就是，他们笃信诗歌存在于一些事物当中，比如春天、露珠、花、太阳、月亮和星星，却将其他的拒之门外，况且他们援引上述事物经常是用来修饰贵夫人的；当他们写一些爱情的主题时，仅限于巧妙地处理它们，而不是竭尽全力使其迸发出光辉。

女人充斥着这个时期的文学，她们的影响是有害的而不是激发创作的。我们几乎认为大自然是因女人而显得宽厚仁慈，就好像她美丽的背景，她高贵的装饰品。在重读索然无味的爱情诗时，我们想到了路易·布依莱[1]的优美诗句：

> 我憎恨满眼湿润的抒情诗人
> 他仰望星空，低吟一名
> 朗朗乾坤，尽收眼底，一切皆空
> 倘若他背负莉塞特或者尼隆

[1] 路易·布依莱（1822-1869），诗人，莫泊桑的朋友。他是莫泊桑年轻时期的通信人，那时在鲁昂读中学。1882年，在他的纪念碑落成之际，莫泊桑在《高卢人报》发表专栏文章，以示纪念。——原注

可爱的人们辛勤劳作
将衬裙系在平原的大树
修女帽戴在苍翠的山丘
为了人们爱上可怜的世界

　　美存于万事万物之中，但是我们得知道如何获取。真正别具一格的诗人总是在深藏不露的事物中觅得，而不是由那些流于表面的个人唾手可得。没有充满诗意的事物，也没有完全缺乏诗意的，因为诗歌事实上只存在于那些发现诗意的人的脑中。如果不信，可以去读读波德莱尔美妙绝伦的《死尸》。
　　可能我们的评论对十六世纪的帕尔纳斯派过于严苛。
　　下面就是我们的理由。
　　已经失去但丁的意大利那时还有勒·达斯和阿里奥斯特；西班牙有洛佩·德·维加；英国有诗人之王——伟大、卓越的莎士比亚。
　　就在天才辈出、杰作不断的这段时期，比起邻国灿烂的文学，我们灵巧的"作诗工匠"写的那些春花秋月、卿卿我我、讽刺韵文显得黯淡无光。
　　很幸运的是，有一位像但丁、达斯或者阿里奥斯特一样伟大，像塞万提斯一样深邃，像莎士比亚一样富有创造力的人诞生在我们国家，拯救了法兰西文学的荣耀。他身上所展现出的法式天才一直延续到世纪末，就像夏多布里昂说的那样，我们未来的文学都应该从他那里汲取灵感。他树立了异乎寻常的主人公形象，可以媲美荷马笔下的英雄，而且别出心裁。他以一种无与伦比的风格向我们展示了一群集天赋异禀、博学多才、淡泊明志、至圣至明于一身的人物。

就像一位不可撼动的老巨人，他一直统治着我们的文学，作品越是年代久远，他的名声愈是响亮。

他照耀了整个世纪，孕育了弗朗斯瓦·拉伯雷的土地不用再去嫉妒与之对抗的邻国的荣光了[1]。

〔1〕圣勃夫在他的作品中撰写长文歌颂拉伯雷，这也加深了莫泊桑对拉伯雷的进一步了解。——原注

拉莱汀[1]

当人们只吐出"拉莱汀"[2]这个名字的时候，目不识丁、对上流社会知之甚少的人会勃然大怒。对他们来说，拉莱汀就是文雅潇洒的男子，他用三十二篇文章就道出了奢华的玄机。我们轻声细语地说出他的名字，我们问："你们知道吗？拉莱汀的文集。" 想象一下：骄奢淫逸的名门望族家里遍地都是这本著名的文集，放荡的人像大法官查阅拿破仑法典那样翻阅它，而它所揭露的丑陋不堪之事令一些道德诉讼案偷偷摸

---

[1] 该文于1885年12月8日刊登在《吉尔·布拉斯》。——原注

[2] 拉莱汀真名叫皮尔特洛·巴奇（1492-1556），他是意大利文艺复兴时期最标新立异的一位名人。擅长写抨击类文章，言辞辛辣，对风俗人情进行过严厉批判；是无耻的阿谀奉承之徒，体现在其作品和对话中；他还写过一部宗教书籍。他的《推理》收录了很多淫秽的对话，在莫泊桑那个年代，图书收藏者四处搜寻这本奇书。1912年，阿波利奈尔为它写了一篇著名的评论。——原注

摸地进行。

另外一些人想法更天真，他们自认为拉莱汀是个作家，因他画了些色情的小图片。晚上，衣衫不整的人会在街上发这类透明的小卡片。

让这些天真的人看清真相吧！皮埃尔·拉莱汀只是位十六世纪的意大利记者，一位伟人，一位令人钦佩的怀疑主义者，一位不可思议的蔑视皇权者，一位古怪至极的冒险家。他善于利用人类所有的弱点、所有的恶习、所有的笑料，是拥有各种禀赋的天才最终飞黄腾达的典范，他的天资使他达到目的而不择手段，获得各种成功。尽管厚颜无耻、胆大妄为，人们还是像对上帝一样害怕他、歌颂他、尊敬他。

这位马基亚维利和博尔吉亚的同胞好像是巴汝奇[1]活生生的例子，他集所有的卑劣、所有的狡诈于一身，但是他利用这些令人反感的缺点时技艺娴熟，以至于众人不得不尊敬之、崇拜之。

我刚才说过拉莱汀曾是位记者，历史学家冈图通过分析他的作品也证实了这点。事实上，他的大部分作品只是些报刊文章、抨击性文章、每日随笔、新闻论战和一些人物肖像描写罢了[2]。这位作家的影响力不比任何一位诗人小，他的名声甚至盖过了名扬天下的艺术家。

〔1〕见P53的巴汝奇原注。——译注
〔2〕莫泊桑从《意大利历史》获取信息，这本书的作者是卡塞尔·坎图，由法国人拉康姆翻译。——原注

他的生涯初期穷困潦倒、劣迹斑斑。

他出生在阿罗佐医院，生母是位未成年少女，他在这座城市最早的创作是讽刺性极强的作品，这也使得他很快遭受驱逐。他一路步行来到罗马，被当时拉斐尔的庇护者奥古斯丁·基吉聘为仆人，在做了一些不雅的事之后很快就离开了这个家族。他加入了嘉布遣会，成为修士，之后又沦为小偷，再之后抨击所有有权有势的人。他的攻击很粗暴，恬不知耻到了极点，还夹杂一股不可遏制的蛮横无理。他很快声名鹊起。他心里很清楚，虚伪几乎一直以来都是那些最受尊重的人的唯一美德，人人都有缺点，人人都惧怕丑闻，他自言自语道："只有冒天下之大不韪才能为所欲为。"他在炫耀自己极度的纵欲时斗胆写道："我既不会唱歌又不会跳舞，只会像头驴一样做爱。"他在尽情抒发有伤风化的言论时采取一种激昂、有力、炽热的写作手法，几位爵爷很是赏识，处处为其遮风挡雨。

但是，他阿谀奉承的能力不亚于破口大骂的能力，他讨好奉承莱昂十世，令其龙心大悦，之后他身着骗来的华丽服饰拜见帝王，获赐大把杜卡托[1]，他以同样的方式征服了朱利安·德·美弟奇[2]。

从此以后，他腰缠万贯。

亲王们也都召见他，恭维他，赐给他不计其数的礼物，既

[1] 旧时在许多欧洲国家通用的、铸有公爵头像的金币。——译注
[2] 朱利安·德·美弟奇（1478-1516），佛罗伦萨共和国国王罗兰·德·美弟奇（1449-1492）的第三子。——译注

因为想得到他的歌颂又因为惧怕他的抨击。

轮到大主教时，他们也去寻访他，给他寄去珠宝和锦缎织成的衣服，为了取悦他还送去黄金万两。

那个混乱不堪、精彩绝伦时代的人文风情是我们今天难以想象的。因此，皮埃尔·拉莱汀在写了十六首下流猥亵的十四行诗之后得到了克莱芒七世的恩宠，同时也得到了他曾经批判过的两位艺术家的原谅，这些诗歌描绘了马克·安托万·雷蒙蒂[1]十六座代表不同性爱姿势的雕塑，其原型是儒勒·罗曼[2]的十六幅画。

受到一些人的驱逐，却得到另一些人的爱戴，他从一个亲王走向另一个亲王，时而溜须拍马，时而伸手乞讨，时而放荡不羁。他一会儿违反一切、辱骂一切，一会儿充满友爱、歌功颂德，因为人们对他的赏赐也出于这两方面。他在让·德·邦德·诺瓦尔[3]的军营时肆无忌惮地放纵自己，甚至两人还合睡一床；他成为弗朗斯瓦一世的宠儿，被他万般呵护；查理·甘特[4]召见他，赐他右手边一个席位，给予俸禄；亨利八世赐给他三百顶用黄金铸造的王冠；朱利三世则给了他一千

〔1〕马克·安托万·雷蒙蒂（1840-1534），意大利文艺复兴时期的雕塑家。——译注

〔2〕儒勒·罗曼（1492-1546），意大利文艺复兴时期的画家、建筑家、装饰家。——译注

〔3〕让·德·邦德·诺瓦尔（1498-1526），意大利文艺复兴时期著名的雇佣兵队长，隶属于美弟奇家族。——译注

〔4〕查理·甘特（1500-1558），查五世，哈布斯堡王朝的皇帝，欧洲最负盛名的君主之一。——译注

事物及其他

个王冠以及圣皮埃尔骑士的印玺。人们为表敬意，为他打造纪念币，其中有一个上面刻着："接受人民贡品的亲王也给他们的仆人发贡品。"查理·甘特称之为"神人"，民间称他为"亲王的蛀虫"，最伟大的艺术家渴望为他作画。他写道："如此多的达官贵族不断地来拜访我，令我头晕目眩，我的楼梯已经被他们的鞋给磨坏了，就好像卡皮托勒的路面被凯旋的战车车轮磨坏一样……在我看来，由于这一点，我已经化身为真理的裁决者，因为每个人都过来跟我讲述某个亲王、某个主教对他的不公之事；我觉得自己就是这个世界的秘书，你们在给我写的信中也就这么称呼我吧。"

他的语言和他的笔一样可怕，如果他觉得别人给他寄去的礼物微不足道，那他的感谢词会冷酷无情。他是这么答复欠他一笔黄金的法国掌玺大臣的："如果我沉默您别惊讶。我向您再三要求，口水都说干了，所以现在没法给您致谢。"

查理·甘特在一次军事战败之后给他寄去一个价值不菲的项链，为的是避其嘲讽，拉莱汀慢慢地掂量掂量项链之后说道："这么轻的项链怎么配得上如此沉重的失败呢。"

弗朗斯瓦一世曾经给他送过一个手镯，上面镶有环状的各种语言，还有一句名言："他口出谎言。"[1]

当别人没有及时给他送礼时，他就会施加淫威；如果礼物不够分量，他就拒收："有一点明确的是，那些买卖荣耀的人

[1]1533年，弗朗斯瓦一世赠他一条金项链，但是国王想让这个礼物带有讽刺意味，遂刻上了这句名言。——原注

必须付出与之相匹配的金钱，不是根据它们自身的价值，而是授予荣耀之人提出的条件，因为缺乏灵感的文笔很难将一个沉重如铅的名字变得容光焕发，因其自身就不配。"

他给弗朗斯瓦一世写道："陛下，您不知道吗？像您这样的九五之尊应该记得您开的金口，您对我的使节说过我的600埃居（法国古货币）由您的大臣支付。"

他最充沛的精力尤其用来激起亲王们激烈的竞争，在轮番歌颂和诋毁之后又引发了带有恨意的嫉妒，亲王间互相伤害："我要做的就是，我作品里面的言论让吝啬鬼寝食难安。"

此外那个时代的伟大艺术家都欣赏他不可思议的才华以及无与伦比的技巧。阿里欧斯托[1]把他列为意大利伟人行列；梯天纳[2]为他作了好几幅画；米开朗琪罗宣称是他的朋友。

如果说作家的职业使他的大胆和他的作品名声斐然的话，那么他的一生却没有任何特别之处。那个时代，本韦努托·切利尼[3]谋杀他的敌人，甚至质疑其才华的人也惨遭毒手。他在给教皇记录黄金账目时徇私舞弊，恬不知耻地偷盗，奸污花季少女，还吹嘘自己的行为，就像干了一番大事业，因为"与我同职业的人应该逍遥法外"。

那个世纪的罗马主教公开抚养小孩，据说，亲王们身边的奉承者多如牛毛，"他们年幼时扮演逗乐小丑，孩童时扮演女

---

〔1〕阿里欧斯托（1474-1533），意大利文艺复兴时期的诗人。——译注
〔2〕梯天纳（1488-1576），意大利画家，雕塑家。——译注
〔3〕本韦努托·切利尼（1500-1571），意大利文艺复兴时期的画家，雕塑家、作家。——译注

人，少年时扮演丈夫，青年时扮演伙伴，老年时扮演拉皮条客，老态龙钟时扮演恶魔"。匕首和毒药会出现在那时候的社会关系中，正如当今时代的握手和脱帽。皮埃尔·拉莱汀的死亡真是出人意料，也算是实至名归。

他的名声如日中天，所有屋子里都挂着他的肖像，上至亲王下至黎民，主教和朝臣也概莫如外，小酒馆、皇宫以及一些公立妓院也莫不如此。帕图大学的校长菲尔德兰·德·阿达将其置于查尔·甘特和弗朗斯瓦一世之上。阿罗佐市将其尊为贵族，授予荣誉市长称号。人们甚至给他起了"第五位福音书著者"的名号。

因为他不仅撰写了极其下流的书籍、书信、讽刺文章、喜剧、诽谤短文，还写了布道授业的文章、虔诚的作品以及讽刺味很浓却藏而不露的圣人传记。

他隐居在崇尚绝对自由的威尼斯，重新回到了他姐妹身边，她们在这座城市过着快乐的生活。

然而，有一天，当她们来给他讲述一件引以为豪的下流事时，他开始猛烈地大笑起来，以致仰面倒下，摔死在地板砖上……

在提笔写这位令人不可思议的作家的传记时，我写下了巴汝奇[1]的名字。在我看来，皮埃尔·拉莱汀确实是拉伯雷虚

---

[1] 巴汝奇是拉伯雷笔下的一位滑稽人物，有关他山羊的那段著名故事请参见《第四卷》第八章。1883年，莫泊桑与巴黎一家名为《巴汝奇》的周刊有过短期合作，该刊有点色情化。——原注

构人物的绝对化身。如果再补充一点的话，意大利抨击文章的作者和法国小说的人物有着异曲同工之妙：正如巴汝奇那样，他有时候勇往直前，有时候胆小懦弱，知道尊重那些不肯让步的，知道在他嘲笑过的丁托列托和皮埃尔·斯特罗齐的死亡威胁前低头，挨过的打连他自己都忘了，他原谅受到的杖刑，并"感谢上帝赐予了他这种力量"。

我们需要注意一点，拉莱汀死于1556年，拉伯雷卒于1553年，也许这种生活方式受到了当时风情和风气的浸润。

〔福楼拜〕

居斯塔夫·福楼拜 [1]

1

　　时不时地，在那些青史留名的作家中有一些人因他们作品的尽善尽美和独一无二占据了特殊的地位。而另一些位列次席的人著作颇丰，他们将罕见与平庸、发现的事物与平常的事物混为一谈，逼着批评家和读者费尽心思，为的就是取其精、去其粕。前一类作家则通过耐心艰苦的创作完成一部整体和细节相得益彰的作品。如果说这些作家的所有作品没有得到读者绝

事物及其他
Jaw reading

---

　　〔1〕该文于1885年12月8日刊登在《吉尔·布拉斯》。莫泊桑为其恩师写了很多专栏文章，如《追忆一年以及福楼拜》《一个下午于福楼拜家中》《从文学看福楼拜》《布瓦尔和佩库歇》《内心生活世界的福楼拜》。这些文章于1881年1月1日刊登在《新杂志》。1884年1月他的另外两篇文章发表在《蓝色杂志》，也成为同年在巴黎出版的《福楼拜与乔治·桑的通信》一书的序言。——原注

对一致的好评，那么至少有一本书铭刻在文学史上，被称之为杰作，正如我们放在罗浮宫正方形展厅里的那些大师之作。

居斯塔夫·福楼拜只写了四本书，每一本都青史留名。可能只有一本被誉为杰作，但是其他书完全配得上这个称号。

世人皆读过《包法利夫人》《萨朗波》《情感教育》和《圣安东尼的诱惑》；所有报刊经常对这些作品进行分析，在这里我完全不想做重复工作。我想以概论的方式谈一谈福楼拜的作品，找寻一些读者至今可能还未发现的新奇之处。

2

那些一无所知却对任何书籍都评头论足的人一见市面上有标新立异的书籍出版就迫不及待地附上他们的愚蠢之见，就好像布告牌那样，他们自以为自己的评论会经得起时间考验。《包法利夫人》出版的时候，这些人大声疾呼，说福楼拜先生是位现实主义者，在他们的思想里现实主义意味着唯物主义。

从那以后，福楼拜出版了《萨朗波》、一首古诗、《圣安东尼的诱惑》以及哲学精选；这一切没起什么作用。一些内行的记者称他为唯物主义者，那些有头脑的人就简单地认定他确实如此。

我在这丝毫不想重述现代小说的历史，也不想解释福楼拜第一本书的出版能够引起强烈反响的种种原因。我只要突出重点就够了。

自古以来法国民众就如痴如醉地品尝着那些看似不大可能

的小说，如饮琼浆玉液一般。他们喜欢在生活中见所未见的男女主人公以及事物，仅仅因为他们是不真实的。人们称这类书的作者为理想主义者，理由很简单，因为他们总是与存在的、真实的、有形的事物相距十万八千里。（至于那些思想，可能还逊于他们的读者。巴尔扎克出道时几乎无人关注。）然而，福楼拜却是一位富有创造力的强大革新者，未来领袖之一。可能他是一位被句型困扰的不完美作家，但却是不朽人物的创造者，他将这些人物不断地放大化，也因此使得他们在某种意义上比现实人物还要令人印象深刻！《包法利夫人》一经发售就震惊世界，为何？因为福楼拜先生是位理想主义者，但他同时也是位艺术家，他的书是真实的作品，因为读者领略了行文风格的巨大影响力，感受到了照亮这本书里每一页的艺术之光。

事实上，福楼拜先生的最大优点就是形式，这一点对我来说显而易见，翻开他的一本书就够了。其他作家鲜有这个优点，读者也很少注意。我说没注意到，但是它不可抗拒的力量征服并影响了那些最不信形式的人，正如太阳的热量让盲人感到温暖，他却看不见一丝光芒。

读者通常把"形式"理解为按照节奏排列的词语的音乐感，句首气势恢宏，句末抑扬顿挫。因此他们几乎从来都没有领悟过福楼拜先生作品中所蕴含的精妙绝伦的技艺。

在他的作品中，形式就是作品本身：它好似一系列形状各异的模子，授予思想不同的轮廓，作品就是由思想塑造而成。它赋予思想以优雅、力量、崇高，可以说这些品质就藏于思想之中，只有通过文字的表达才能显山露水。就像各种各样的感觉、印象、情感那样，形式是变幻无穷的，它如胶似漆，形影不离。它顺应它们所有的表现形式，每种情况、每种效果都会有相应的独一无二且恰如其分的词语、顿挫以及节奏。它通过这种牢不可破的组合创造出了文学家所谓的"风格"，与我们官方所说的风格大相径庭。

事实上，我们通常所谓的"风格"既是一位作家特有的行文方式，也是一个一成不变的模子，所有他想表达的都是通过这个模子浇筑而成。在这个意义上，就有皮埃尔的风格，保尔的风格，雅克的风格。

福楼拜没有专属他自己的风格，但却有风格，也就是说，他用来表达某种思想的词组和句子总是"绝对符合这种思想"的，他的气质体现在表达得恰到好处而不是用词的独一无二。

3

"没有风格何以成文章"，这可以成为他的座右铭。他确实认为一位艺术家最关心的应该是创造美，因为美自身就是一个真理，美的东西总是真的，而真的东西不一定总是美的。我所说的美完全不是美德或者崇高的情感，而是塑形的美，这是艺术家唯一所熟悉的。一个奇丑无比、令人生厌的东西能通过它的诠释者穿上独立于它自身的华丽外衣，而最真实、最美妙的思想终将消失在一个蹩脚、拙劣的句子中。需要补充的是，有一部分读者视"形式"这个词为肉中刺、眼中钉，正如我们对自己无法理解的东西恨之入骨一样。

所以，福楼拜先生首先是位艺术家，也就是说，一位无人称的作家。我看任何一位读了他全集的人未必能猜出他在私人生活中是什么样的、他的所想以及他在每日对话中的言论。我们知道狄更斯的所思，巴尔扎克的所虑。他们时时刻刻都出现在自己的作品中，但是您能猜出拉布吕耶尔是怎样的，伟大的塞万提斯会怎么说吗？福楼拜从来就未写过"我""自我"这类字眼。他从来不会在一本书的字里行间与读者寒暄，也不会在结尾与他们道别，就像一位演员的谢幕。他从未作过序。他是人形木偶的操控者，木偶借他之口说话，而他从来就不允许自己的思想被木偶占据；不能让别人察觉到操控的线或者认出他的声音。

他是阿普列乌斯[1]之子，拉伯雷之子，拉布吕耶尔之子，塞万提斯之子，戈蒂耶[2]之兄，他与巴尔扎克相似之处甚少，不管别人怎么说，与哲学家司汤达的近似性就更少了。

福楼拜是一位将简单、困难、复杂的艺术熔于一炉的作家：复杂因其巧妙、匠心独具的设计，作品被赋予一种令人赞叹的永恒性；简单流于表面，如此自然朴素，以至于一位思想观念正统的人带着他对风格的理解在阅读福楼拜时惊呼："我的主啊！终于找到字字珠玉般的句子！"

他像巴尔扎克那样善于揣测，像司汤达以及其他人那样善于思考，但是他比他们做得更好、更合理、更自然：尽管司汤

〔1〕阿普列乌斯（约123-约180），罗马作家、哲学家，《变形记》和《金驴记》的作者。——译注

〔2〕泰奥菲尔·戈蒂耶（1811-1873），法国作家，诗人、画家、艺术评论家。——译注

达向往朴实无华的风格，实则索然无味；尽管巴尔扎克为了写作煞费心机，带来的后果常常是大量虚假的意象、毫无用处的迂回说法、关系代词"qui"和"que"，还有一位左右为难、束手缚脚的作家形象。为了盖座房子，他拥有的材料比实际需求多上百倍，他全都用上因为不知取舍，但却创造出了一部皇皇巨著。如果他更具匠心而不仅仅是砌砖盖瓦，更具艺术家气息而少点个人因素的话，他的作品会更加优秀，更加经得住风雨。

事实上他们之间的鸿沟完全归于一点：福楼拜是位伟大的艺术家，而大部分作家没有一丝艺术家气质。他能凌驾于内心翻江倒海的激情之上保持镇定自若。他远离尘嚣，独自钻进象牙塔中思考人间之事，摆脱了世人的鼠目寸光，才能更好地纵观全局。他的比例更加明确，计划更加坚实，视野更加开阔。

他也在建造自己的房子，但他深谙取舍之道。所以他的作品才会完美，任何一部分的取舍都会影响整体的和谐；而心思细腻之人会看到，在巴尔扎克、司汤达以及其他人的作品中可以舍弃一些东西。

4

一些人认为，拥有智慧、灵感、机遇、性情就够完成一部作品，而搜集资料是徒劳的，不懈的研究是可鄙的，福楼拜则不然，因为他属于学识渊博的古人。他认为1893年前世界是

福楼拜与屠格涅夫像一对巨人

存在的，1830年前的人已经知道写作，他像庞大固埃[1]那样思考往日所有的有识之士。他比教授更加精通历史，因为他在很多书中受到熏陶，而那些教授根本不会在这些书中寻找历史的痕迹；他为了写作研究了大部分只有专家才读得懂的科学著作。他比弓腰驼背的老学究还要了解消失的民族、灭亡的城市的来龙去脉，以及他们的风俗习惯、服饰还有情有独钟的玉盘珍馐。他像犹太教教士一样拥有犹太教法典，像神甫一样拥有福音书，像新教徒一样拥有《圣经》，像伊斯兰教苦行僧一样拥有《古兰经》。他精通信仰、哲学、宗教、异教的演变。他钻研了所有的文学作品，在一些不为人所知的书上做了笔记，一些书鲜为人知，而另一些则很少有人阅读。他认识那些在人心不古之时受到冷落的天才作家，认识注释家、文献学家，圣书和世俗之书，圣人的传记，教堂的神父以及正人君子们难以启齿的作家名字。他把这些人聚集在一起是为了向我们介绍在其怒火中烧的日子之后写成的作品，里面收录了文笔拙劣的作家的一些错误、语法学家的不规范、冒牌学者的谬论以及所有被人忽视的虚荣与可笑，他鞭挞社会上存在的弊端。

5

记者不知他的长相。

[1] 庞大固埃是拉伯雷《巨人传》中的人物，他是十六世纪法国资产阶级反封处，反宗教、弘扬人文主义、宣扬及时纠乐主义的化身。——译注

他觉得难以将自己的文稿公布于众，一直保持淡泊名利的心态，鄙视四处散发的广告，非正式的广告牌，香烟店橱窗上耀武扬威式的照片，旁边居然还贴着众人皆知的罪犯、某位亲王以及名媛的照片。

他只接见为数不多的文人朋友，从来就没有过一个人受到同僚如此般的爱戴，从来就没有一个师父受到弟子父亲般的敬爱，因为他激起了周边的人深深的爱意。但是，正因为他个人不满足人民大众的好奇心，他们就贪婪地盯着名人的窗户如同盯着奇珍异兽的笼子一般，一些有关他住处的传说开始流传。可能他的同胞中有几个人言辞凿凿地想控诉他私吞了钱财，然而，这件事和圣勃夫著名的耶稣受难日吃猪肉晚餐事件都是子虚乌有之事。在那些信息确凿但想象力丰富的记者笔下，这个猪肉晚餐事件最终成为让人无法忍受的"陈词滥调"[1]。

总之，为了满足那些一直想了解细枝末节的人，我会告诉他们福楼拜和他们并无二致，一样喝酒、吃饭、抽烟，他身材高挑，当他与朋友伊万·屠格涅夫一起散步时，仿佛一对巨人。

[1] 自由思想派的代表圣勃夫在圣周五吃香肠，这种油腻的晚餐每年都会令天主教报刊大发雷霆。——原注

追忆那一年
——福楼拜家的一下午[1]

1879年，时值七月，星期天，下午一点左右，福布儿·圣·奥诺雷路，五楼一个公寓里。

壁炉上置着一尊金灿灿的佛像，他始终保持着神圣的打坐姿势，用细长的双眼观望世界。墙上除了一幅拉斐尔的圣母像和一尊白玉雕成的女性半身像以外一无所有。夏日炽热的太阳透过印有花枝图案的窗帘在红色的地毯上洒下一道柔和的光。一个人正在圆桌上写作。

他瘫坐在一把橡木的扶手椅中，椅背很高，他的脖子很短，双肩有力。头顶一个黑丝制成的小圆帽，与一般教士的并无二致，一束束长长的灰发散落在后背上，其末端呈卷状。一个硕大无比的棕色睡袍好像把他整个都包住了，只露出伏案工

小小的沙龙拥挤不堪。福楼拜的动作幅度很大，像要飞起来似的

作的脑袋，蓄着一脸白色的大胡子，下端还垂了下来。一双蓝色的大眼睛，长长的睫毛又浓又密，一对聚光的小眼珠转来转去，不停地在纸上扫来扫去，时而凝神静观。

　　他坚持不懈地工作：书写、画掉、重新开始，在被删去的字上添加新的字句，两边空白处密密麻麻；他横着写字，费尽心思，低声呻吟，就像纵向锯割的锯工那样。

　　有时，他把手中的羽笔扔进用东方的铜做成的巨大笔筒中，里面装满了精心修剪的鹅毛，之后拾起他的纸，慢慢移至日光的高度，用一只肘撑着，大声朗读起来，士气昂扬。他聆

事物及其他

听他散文的节奏，朗诵戛然而止，好像为了抓住一个正在逝去的回音，将各种音调组合起来，使半谐音相互远离，巧妙地安排逗号，宛如漫漫长途中的歇脚点。他思想的停顿要与句子的成分相契合，同时还必须保持呼吸的通畅。他为细枝末节煞费苦心。他把四页内容凝练成十行字。面颊鼓起，额头发红，他像一位角逐的运动员绷紧自己的肌肉，不顾一切地与思想做斗争，他抓住它，抱紧它，制服它，渐渐地，他以惊人的毅力把它关进笼内，就像只被擒的野兽，有了明确且牢固的形式。从来就没人完成过如此艰苦卓绝的苦活，就连传说中的大力士都未达到；从来就没有英勇的劳动者留下过如此永垂不朽的作品，因为这些出自他手的作品在几个月后会名扬天下：《包法利夫人》《萨朗波》《情感教育》《圣安东尼的诱惑》《三个故事》《布瓦尔和佩库歇》。

　　但是前厅的门铃响了，他起身，长吁一口气，思绪仍飞扬在二十页密密麻麻的手稿中。他在桌子上面铺开一张类似桌布的深红色丝毯，倏忽就盖住了所有写作工具，这些对于他来说就像神甫的圣物那般神圣。

　　接着他走向前厅。

　　他立起身来简直是位巨人，依据画家们采取的

福楼拜

画法，他的面相似古老的高卢人。棕色大衣笔挺挺地从头至脚垂下来，长长的袖子，式样独特，专门定制。他短裤的两个裤腿材质相同，腰间系一根镶有红色流苏的束腰带，他时不时系一下，我们可以为像他一样身材的人裁制一袭礼服。

一开门，他就开心地欢呼起来，举起双臂拥抱另一位身材高大的人，宛如一只张开翅膀的巨鸟。这个人也微笑了，他蓄了一脸的白胡子，比起福楼拜，他头发更白，面容更加和蔼，形似我们用来装点教堂的圣父之像。他的个子更高，音色却柔弱温和，近乎腼腆，有时候在遣词造句时迟迟拿不定主意，但随之而来的是令人赞不绝口的精确性。他是位俄国人，也是位名人，是位令人敬仰、实力雄厚的小说家，当今世界的文学大师之一，他就是伊万·屠格涅夫。

这两个男人情同手足，他们因对方的才华、共同的学科、思想中共有的习惯、互相的仰慕而互敬互爱，或许还因为体型相似，两人都人高马大。

当一人坐在扶手椅上，另一人躺在红色皮革的长椅上时，两人就开始谈论文学。人类思想史渐渐地在两人之间展开，一切肇端于人类有了自己的语言。他们的对话中，一个词语唤起一个事实，一个事实唤起一个思想，一个思想引向一个法则，逸闻趣事不断转化为一般概念，这是强大的思想的标志。通过层层推断，每隔五分钟就会有微不足道的消息引发深层次的问题。之后他们谈论艺术和哲学，科学和历史，他们满腹经纶，对逝去的历史有大局观，认为当下只是滚滚历史长河的一个节点。他们总是被思想萦绕着，宛如耸入云霄的双峰。

但是铃声再一次响起，一位矮个的年轻人来了，他有着波

事物及其他
slow reading

希米亚人一般的黑皮肤，坐在了两位巨人的中间。面容俊俏，五官精致，他一头黑发，披至肩部，与卷曲的胡须混在一起，他常常捋捋胡须尖尖的末梢。柳叶般的细眼半睐着，隐约露出如墨水般黑色的眼睛，有时候很迷离，可能是过度近视造成的。他说话很有磁性，行动敏捷，风度翩翩，一看就是位土生土长的南方人士。他像一道阳光般跳进来，滔滔不绝的话语引得大家哄堂大笑。

爱开玩笑、尖酸刻薄的阿尔丰斯·都德寥寥几句就能勾勒出令人啼笑皆非的人物形象，向大家展示他来自南方的个性化十足的迷人讽刺技巧。他带来了一种巴黎的气息，那是鲜活、寻欢作乐、熙熙攘攘、高贵典雅的巴黎，今日的巴黎。两位伟人被他的能言善辩、俊俏的脸庞、优雅的动作以及出口成章的技艺深深地吸引了。

但是左拉爬了五楼后气喘吁吁，保尔·阿莱克斯[1]紧随其后，也来了。他唤起了屋子主人的真挚情感，一切都在接见时表露无遗。不仅是对伟大小说家的高度敬仰，也是真情流露，是对刚正不阿、心直口快之人的深厚友谊，一句"你好，我的好伙伴！"和一只完全张开的手掌就能说明一切。

他喘着大气瘫坐在扶手椅上，一双凝视的眼睛在他们的表情上寻找思想的痕迹、对话的基调。他倾斜身子坐着，一只腿搁在下面，一只手擒着放在上面的脚踝，他话不多，认真地倾

---

[1] 保尔·阿莱克斯（1847-1901），左拉的弟子，莫泊桑的朋友。他参与《梅塘之夜》的写作。——原注

听着。有时候，当谈话者兴致盎然，陶醉其中，激烈讨论三十年代风靡一时的极端、迷人、自相矛盾的文学理论之时，他就变得忧心忡忡，摆动着双腿，时不时冒出一句"但是"，可瞬间淹没在福楼拜的大笑中。然后，当他朋友们的激情稍微减退之时，他开始慢慢展开讨论，心平气和，像我们用斧头开辟原始森林一般运用他的理智，他言简意赅，不加修饰，几乎一直保持这种睿智中庸的作风。

其他人陆续来了：埃德蒙·德·龚古尔一头灰白的长发，好像掉了色一般，白花花的胡子，一双奇特的眼睛，眼珠尤大。典型的十八世纪达官贵人，福楼拜曾经满怀激情地研究过这类人：他全身上下显得贵气逼人，性情却像他的写作风格一样暴躁不安；他气宇轩昂，仆人们本能地就会唤他一声"爵爷"。然而，他衣着是朴实无华的。他进来了，手中拿着一包当地的烟，走到哪儿他都带着，而另一只空闲的手则伸向朋友们。他住得远，所以来得晚。菲利普·布尔蒂[1]经常尾随其后，和龚古尔一样，他是古玩行家，全法第一位日本文化艺术的爱好者，精通所有艺术。他大腹便便，长着一张和蔼的脸，却很精明。

一声大笑回荡在前厅，传来一个年轻人大声说话的声音，人人面露微笑，认出了他。门开了，他现身了。一头乌黑的长发，要是没有那些白发掺杂其中，我们还以为是个少年。纤瘦

[1] 菲利普·布尔蒂（1830-1890），《法兰西共和国》的编辑，《美术报》的美术批评家。他和龚古尔兄弟致力于日本艺术在法国的研究工作。——原注

的身材，俊俏的脸庞，下巴微微突出，略显蓝色，胡须浓密，修剪得很讲究。优雅非凡的出版商查尔邦迪尔[1]来了，他是"讨人喜欢"一词的化身，至少来说，这个词就是为他创造的。他的到来总是引起轰动，因为所有人都想跟他说话，所有人都有书向他推荐，所有人都想在他那里出书。他脸上一直挂着微笑，是位开心的怀疑论者；他假装聆听，答应一切要求，接收一本书籍，但是他并不会出版，此时他关注沙龙另一端的人正在讨论的……然后，他坐下来，燃上一根烟，很快陶醉其中。但是，当门再次打开的时候，他身子微微颤抖好像大梦初醒。来者是贝尔吉拉[2]，查尔邦迪尔的"同谋"，《现代生活》的主编，也是伟大的泰奥菲尔·戈蒂耶的女婿，他的姐夫卡图尔·蒙德斯[3]。蒙德斯很快出现在贝尔吉拉身后，他骨瘦如柴，一头金发，面如耶稣，是位魅力四射的诗人，笑脸盈盈，一把握住了福楼拜的双手。之后，他就去一个角落里交谈起来，时而与这位，时而与那位，而他的妹夫贝尔吉拉则在另一个角落做着同样的事情。

泰纳[4]院士来了，浑身上下散发着一股档案被翻动过的味道，他为了完善法国社会的调查翻阅了一些前所未见、闻所未闻的文件。他的头发贴在头皮上，一副优柔寡断的样子，眼

---

[1] 查尔邦迪尔（1846年出生）是福楼拜以及《梅塘之夜》的出版商。——原注

[2] 爱弥儿·贝尔吉拉（1845-1923），法国诗人、戏剧家。——原注

[3] 卡图尔·蒙德斯（1841-1909），诗人，泰奥菲尔·戈蒂耶的女婿，也是帕尔纳斯运动的发起者之一。——原注

[4] 泰纳（1828-1893），法国哲学家、历史学家。——译注

镜挡住了他的目光，就像那些习惯于深入事物内部、读历史著作、分析文本胜于人性的人。他大肆谈论我们所不知的奇闻异事，讲述大革命时期那批人微不足道的小事。我们对这帮人褒贬不一，有些人已经习惯性地称他们为伟人，而有些人则认为卑鄙可耻。总而言之，他们都是伟人，这些小事展现了他们所有的弱点：思想的狭隘，目光的短浅，心胸的狭窄，行径的卑劣。他通过不计其数的细节重新组织历史性的大事件，与我们用马赛克布置成的背景相仿，令人震撼。

福楼拜的老朋友弗雷德里克·博德里[1]来了，他是学院院士，马萨丽娜图书馆的管理员。满口不规范的表达方式，动辄就进行语法学比较分析。满腹经纶，说起话来头头是道，总是妙语连珠。

好友乔治·普歇[2]来了，他是研究博物馆的知名学者。他如果走在路上，我们会情不自禁地把他当成一个没穿制服的骑兵队年轻军官。

之后，福楼拜口中的青年才俊，也是最喜欢他的这帮人结伴而来。颇具洞察力的读者给这帮人贴上了"自然主义者"的标签：塞阿尔[3]、于斯曼[4]、雷欧·艾里[5]克。

[1]弗雷德里克·博德里（1818-1885），法国国书馆馆员。（按：也是法国语言学家。——译注）

[2]乔治·普歇（1833-1894），法国自然主义作家。——原注

[3]于斯曼（1843-1907），法国小说家。——译注

[4]塞阿尔（1851-1924），法国十九世纪自然主义作家。——原注

[5]雷欧·艾里克（1851-1935），法国十九世纪自然主义作家。——原注

少顷，其他的小说家也来了：马里修斯·卢[1]、居斯塔夫·图图兹[2]等。

小小的沙龙拥挤不堪。一些人去了餐厅。

观察福楼拜的最佳时刻到了。

他的动作幅度很大，像要飞起来似的，穿梭于各位到访客人之间，大步流星地从一个房间跨到另一个房间。他修长的睡衣因急奔猛进而鼓荡起来，宛如渔舟挂起的棕色帆。他兴高采烈，义愤填膺，激情四射，口若悬河，他的愤怒令人发笑，他的仁慈令人陶醉，他的博学多才、博闻强识令人惊叹，他对讨论的总结清晰明了、引人深思，他以跳跃性的思维纵观历史，横观同一性质的事件、同一血统的人、同一特点的历史教训，这其中迸发出的思想火花犹如我们敲击两块同样的石头。

之后他的朋友们相继告别。他把他们送至前厅，与每个人单独交谈片刻，用力地握着双手，拍拍肩膀，满脸深情地微笑。当左拉最后一个离去的时候，保尔·阿莱克斯还是紧随其后，而福楼拜已经在他宽大的沙发上睡了一小时，之后他会穿上黑色的大衣赶往好朋友玛蒂尔德公主[3]那里共进晚餐。

[1] 马里修斯·卢（1840-? ），法国小说家。——译注
[2] 居斯塔夫·图图兹（1847-1904），法国小说家、戏剧家。——译注
[3] 玛蒂尔德公主（1820-1904），杰姆·波拿马的女儿，德米多夫亲王的妻子，她在沙龙和圣·格拉蒂安的府邸接见了福楼拜以及当时重要的作家。沙龙共有两处，一处在古尔赛街，另一处在贝尼街。从1879年开始，莫泊桑受到了接见。——原注

居斯塔夫·福楼拜[1]

我对作家居斯塔夫·福楼拜的所有看法都已发表。我稍微谈一下他这个人，但因他不喜欢任何形式的泄密，我定会守口如瓶。当他的朋友此刻正在给他的家乡鲁昂市送去夏普[2]先生的杰作时，我只想暴露一些他性格中的独到之处。我很晚才结识福楼拜，尽管他的母亲和我的祖母曾经是童年的朋友。但是机缘使一些朋友分离，一些家庭分裂。在我的青年时代我只见过他两三次。

普法战争后，我成年了，便去巴黎拜访他，这次拜访在我们的关系中起决定性的作用，令我终生难忘。

他自己说过，也在书中写过，他对文学炽热的爱有一部分要归功于他孩童时代最亲密、最亲爱的朋友阿尔弗雷德·勒普

〔1〕该文于1890年11月24日刊登在《巴黎回音报》。——原注
〔2〕夏普（1833-1891），罗马雕塑奖获得者，艺术院院士。——原注

事物及其他
flow reading

瓦特万[1]。这位引他走上艺术之路的第一位导师，可以说也是文学世界迷人奥妙的揭示者，是我的舅舅。我在他和我的通信中发现这么一句话：

"啊！勒普瓦特万，他令我心驰神往！我认识这个时代所有的杰出人才，但比起他来显得渺小。"

他对这份友谊一直保持了宗教式的崇拜。

当他接见我的时候，边仔细打量边对我说："瞧！您真像我可怜的阿尔弗雷德，"之后他继续说道，"话说回来，也没什么值得惊讶的，因为他是您母亲的兄弟。"

他让我坐下，并问我些情况。好像我的语音语调也有我舅舅的遗风，突然，我看见福楼拜的双眼噙着泪水。他起身站立，从头到脚都被袖口巨大的棕色睡衣给包裹着，类似修道士的道袍。他用之前激动不已的声音对我说：

"我的孩子，请拥抱我，见到您我心情久久不能平复。刚才我还以为是阿尔弗雷德在说话。"

当然，这是他和我深厚友谊的真正原因，也是根本原因。

毋庸置疑，我重新唤起了他逝去的青葱岁月，因为我们的成长环境几无二致，我令他回想起了所有思考、感受，甚至表达的方式，以及语言的技巧，他的前十五年一直浸润在这种氛围中。

我对他来说，有种昔日重现的意味。

[1] 阿尔弗雷德·勒普瓦特万（1816-1848），劳拉·勒普瓦特万的兄长，莫泊桑的舅舅，是福楼拜的挚友。——原注［按：劳拉·勒普瓦特万（1821-1903），莫泊桑的母亲。——译注］

他很吸引我，也喜欢我。这是我之后一生中所有结识的人中唯一一位我感受到深层爱意的人，就我而言，这种爱意已经成为一种精神上的监护。他一直想着对我好，对我有用，毫无保留地传授给我：他的经验，他的学识，他三十五年来的辛勤耕耘、孜孜以求以及艺术家的气质。

我重申：我在别处已经谈过作家福楼拜，在此不想赘述。必须读一读这些人的作品，而对他们本人不必七嘴八舌。

我简单地提一下他本性中的两个特征：才思敏捷，感情充沛，从来不会因生活而衰退；对亲人忠贞不贰，对朋友忠心耿耿，我从未见过其他例子。

他极其憎恨资产阶级（他将其定义为"思想卑鄙的人"），所以大部分同时代的人都把他看成是性格阴郁孤僻之人，愿意每日三餐靠定期利息活着。

实则相反，他是位温和的人，但是言辞激烈。情感细腻，即使他的心从未为任何女人跳动过。他死后出版的通信在评论界引起轩然大波。读者在读完刚刚出版的信件之后认定他有了心仪之人，情书类的作品比比皆是。他和很多诗人一样心有所属，但却都爱错了人。缪塞还未达到这个程度，至少他与他的她一起逃往意大利或者西班牙的岛屿，用旅游和远方孤独传说般的魅力来填补他贫瘠的情感。福楼拜更喜欢一个人的相爱，远离她，给她写信，用书籍包围着她，用散文簇拥着她。

每封回信中，她都强烈谴责福楼拜从来不来看她，以一种羞辱人似的固执放弃与她的见面。他约她在南特见面，带着完成任务般的巨大喜悦向她宣布："想想吧，我们将在一起度过整整一个下午，就在下周。"

如果我们真正爱一个女人，岂不应该不顾一切地在她身边度过一分一秒？

居斯塔夫·福楼拜终其一生只有唯一的爱好和两个爱情：对法国散文的痴迷，对他母亲以及书本的爱。

从他学会思考的那天，直至我看见他平躺在那，脖子肿胀，死于过度的脑力劳动。他的整个生命都是文学的牺牲品，或者更准确地说，是散文。他的夜晚都被句子的节奏感萦绕着。他在克鲁瓦塞的工作室里焚膏继晷，清晨依旧亮着的灯为塞纳河的渔夫指明了方向，他大声朗诵爱不释手的名家之作的片段。那些词语经过他的嘴唇，掠过他浓密的胡须，好像在和他接吻。这些词的声调时而温柔时而强烈，充满灵魂的爱抚与激昂。毋庸置疑，没有什么比给几位心腹之交朗诵大段拉伯雷、圣·西蒙、夏多布里昂的作品或者维克多·雨果的诗歌更令他激情澎湃的了，从他口中读出来的文章好似脱缰之马。

他对各种语言、各种时代、各个国家的大师们有着无限的敬仰，这或许片面地解释了他写作时的煎熬以及他对思想与作品形式神秘契合的孜孜以求。他的理想无法实现。其原因是他脑海中萦绕着美妙绝伦的文章，它们风格迥异，出自各位名家之手。他有着史诗的情怀，诗意的文笔，锐利的眼神，一眼就能看穿生活中司空见惯的粗俗行为。通过不可思议的努力，他奴役并贬低他对塑形美的鉴赏力，到了一丝不苟描写世上一切平淡无奇细节的地步。

因此，他的博学可能有点影响了他的创作。秉承"若为作家，先为学者"这一古老的传统，他是个学识渊博的人。他的图书馆藏书极多，可谓汗牛充栋，但他对每本书都了如指掌，就好像刚刚读完。除此之外，他还存有不计其数的读书笔记，记录了他在公共场所查阅的所有书籍以及他随处发现的有趣作品。好像他对这些笔记也烂熟于心，凭记忆就能指出所需信息的页数和段数。而笔记写于十年前，他的记忆力真可谓惊人！在他写书的过程中，有着一丝不苟的精神，为了自己给自己解释清楚一个细节，或者仅仅一个词，他能不分昼夜翻阅八天资料。午饭时，大仲马谈到了福楼拜，他这样说道："这个福楼拜，令人惊叹的作家！他刨削了整个森林就为了给家具添置几把抽屉！"

他在写《布瓦尔和佩库歇》时需要一个不遵循植物学规则的例外，因为，他明确地说道，没有例外的规则就不叫规则，不然就有悖于万物的生长。询问了法国所有的植物学家，无人答得上来。我为此出了五十趟远门。最终，一位自然历史博物馆的教授发现了他寻找的植物，听到消息，他欣喜若狂，难以名状。

他几乎一直生活在克鲁瓦赛，沉浸在书的海洋里，还靠着他母亲。他真是位孝子，不久之后又成为他外甥女可敬可爱的舅舅，他妹妹生下这个女孩后就过世了。

他的童心在生命中的各种环境下得以体现，他还有克洛克米丹尔[1]的气派。他甚至一直处于这位母亲的监护之下，她就是法国散文，他的血肉精神都拜她所赐，这位母亲既不是一

[1] 他是一位凶神恶煞的人物，经常被用来恐吓小孩，让他们更加顺从听话。——译注

位威严能干的女人也不是一位生活的导师。

他和他的生母几乎一生都住在克鲁瓦塞，位于塞纳河和长满树木的山丘之间。他封闭在自己的工作室里，透过窗户观望世界也只是为了片刻的休憩。当他把高卢人特有的巨大脸庞贴在正面的窗户上时，他看见从鲁昂那边升起一团团黑煤似的烟雾，还有来自美洲或者挪威漂亮的三桅帆船，好像就行驶在他的花园里，它们都由一个小拖轮牵引着，宛如口吐烟雾、气喘吁吁的苍蝇。相反，当他把目光投向他的小花园时，他在二楼的高度能够欣赏到一条种满椴树的大道，他的窗户边，巨大的鹅掌楸洒下绿荫，对他来说几乎就是位朋友。

他和母亲生活在一起，就像一对老人。他对母亲绝对尊重，几乎像个听话的小男孩，还对母亲饱含深情，不得不令人为之动容。

他对运动深恶痛绝，尽管曾经出游过几次，也曾欢快地游过泳。他的一生，他的所有乐趣，几乎他的所有经历都是精神层面的。年轻的时候他就很受女性欢迎，但是很快就鄙视她们。然而他的内心却好像一直在呼唤，可能他从来没有感受过令一个男人怦然心动的感情，他的那些记忆随着时间的推移愈加清晰，和我们所有留在身后的东西一样，令人心碎。

这就是在他逝世一年前发生在我身上的事。

我收到他的一封信，为了不独自一人完成一项苦差事，他在信中请我去克鲁瓦塞小住两日。

当他看我进门时，说道：

"你好，小伙！谢谢你能来。我可不是请你来度假的。我想烧毁所有我没分类的旧书信。我不想死后被别人看到，我不想独自一人做这件事。你在躺椅上过一夜，好好读读。当我累的时候，我们就说会话。"

之后，他带我去椴树大道转了转，可以俯瞰整个塞纳河河谷。

三年来他用"你"称呼我，有时叫我"小伙子"，但更多时候是"我的徒弟"。

我还记得我去克鲁瓦塞看望他的那天。在椴树下散步的时候，我们与他十分喜爱、欣赏的热南[1]和泰纳两位先生侃侃而谈。

之后我们俩在一楼的餐厅共进晚餐。晚餐很丰盛，很精美。他喝了几杯有些年头的波尔多红酒，不停地重复着："我得让我自己兴奋得飘飘然。我不想让自己感动。"

回到地上满是书籍的宽敞的工作室，他吸了几口烟袋，他很喜欢白瓷喷漆的烟袋，壁炉也是同样材质制成。烟管已被烟草熏成褐色，那漆黑的烟管让我时不时盯着桌上一个来自东方的盘子，里面放满笔尖黑黝黝的鹅毛。

之后他起身，说道："帮我一下！"我们走进他狭长的面朝工作室的卧室。合上的窗帘后面藏着放满物品的木板，窗帘下面有个很大的手提箱，我们各提一个把手抬到邻屋去。

我们把它放在火势很旺的壁炉前面。他打开了。里面堆满了文稿。他说："这就是我的一生。我愿保留一部分，烧毁剩

[1] 欧内斯特·热南（1823—1892），哲学家、法兰西公学院教授，法兰西院士，是当时有名的知识分子。——译注

下的。小伙子，你坐下，拿本书。我开始烧了。"

我坐下，随手打开一本书。他刚说："这就是我的一生。"这位既平凡又伟大的人的大部分内心世界都在这个大木箱子里了。他通过最近的书信重新梳理一生，直至最早期的书信。这一晚，我就在他身边，感到我的心和他一样僵硬。

他找到的最早的书信毫无价值，是一些尚且在世的人的回信，不管是认识的还是不认识的，有才华的还是平庸的。之后他打开了一些很长的信，陷入沉思。他说："这是乔治桑夫人的，听！"他给我朗读有关艺术和哲学的优美片段，他开心地重复着："真是位伟大心善的女性！"他还找到了其他名人的，以及有名望的，大声强调这些知名人士的愚蠢。他为了留下精华，做了很多分类。对接下来的信件扫一眼足矣，迅速扔进火堆。它们着了火，把巨大工作室的每个阴暗角落都照得透亮[1]。

时间流逝着。他不再说话，一直在阅读。他找到了逝者的信件，胸中充满了伤感。时不时地低吟一个人名，做出一个悲伤的举动，那是真实的、痛心疾首的举动，一般人在坟前是不会做的。

他说："轮到我母亲的信件了。"他也给我读一些片段。我看到他眼中的泪水闪烁着，一会就泪流满面了。

[1] 焚烧信件的主题时常见于莫泊桑的叙事作品中。但是在《短篇集》中，女人拒绝烧毁情书，可是后来被一些心怀不轨的人发现了。请参见1888年2月29日《高卢人报》中《我们的信件》一文。

之后他又陷入对老相识和老朋友的追忆中。他很少读这些私密的、被遗忘的信件就好像他自己想亲手了结它们一样，他开始烧，烧了一堆又一堆。我们可能会说他又杀死了这些亡者。

凌晨四点的钟声敲响了，他突然在信件中找到一个用细带扎着的小盒子。他小心翼翼地打开，发现一双丝织的舞鞋，前面搁着一朵用女性丝巾裹着的枯萎的玫瑰，丝巾金灿灿的，四周都是花边。这好像是对一个夜晚、一个同样的夜晚的追忆。他吻了吻这三件遗物，发出痛苦的呻吟声。然后他就烧了，拭干了眼泪。

天亮了，但工作尚未完成。最后的信件是他在青年时代收到的，他已不再是个孩子，却也还未成年。

之后他起身，说道："这一堆就是我既不想分类也不想烧毁的。我已经完成。你去睡吧，谢谢！"。我回到了寝室，但是难以入眠。晨曦微露，照耀着塞纳河。我思索着："这就是一生，伟大的一生，也就是说，烧掉没用的东西，每天的无所事事，一些很有感触、与人相会、家庭温馨的重要记忆，一朵枯萎的玫瑰，一个丝巾和一个女人的舞鞋。"这就是他所经历的、他所感受到的、他自己亲身体会到的。

但是在他的脑子里，这颗长着蓝色双眼的脑袋里，整个宇宙从创世一直延续到现今。这个人，他什么世面都见过，什么都能理解，什么都能感受到，什么痛苦都经历过，一切都显得那么夸张、令人心碎，却又回味无穷。他曾经是圣经的幻想者、古希腊的诗人、野蛮的士兵、文艺复兴时代的艺术家、乡巴佬、公爵、马托[1]的雇佣兵、包法利医生。他甚至还是现代轻佻的小市民阶级，就像他是哈米尔卡[2]的女儿那样。他是上述的所有人物，不是在梦中，而是在现实中，因为像他一样思考的作家与他所感受的一切已融为一体，以至于福楼拜在写包法利夫人中毒的那夜不得不去请医生，因为他虚脱了，他因这个死亡的梦境而身中剧毒，还带有砒霜中毒的症状。

那些从"我不知所以然"中获得举一反三能力的人是幸福的，这是通过理念的生发以及引起联想的力量达到的。我们既是这种说不清道不明力量的产物又是其受害者。他们在工作中心醉神迷之时能够摆脱平淡无奇、单调枯燥的现实生活的困扰。但是，随后，当他们大梦初醒时，怎么抵抗艺术家才会拥有的鄙视和仇恨呢？对于人性的真实看法，福楼拜心中充满了这两种情感。

[1]福楼拜《萨朗波》一文中的人物。——译注

[2]哈米尔卡·巴卡（前275-前228），迦太茎将军，西班牙的开拓者，巴卡家族的第一代领袖。福楼拜的小说《萨朗波》的哈米尔卡的"雇佣军战争"历史为背景，而萨朗波正是哈米尔卡的小女儿。——译注

〔当代作家〕

《梅塘之夜》[1] 这本书是怎么诞生的

致《高卢人报》的主编

您的报刊是第一个报道《梅塘之夜》的，您近日询问有关这本书源头的一些特殊细节问题。您对我们曾经想做的很感兴趣，问我们是否想建立起一个文学流派或者发起一个宣言。

我就来澄清一下这几个问题。

我们没有奢望建立一个流派。我们只是简单的朋友关系，因为互相敬仰而聚集在左拉家中。后来又因气质相近，情趣相投以及相同的哲学倾向而走得越来越近。

至于我自己，作为文学家还一无是处，怎么会奢望加入一个流派呢？我本能地崇拜所有比我优秀的人，不论时代，不分类别。

然而，我们心中很明显地感受到一种反抗浪漫主义精神的力量，虽然还是无意识，但却势不可挡。仅仅因为文学一代复一代，各不相同。

浪漫主义虽然诞生了无数不朽的杰作，最让我们震惊的还只是它的哲学效果。我们抱怨雨果的作品在某种程度上摧毁了伏尔泰与狄德罗的作品。浪漫主义者夸张的情感、对规章制度以及逻辑思维教条式的忘却，使得蒙田和拉伯雷时代的情理与智慧在法兰西的土地上消失了。他们用宽恕的思想取代了正义的思想，在我们国家散播着一种情感至上、宽大为怀的多愁善感，以此取代了理性之光。

多亏了他们，剧场里才坐满了刁滑的先生和年轻的女孩，他们连舞台上一位简单的无赖都无法容忍。人群里泛滥的浪漫主义道德观经常逼着审判员宣布无罪释放一些罪犯和一些令人感动的荡妇，但是却没有辩词。

我对这个流派（确实是个文学流派）的几位大师推崇备至，虽然经常要做一番思想斗争，因为我认为叔本华和赫伯特·斯宾塞[1]有关生活的思想要比《悲惨世界》的著名作者公正得多。——这是我敢提出的唯一批评，这里不涉及文学——从文学角度看，我觉得可憎之处就是那些令人落泪的老调重弹，让·雅克·卢梭是这种机制的始作俑者，后面跟随着一帮小说家，一心一意地转动着这个机制的曲柄，一成不变地

[1]赫伯特·斯宾塞（1820-1903），英国哲学家、社会学家。——原注

重复着故作伤感、引人爱怜的曲子。直到弗耶[1]先生出现才停止了运行。

至于"理想主义"和"现实主义"这两个词的争论，我不知所以然。

一条不变的哲学法则告诉我们，我们的想象不能超出五官所能感受到的。我们这种无能为力的证据就是愚蠢至极的理想主义思想以及各种宗教创造出的天堂。为此，我们只有一个目的：身为艺术家，应该理解并阐释上帝和生命。如果我们的表达方式既不正确又无艺术的崇高性，那只是才疏学浅罢了。

当一位被定义为现实主义的人对提高写作技巧废寝忘食，且一直关注艺术问题之时，我就认为他是个理想主义者。至于那些炫耀将生活美化，并且高于自然的人，至少在我看来只是位江湖郎中或者蠢货。他们觉得我们可以把生活想象成别样的情调，在他们的作品中抹上绚丽的色彩，以"贵妇人小说家"自居。我很欣赏童话故事，我补充一句，这种类型的创作在它们独有的领域里应该比任何当代风俗小说更具逼真性。

下面就是我们这本书的一些记录。

夏天，我们相聚在左拉的梅塘别墅。

在漫长的用餐过程中，谈笑风生，觥筹交错。我们既是美食家又很贪吃，左拉一个人就顶得上三个一般的小说家。他给我们描绘他未来的小说，讲述他的文学观点，以及对一切事物

[1]奥克塔夫·弗耶（1821-1890），小说家，写过《一个年轻的穷人》（1858），一部真正"以现实主义文笔"撰写的骑士小说。——原注

的看法。有时他拿起一把枪，眯着眼睛（他是近视眼）把玩着，正说着，他就对着一团乱草开枪，我们明确地跟他说那是鸟，当他找不到任何尸体时感到异常惊讶。

有时我们去钓鱼。艾里克表现突出，与左拉的绝望形成鲜明对比，他钓上来的尽是些破鞋。

我就躺在"娜娜"的小船上，或者游上几个小时，保尔·阿莱克斯四处游荡着，满脑子下流的思想。于斯曼抽着烟，塞阿尔感到很无聊，觉得乡下的生活愚蠢之极。

下午一般就是这么度过的。夜晚很美也很热，到处都散发着树叶的清香，我们就去对面的"大岛"散散步。

我把所有人都装进了"娜娜"号。

然而，在一个明月当空的夜晚，我们谈到了梅里美，那些夫人说道："魅力十足的讲述者！"于斯曼说的话大同小异："一个会讲故事的人不会写作，他自命不凡地说着滔滔不绝的废话。"

我们把所有著名的讲述者挨个说了一遍，还大声地夸赞这些人，就我们所知，最令人惊叹的是伟大的俄罗斯作家屠格涅夫，这位大师几乎是位法国人了。保尔·阿莱克斯宣称，写一部故事非得花费九牛二虎之力不可。塞阿尔是位怀疑论者，他看着月亮小声地说道："这是一个美妙的浪漫主义背景，我们应该把它用上……"于斯曼补充道："……在讲述一些情感故事的时候。"但是左拉觉得这个主意甚好，应该创作点故事情节加以点缀。创作这一想法令我们忍俊不禁，我们一致同意，为了提高难度，第一个人选择的背景其他人要保留，但是故事不能千篇一律。

我们刚准备坐下，当万籁俱寂、月光皎皎之时，左拉跟我们讲了这部有关战争的灾难性故事，名叫《磨坊之役》。

他刚说完，大家就嚷道："这得赶紧写出来。"他开始大笑起来："已经写好了。"

第二天就轮到我了。

紧接着是于斯曼，他的叙事讲述了一位毫无热情的士兵的悲惨遭遇，我们都被他逗乐了。

塞阿尔给我们重新讲述了巴黎被围之事，加入了新的解读，他的故事充满哲理，很逼真或者说很真实，这种真实性肇端于荷马最古老的诗歌。因为，如果说女人一直引诱男人犯错，那士兵是最容易被她们个人的利益所利用的，士兵也理所当然地比其他人更加痛苦。

艾里克再一次向我们展示了那些独处时聪明理性的男人一旦群居就必然会成为举止粗鲁的人。——这就是我们所谓的"群居的狂热"。就我所知，没有比包围这间公家的房子更可笑的了，也没有比屠杀花季少女更可怕的了。

但是保尔·阿莱克斯让我们等了四天，因其找不到话题。他本想给我们讲讲普鲁士人奸污尸体的故事。我们的愤怒让他保持沉默。最终，他编了一个趣闻：一位贵妇人赶赴前线打算带回她丈夫的尸体，却被一位可怜的受伤士兵俘获了"芳心"。这个士兵还是位神甫。

左拉觉得这些故事很吸引人，遂建议大家编撰成书。

主编先生，这就是一些记录，虽草草完成，但是我认为，它包含了所有您关心的细节。

谢谢您的好意，并请接受我最真挚的敬意！

爱弥儿·左拉[1]

　　有些人的名字注定是要出名的，它们如雷贯耳，永存记忆之中。我们在听了巴尔扎克和雨果这两个短促有力的音节之后，会忘记他们的名字吗？但是，在所有这些文学家的名字中，可能只有左拉之名才会突然映入眼帘，在记忆中不会那么容易逝去。他的名字像两个军号的音符一般爆裂开来，猛烈响亮，钻进耳朵，回荡着一种突然而至的欢快。左拉！是对人民的一种呼吁！是唤醒的吼声！这位天才作家生下来就拥有法律上的身份，实乃幸事！

　　从来没有过一个人的名字和这个人如此匹配的！它好像是挑战书，袭击的预警，凯旋的歌声。然而，如今的作家中，又有谁为了自己的理想而奋不顾身地在战斗呢？又有谁在猛烈抨击他认为不公正、不公平的事呢？又有谁比他更迅速、更轰轰

〔1〕该文于1882年1月14日刊登在《高卢人报》。——原注

事物及其他
how reading

烈烈地征服了人民的冷漠和不抵抗呢？

他这个人本身也与他的才华相吻合。四十出头的他中等身材，略显臃肿，一副老好人的样子，但是内心坚韧。他的脑袋特别像十六世纪意大利画像中的人，不是很俊俏，但是充满力量与智慧。突出的前额上耸立着短发，直挺挺的短鼻，就好像被剪刀突然剪断一样，上嘴唇上长满了浓密的胡须。这个肥乎乎但动感十足的脸庞下半部分长满了修剪整齐的胡须，隐约可见皮肤。黑亮的眼睛，虽然近视，但具有穿透力，它搜寻，它微笑，时而鄙视，时而讽刺。上嘴唇上有一个往上翻的独特褶皱，令它带有几分嘲讽的味道，令人发笑。他矮壮的身材让人联想到炮弹，整个人都高傲地肩负起他生硬的名字，两个音节在两个元音的回声中震颤着。

他的作品，我们还有什么没讨论过的吗？我们还应该说些什么呢？他的作品也很粗暴。它撕裂了文学上约定俗成的公约，就像一位灵巧的小丑穿梭于文字的紧箍咒之间。这个作家的独一无二之处在于他敢使用专有名词（我看见那些有学识的人在微笑）以及鄙视迂回说法。在布瓦洛之后，他比任何人都有资格说：

"我直呼其名……"

有时，他甚至把这种对纯粹真理的爱推至极限。他的文风大气磅礴，意象纷呈，没有福楼拜的简洁与朴素，没有泰奥菲尔·戈蒂耶的精雕细琢，没有龚古尔精妙的断片式写作，它错综复杂，让读者自己去发现，引人入胜。他的丰富充盈，他的怒发冲冠，就像泛滥的河水卷走一切。他是浪漫主义者的后裔，他的手法是浪漫主义的，虽然并非出于自己的意愿（他很遗憾地承认过这点）。他留下了令人惊叹不已的作品，这些作品都带有诗歌的气质，是没有诗歌程式、没有偏见的诗句，不管何种事物都会以原貌呈现，被映射在作家心中的真理之镜中；事物会被放大，但从不会变形，不会变得丑化或者美化；经过夸张化处理，但总是表里如一，令人信服。

　　《巴黎之腹》难道不是一首有关食物的诗歌吗？《小酒店》不是酩酊大醉的诗歌吗？《娜娜》不是有关恶习的诗歌吗？

艺术家之屋[1]

今天，出版商查尔邦迪尔发行著名作家埃德蒙·德·龚古尔[2]的新书。

这本书是大师众多作品中别具一格的，有别于以往任何创作。

这完全不是他的任何一本成名作，既不是《十八世纪女性》《路易十五的情妇》这样出色的历史研究，也不是《思想与感觉》这类哲学作品，而是关于他不动产的故事。

---

[1] 该文于1881年3月12日刊登在《高卢人报》。——原注
[2] 龚古尔兄弟作为现实主义小说家在当时的文化生活中扮演着不可替代的角色，但是他们更为出名的是文艺批评和艺术收藏。他们都是显赫一时的收藏家，让十八世纪的法国艺术重见天日，也在法国掀起一股日本热。龚古尔的《艺术家之屋》由查尔邦迪尔于1881年出版。莫泊桑4月2日致信龚古尔，对其大加赞扬："亲密动人的文笔、绝妙的句子、恰如其分、扣人心弦的表达方式，所有这一切成为这部作品的瑰宝。"——原注

这本书的书名是《十八世纪一位艺术家的豪宅》。事实上，人们对他府邸的兴趣胜过任何建筑。它浓缩了法国十八世纪的艺术，同时还藏有来自东方的奇珍异宝，是一场有关中国和日本精湛工艺的视觉盛宴。

龚古尔是位天生的古玩家。他比任何人都精于此道，很明显，这是他的恶习，这是每个人身上都有的恶习，令我们欲罢不能、倾家荡产、饱受煎熬。

他越陷越深，一生都在历史中徜徉，就像在商店中收集小玩意那样。两兄弟都有这种嗜好。他们一部著作刚刚付梓，两人就奔向热衷的十八世纪。他们以拍卖估价人的身份穿梭在这个世纪中，分头四处打听，让老学者认定事件及日期，通过生活的所有细节重现当时的人文风情，用扇子、菜单、宽松袜带、小花饰、鞋扣、鼻烟盒将虚构的历史描绘得有血有肉。同时，他们去卖场以及满是灰尘的店铺搜寻当时还一钱不值的古玩，比如画卷、素描、大师的雕塑、书籍、稀有的孤本，这些都是偶然逛旧货市场和不懈努力所获得的。

他们中有一位过世了，另一位继续不知疲倦地寻找着。如今，他拥有十八世纪法国艺术最完美也是最完整的藏品。

他自己也打算对民众敞开大门。

但是，我们还是赶在民众之前先睹为快。此外，小说家就在家中，我们既可亲眼见到，亦可与之交谈。

他那座迷人的屋子坐落在奥图市蒙特默伦西的大街上，对面群山环抱。一进门，一股古玩爱好者的气息就扑面而来。前厅与楼梯的墙面也沾染了这种气息。主人的工作室位于二楼，他正在书桌上写作。他起身了。长长的灰发，一种特殊的灰色，介于灰白之间，这种细微的差别仿佛在诉说夜以继日的辛劳与坚持不懈的脑力劳动。五官极其细腻，一脸出身名门、生逢其时的富贵相，他在谈及他手中最美的搪瓷时也使用了同样的言辞。他只留了小胡须。身材高挑，风流倜傥，但略显冷淡。他的屋子与他简直是珠联璧合。

他如此写道："有一些国家领袖大腹便便，笨拙不堪，他们穿着方头皮鞋，举止粗野，满身天花，属于低俗的种族，我们可以将他们称之为政治上的'佩尔什人[1]'"。

如果这类"佩尔什人"也存在于文人墨客中，那将迥然不同。

一迈入他的工作室，目光就被天花板的一束微光给吸引了。那是一个日本的丝织品，色彩斑斓，令人炫目。两只立体感十足的雨燕在开满牡丹的田野上奔跑着，一些身体扭曲的奇珍异兽在令人叹为观止的花丛中欢呼雀跃地蹦跳着，像光芒一般耀眼。好像是一位演员的长衫。我们那些疯狂不已的女演员也不曾拥有过如此丰富多彩的外衣。

墙面上镶满了书籍，都是稀世珍宝。他一会将给我们详细的目录。图书馆的抽屉里躺满了来自日本价值连城的画册。他可能是第一位读懂日本艺术的价值、高雅与魅力的人。如今的画家从中汲取灵感。从1852年开始他就在"中国门"以八十法郎的价值买下了他最美的画册之一。如今它的价值是多少？

[1]佩尔什人（percherons），来自北方诺曼底地区，曾被视为蛮族，后大量移民。——译注

艺术家之屋

我们来到了圣殿，也就是他的收藏室。这里中国和日本的古董俯拾皆是。房间的四周围着硕大的橱窗，里面藏着珍贵稀奇的宝物。上面印有一只栖息在树枝上的鸟儿的碟子是我平生见过的最精美的瓷器。

这就是日本的象牙制品。他拥有一套玲珑剔透的藏品。有一个上面刻着一位在水上奔跑的士兵，简直巧夺天工；而另一个则向我们展示了死神正在凝神静观树叶下面蜷缩的蛇。死神身子前倾，从它的一举一动中我们能够感受到它的仁慈与友善，对毒蛇的殷切关怀。一只猴子正在咬一个贝壳，它的头部令人忍俊不禁。还有一只老鼠，实在是惟妙惟肖！好像在日本家族里，手工业者祖祖辈辈都生产同一艺术品，因此，当四代人都一直致力于制作老鼠时，他们能够将这技艺达到炉火纯青的地步。

另外一些橱窗里整齐地摆放着可以开膛破肚的军刀！这些军刀的守护者是货真价实的首饰珠宝。老实说，它们与烟斗、烟盒以及其他一些小玩意共同组成了日本的珠宝店。其中有一个守护者好像是这些如梦似幻的国家别样诗意的缩影：一边是两只蝈蝈，两只小巧玲珑、陷入思考的蝈蝈，它们情同手足，并肩走着，一路谈笑风生，我们从它们的步伐就可见一斑，它们刚从一只折断的柳条筐里逃出来，像两个逃狱的囚犯。另一边则是两片枯叶，在冬日的天空中摇曳，在月光下，两片孤独的叶子消逝在茫茫宇宙中。

在这些精妙的风景中，有些难以捉摸的心思变化，有些遐想，幻影憧憧。

旁边有一个色彩斑斓的屋子。我难以描绘，我且说说它特殊的用途。对于作家来说，它是"汲取灵感的方式"，激起大脑兴奋的工作室。

当他想伏案创作时，闭门谢客，这个地方一切可见的艺术都令他如痴如醉。他呼吸整个屋子，自己也受到了浸润，当他感到恰如其分、文思泉涌之时，就回到桌上。他想在他自己无法写作的地方写作，因墙上画作令其无法聚精会神。

一楼专属十八世纪艺术，他的收藏是独一无二的。我们想起了他借给阿尔萨斯–洛林展览会的那些令人叹为观止的画作。这幅就是出自华多[1]之手，大师中的大师，还有布歇[2]、弗拉戈纳尔[3]、查尔丹[4]。出自克洛迪昂[5]之手的壁炉内饰简直是无价之宝。

餐厅铺满了令人艳羡的壁画，到处都是提着篮子的漂亮夫人，简直是一场视觉盛宴！

琳琅满目，不胜枚举！

我们在《思想与感觉》这本精彩的书中读到这一看法："有些艺术品收藏仅仅是为了炫富，没有展示任何激情、品位

---

〔1〕华多（1684-1721），法国十八世纪洛可可时期最重要最有影响力的一位画家。——译注

〔2〕弗朗索瓦·布歇（1703-1770），法国画家、版画家和设计师，是一位将洛可上风格发挥到极致的画家。——原注

〔3〕弗拉戈纳尔（1732-1806），法国十八世纪洛可上时期著名画家。——译注

〔4〕查尔丹（1699-1779），法国十八世纪的伟大画家。——原注

〔5〕克洛迪昂（1738-1766），真名为克劳德·米歇尔，法国十八世纪洛可可时期的雕塑家。——原注

与智慧。"

相反，龚古尔兄弟的收藏是展示了激情、品位与智慧。

当两位兄弟来到巴黎时，只有微不足道的财产，仅仅维持生活罢了，他们却懂得收购那时还不受赏识的艺术品，不久就变得价值连城。

他们写作劳累之际，就去商店寻宝，浏览有些铜版画商人搁置在谷仓里的一堆未被挖掘的图画。凭着灵敏的嗅觉，他们找到了一些大师的草图，如获至宝。就他们而言，生活中没有任何满足、乐趣、激情能与之抗衡。古玩令他们魂牵梦萦，当他们买了件重要的古玩，当占有欲折磨他们一到两个月之久，当两手空空，钱财散尽之时，他们俩就会销声匿迹，藏于乡间的小旅馆中，节衣缩食，隐姓埋名，对下一个买卖心怀憧憬。

这个激情就是他们的力量、他们的藏身之处、他们长久以来苦涩生活的慰藉。

在与读者的激烈斗争中，有一位倒下了；读者否定他们的才华，曲解他们，伴以冷嘲热讽。而另一位依旧站着的突然受到世人的敬仰。人们为其喝彩，尊为大师。

这些不公不正屡见不鲜，是群众无意识的冷酷无情。巴尔扎克曾经说过："在巴黎的读者中，嘲讽取代理解是再正常不过的了……"这句话真是恰如其分！当读者不解时就投来鄙视的目光，他们从来就未理解过具有超前意识的作家，像龚古尔这样的先行者，必须等到死后人们才会同心同德地为他们致敬。然而，埃德蒙·德·龚古尔还是走到了生命的尽头。最终，我们领会了这个心思细腻、高尚典雅、激情澎湃的艺术，它抓住了事物极其细微、莫可名状、重中之重之处。

他们两兄弟是挖掘者：过去的挖掘者，生活的挖掘者，语言的挖掘者。他们在过去、生活、语言中找到了不为人知的财富。

他的兄弟已逝，埃德蒙·德·龚古尔还在继续战斗着。他坚持不懈的工作为的是逃避生活，正如他的所言和所行那样："对生活的恐惧使他找到了三种脱身之计：醉酒、爱情、工作。"

龚古尔两兄弟

书籍出版后，他将重新投入到小说的创作中，小说令他忘却一切，令他坠入自欺欺人的幻想之中，远离尘嚣，置身于亲手打造的个人世界，它闪烁着艺术的光辉，是所有创作者的理想世界。

给外乡人的一封信[1]

在埃德蒙·德·龚古尔的阁楼里度过的星期天[2]

事物及其他
flow reading

昨天下午，我在埃德蒙·德·龚古尔家度过，它继承了在福楼拜家星期天聚会的传统。

福楼拜的星期天在文人圈子里还是众人皆知的。我们会看到屠格涅夫、都德、乔治·普歇、左拉、克劳狄波·佩兰[3]、布尔蒂、弗雷德里克·博德里、卡图尔·蒙德斯、贝尔吉拉，他们此时此刻正在写一些令人啼笑皆非的专栏，还有于斯曼、约瑟·玛利亚·德·埃雷迪亚[4]、艾里克克、塞阿

〔1〕该文于1885年11月24日刊登在《吉尔·布拉斯》。——原注
〔2〕莫泊桑描写的聚会发生在1885年11月15日。——原注
〔3〕克劳狄波·佩兰（1825-1892），法国诗人、画家。——译注
〔4〕约瑟·玛利亚·德·埃雷迪亚（1842-1905），法国诗人。——译注

尔、居斯塔夫·图图兹、克拉戴尔[1]、阿莱克斯、查尔邦迪尔、泰纳，等等。

随着福楼拜的仙逝，人们认为维系这些人的纽带断了。去年，有一天早晨，邮局在整个巴黎派发了数以百计的小传单，公告天下，龚古尔的阁楼每个星期天都会开放。这位大师在欧特伊有座令人艳羡的豪宅，他不辞辛苦地给我描绘每个细节，为了拥有足够的空间来接待宾客，他还刻意打通了三楼的两个房间。

首先是一个富丽堂皇的前厅，右边的餐厅铺满了上世纪的织锦画。紧接着我们上楼。一楼的房门是关闭的，里面尽是中国和日本的藏品。主人的图书馆是名画的天堂，色粉画、水粉画，有华多、瓦伦[2]、布歇、弗拉戈纳尔等人的画作，所有这一切都使得艺术家的住宅成为巴黎的独一无二。

三楼的一扇门打开着。墙上铺满了红色的织布，半明半暗的灯照耀着整个屋子，柔和的灯光编织着一场梦境。

主人来了，面带微笑，庄重可敬，伸出双手。十年来，岁月在他脸上没有留下痕迹。他一成不变。他还是保持一贯的高傲自大与宅心仁厚。曾几何时，我对这种态度惊讶不已。

十几个人正在亲切地交谈着，或站或坐。在明暗交织的房间里，我们能逐一认出都是哪几位。龚古尔的星期天要比福楼拜的星期天显得更加安静。第一位是都德，脸色略显苍白，因

[1] 克拉戴尔（1835-1892），法国小说家。——译注
[2] 瓦伦（1705-1765），法国画家。——译注

其刚刚病愈。他轻声细语地交谈着，从来就没有如此快活、风趣过。他以南方特有的玩笑方式谈论大千世界，言论中流露出一股无法比拟的诙谐。他观察生活、人、事的角度为他的言论增色添彩。

在另一个角落，我们发现了作家于斯曼，《逆流》这部令人惊叹的作品正是出自他手；从日本归国的博纳坦[1]，《克鲁肖的使命》一书的作者阿贝尔·埃尔芒[2]，这是一本出自艺术家、无微不至的观察家之手的作品，它独一无二，稀奇古怪，受到众人的追捧。还有两位同姓卡泽的作家，一位是高大瘦削、脸色苍白、皮肤棕色的罗伯特[3]，一副性格坚毅的外表；另一位名叫儒勒[4]，金色的皮肤，秀丽的长发，散发出一股过时的巴那斯派诗人的气息，他们都在欣赏博纳坦从日本带回的图画。

远处的塞阿尔正在与查尔邦迪尔、阿莱克斯、罗伯特·德·博尼尔[5]交谈。埃雷迪亚正与普里莫利伯爵[6]谈论诗歌，图图兹在一旁倾听。龚古尔在他们之间穿梭，参与到所有的交谈中，回来坐下，燃一根烟，遂又起身，展示一些令人

〔1〕博纳坦（1858-1899），法国自然主义作家。——原注

〔2〕阿贝尔·埃尔芒（1862-1950），法国作家、戏剧家。——原注

〔3〕罗伯特·卡泽（1853-1886），法国自然主义作家、诗人。——原注

〔4〕儒勒·卡泽（1854-1931），法国小说家、记者。——原注

〔5〕罗伯特·德·博尼尔（1850-1895），法国诗人、小说家、记者。——译注

〔6〕普里莫利伯爵（1851-1927），莫泊桑的好友。——原注

赞赏的小玩意、古代大师的画作、克洛迪昂的雕塑。

当钟敲打六下时，所有人准备动身，互相说着："下个星期天见。"

亲爱的，这当然是那个时代巴黎最引人注目的了。

超越一切 [1]

那些对生活感到满足、那些花天酒地、那些心满意足的人是幸福的。

有些人热衷一切，一切都令他们喜出望外。他们热爱阳光与雨水、雪花与薄雾，他们住处的狂欢与安静，一切他们的所看、所做、所说、所听。

一些人与孩子一起过着无忧无虑的生活，安静且满足。而另一些人的生活则动荡不安，灯红酒绿，寻欢作乐。

这两类人都没有觉得百无聊赖。

对于他们而言，生活就像一场妙趣横生的戏，他们自编自导。生活变幻莫测，他们不为之动容，反而陶醉其中。

但是其他人在一眼扫过仅有的享乐之事后，为幸福的虚无、尘世间乐趣的单调以及平庸而震惊不已。

〔1〕该文于1884年6月10日刊登在《吉尔·布拉斯》。——原注

事物及其他

他们一旦到了而立之年，就觉得生无可恋。他们还在等待什么？世上再无令他们感到欢欣之事，他们已经尝遍世间繁华。

那些还未厌恶周而复始工作的人是幸福的；那些尚有勇气重新开始每一天的重复工作的人是幸福的，同样的动作，同样的背景，同样的视野，同样的天空，同样的道路，遇到同样的脸庞，同样的动物；那些还未对一成不变、老调重弹、索然无味感到深恶痛绝的人是幸福的。我们是否必须有封闭、迟钝、纵容的思想才会对现有的世界感到满足？！为何人民群众没有大吼"赶紧闭幕"！？没有要求下一幕戏增加别的人物、别的形式、别的节日、别的植物、别的星辰、别的发明、别的奇遇？

事实上，还没有任何人真切地感受到对同一张脸庞的仇恨：对马路上四处游荡的狗的仇恨，尤其对马的仇恨，可怖的动物，四只竿子一样的腿，马蹄像极了蘑菇。

应该从正面评判一个人的形体美。正面看看这匹马吧！马脸丑陋不堪，像头怪物架在两条纤瘦、多节、可笑的腿上！当它们拉着黄色的马车时这些可怕的畜生变成了梦魇般的幻影。为了不再看到这些鲜活或者僵化的事物，为了不再周而复始地重复工作，为了不再说话，为了不再思考，我们可以逃往何处？

老实说，我们知足常乐。我们感到快乐与满足，这有可能吗？我们难道没有感受到，对未知新鲜事物的渴望不断折磨着我们，令我们寝食难安？

我们在干什么？我们的满足感仅限于何处？去看一看那些

女人就一目了然了。她们思维的最大运动就是搭配色彩和布料的褶皱，为了遮挡她们的身体，为了看起来更有风韵。真是可悲之极！

她们憧憬爱情。含情脉脉地注视着心仪之人，嘴里总是喃喃细语同样的词。这就是她们的一切。真是可悲之极！

而我们呢，我们在干什么？我们的乐趣在何处？

纵马疾驰，令其跨越障碍，用双膝促使其做出各种动作，这看起来令人陶醉吗？

手持猎枪穿过森林与原野，猎杀一切在你面前逃跑的动物，从空中落下的松鸡洒下一片血雨，狍子的双眼如此温柔，令人产生爱抚的冲动，但此时哭得像个小孩，这看起来令人陶醉吗？在既定规则下，与另外一个人交换小盒的颜料，或赚或赔，这看起来令人陶醉吗？我们为了这些游戏不分昼夜，我们的喜爱是无节制的！

与怀里的女人有节奏地跳跃或者转圈，这看起来令人陶醉吗？当他爱她时，用双唇亲吻她的头发，甚至她衣襟的边缘，这看起来令人陶醉吗？

这就是我们所有的乐趣所在！真是可悲之极！

其他一些人热爱艺术与思想！就好像人类的思想在转变？

作画就是用色彩重现单调一色的风景，而它们从来都是异于大自然的。作画就是一直勾勒人的轮廓，竭力使其充满生气，但是从未奏效。一直以来，我们就这般徒劳地模仿存在之物，通过对生活行为僵化且无声的模仿，我们勉强让有识之士领会我们的原本之意。

为什么做这些努力？为什么做这种无用的模仿？为什么平

庸地再现这些自身就了然无趣之物？可悲！

诗人用词语表达画家色彩的细微变化吗？我一如既往地问为什么？

当我们读完那四位最心灵手巧的作家后，就再也不想打开其他的了。我们毫无新的收获。这些人也只会模仿罢了！他们煞费苦心，结果一无所获。因为只要人不转变，他们无用的艺术将会一如既往下去。自我们狭隘的思想开始后，人类就一成不变，他的情感，他的信仰，他的感觉，一切依旧，他丝毫没有进步，也没有后退，他没有动过。在一部小说平淡无奇的情节中了解我是谁，品读我在想什么，自我审视，这一切对我有什么用？

啊！如果诗人能够穿越空间，探索星辰，发现异域世界、新新人类，不断为我的思想变幻事物的形状与性质，不断将我带入充满惊喜、变幻莫测的未知世界，邀我打开未来神奇世界的神秘之门，我定会夜以继日地阅读他们的诗作。但是这些才疏学浅的诗人只知变动词语位置，展示"我"的自画像，正如那些画家一般。这又有何用？人类的思想是故步自封的。

一旦触及那些清晰明了、近在眼前、无法逾越的界限之后，就像马戏团的马那样原地打圈，好似密封玻璃瓶中的无头苍蝇，一直不知疲倦地撞击瓶壁。我们自我封闭，无法走出自我，注定要被毫无生气的梦想缚手缚脚。

通过存在严重瑕疵的工具，我们脑力活动的所有进步之处就在于发现一些微不足道的小事，这些工具却在某种意义上弥补了我们器官的不足。每二十年，就有一位殚精竭虑的研究员发现空气中尚存一种未知气体，在用蜡摩擦床单时会产生一个无法估量、无能解释、无可名状的力量，在众多未知的星星中还有未被命名的，但是旁边的星系早就有了自己的名称。这有什么关系呢？

我们的疾病源于微生物？定是如此。但是微生物从何而来？被微生物感染的疾病呢？太阳又源于何物？

我们作茧自缚，将自己幽闭在自己的牢笼里；我们一无所知，我们盲目前行，我们无能为力，我们一潭死水，我们想象枯竭。而一些人因人类的才华惊叹不已！

我们的记忆甚至无法容纳一些学者或者书中记载的混乱不堪、毫无价值的见解，哪怕千分之一也不行！我们甚至无法清醒地认识我们的弱点与无能，因为一味地将人与人做了比较，我们无法感受到普遍存在的、无法改变的无能。

无药可救。有些人出门远行。他们看到的永远只是人、树、动物。

我们走得越远越能体会到一切都是唾手可及、一切皆是泡影。我们在寻觅未知的时候意识到一切都是那么的平淡无奇。我们在周游地球的时候才看到它的渺小与千篇一律。

那些梦想与才能相匹配的人是幸福的，他们满足于自己的无知与享乐。那些从未心血来潮渴望心游太空、翱翔于未知世界无垠空间的人是幸福的。

那些仍对生活充满热情的人是幸福的，他们懂得爱生活或者容忍它。

若利斯·卡尔·于斯曼在他名为《逆流》的小说中分析并讲述了一位古怪之人的病态生活，构思巧妙，笔触戏谑，别出心裁。

事物及其他

他的主人公德泽森特在享尽所有乐趣，尝遍世间百味，领略一切艺术之后，发现生活索然无味，单调重复的时间丑陋不堪，遂通过想象与幻想创造一个彻头彻尾的虚构世界，荒谬异常，完全与我们一般的行为背道而驰。

首先我们就来领略一下这位奇人的精神状态："他打算不再以哗众取宠为目的，而只是出于个人的享受，他将把内部装饰得既舒适又与众不同，设计一个新奇、静谧的家，符合他将来只身一人的需求。"

"当他只需要确定室内以及装饰的摆设时，他又重新审视了那一系列颜色与色调。"

"他想要的是在灯光的人造光下色泽鲜明的颜色……"

"他仔细地一一挑选颜色。"

"一一排除之后，只剩三种颜色：红色、橙色、黄色。"

"这三种之中，他独钟情橙色。他以自己为例，证实了一种理论的真实性，宣称其像数学公式一般精确：一个真正艺术家的感性本质与他眼中视角独特、色泽鲜明的颜色之间存在一种和谐感。"

"事实上，普通人粗俗的视网膜是无法识别每种颜色所特有的韵律感的，也无法感知它们细微变化与褪色的神秘魅力；小市民的双眼对华丽、跳动、鲜艳的色彩无动于衷；只有经过艺术和文学的浸润，有着敏锐双眼的人才能做到这一切。他认为，有一点是肯定的，他们中追求理想、憧憬幻境、渴望朦胧的人通常会被蓝色及其衍生色所吸引，比如淡紫色、丁香色以及珍珠灰，但是它们必须保持衍生的状态，不会改变自我的特性变成纯紫色或者纯灰色。"

"最后，那些羸弱、神经质的人很感性，他们寻觅烟熏或者腌制的重口味菜肴，这些骨瘦如柴、过度兴奋的人几乎都喜欢这种刺激、病态的颜色，亦真亦幻，令人抓狂，那就是橙色。"

通过一连串对换以及视觉、听觉、嗅觉、味觉上有意识的假象，德泽森特体会到了一系列"逆流"的感觉，对他而言，在自发性的堕落和感官的误入歧途中，散发出一股精致典雅、妙不可言且又伤风败俗的魅力。因此，"出门远行在他看来完全是徒劳的，而想象力则能轻而易举弥补平淡无奇的现实世界。"

负有盛名的饭店里出售的酒都经过了巧妙的人为操作，连美食家都被蒙在鼓里，他们在品尝这些伪造的仿制品时感受到的快感与纯天然的酒如出一辙，为何不将这种醉人的偏差感、巧妙的谎言移至精神世界呢？毫无疑问的是，置身于物质世界中的我们无法享受幻想的乐趣，尽管与真实世界并无二致，但对一个看破一切的人来说，它更加诱人，只因它是虚假的。就他而言，满足日常生活中被视为最难满足的愿望是可以达到的，只需一个巧妙的遁词、一个愿望所追逐之物的虚构就足矣。

于是，令人匪夷所思的一系列体验就拉开了序幕。"正如他所说，自然已经被历史淘汰。她那千篇一律、令人作呕的风景与天空已经彻底令文人雅士的耐心熬到了尽头。说到底，她就是一位画地为牢的专家、一个为了出售某件商品而贬低其他商品的思想狭隘的小店主、一个只出售草坪和树木的商店、一个高山大海的平庸乏味的代理商！"

他做了什么？比如说，他借助气味云游四海："现在，他想要漫步于奇异多变的景色中，他以一句气势恢宏、震耳欲聋的句子作为开场白，突然将一片开阔的田野展露在我们面前。他用喷雾器在房间里喷了一种由豚草、薰衣草、香豌豆、花卉组成的香精。如果它是由艺术家酿制而成，完全配得上我们赋予的'开满鲜花的草坪之萃取物'称号。紧接着，他在草坪里加入了精心调制的夜来香、橙子花和杏花的混合液，瞬间就产生了一种人造的丁香香气，与此同时，椴树发出阵阵清香，被风吹向地面，类似伦敦椴树的香精……"

伴随着化学物质的香气，他唤起了工业城市的形象，通过柏油与大海的气味，他让人想起了海港；他唤起了姹紫嫣红的花园的记忆，改变了纬度，在他的思想中创造了"一个疯狂而华美的自然，不真实，却有着不合常理的魅力，融合了辛辣的热带香料、类似胡椒的中国檀香、牙买加海狄欧斯米娅香料以及法国茉莉、山楂、马鞭草的混合香气，仿佛各种香料树木、各种颜色和香气相冲突的鲜花不分季节气候地生长在一起。通过香味间的融合与碰撞产生了一种不可名状、千奇百怪的香气。就像一首倔强的副歌，诗文开篇的装饰性句子重新出现，伴随着开满草坪的丁香与菩提花所散发出的香气。"

我不想对于斯曼的书做全盘的解析。这本书骇人听闻，惹人大笑，充满艺术气息，处处奇思妙想，文笔深邃且精妙绝伦，我们可以称这本书为"一位神经质的历史"。

但是，为何这位神经质在我看来是唯一聪明、智慧、才华横溢的真正理想主义者呢？如果确有"宇宙诗人"，那就是他。

伊万·屠格涅夫 [1]

　　伊万·屠格涅夫在弥留了一个月之久后与世长辞，他是俄罗斯伟大的小说家，曾把法国视为自己的祖国。

　　他是这个世纪最为引人注目的作家之一，同时也是位千载难逢的正人君子，刚正不阿，赤胆忠心，虚怀若谷，他丝毫不愿自己的名字出现在报纸上。一些歌功颂德的文章三番两次地"伤害"了他，就像对他的侮辱一般，因为他无法接受非文学作品的写作，甚至关于艺术品的批评对他来说也是废话连篇。当记者在谈及他的一本著作时，透露了很多他个人生活的细节，他怒不可遏，还夹杂着作家所特有的羞耻感，谦虚对他来说近乎廉耻心。

　　今天这位伟人刚刚与世长辞，让我们来简单地谈谈他的生平事迹吧。

　　我第一次遇见他是在福楼拜家中。

[1] 该文于1883年9月5日刊登在《高卢人报》。——原注

门开了。一位巨人出现在眼前。面如白银，正如我们在童话故事中说的那般。一头长长的白发，粗大的眉毛和浓密的胡须都已霜白，确实是银光闪闪的白，光影交错。在这一抹银色之下嵌着一张镇定自若、和蔼可亲、有棱有角的脸庞。完全是一副"流光溢彩、波光粼粼"的面容，或者说，上帝的脸庞。

他身材魁梧，但不显臃肿，这位巨人有着孩童般的举止，怯怯弱弱、谨言慎行。他说话的声音很温柔，近乎有气无力，就好像他肥硕的舌头很不灵活。有时候，他斟酌再三，寻找准确表达他思想的法语词汇，但令人惊讶的是，每次他都一语中的，他的犹豫不决赋予他的话语独一无二的魅力。

他讲故事有声有色，微不足道的小事在他嘴里变得艺术气息浓厚、妙趣横生。比起他思想的崇高，我们更喜欢他的赤子之心，总是令人赞叹不已。他的纯朴到了难以置信的地步，这位天才小说家环游了整个世界，结识了他那个世纪的所有伟人，读遍了他能读的所有书，精通欧洲各国语言，就像自己的母语。法国中学生都习以为常的事，他总觉得叹为观止。

我们觉得可见的现实世界伤害了他，因为他对虚构之事丝毫不感到惊讶，反而对任何真人真事深恶痛绝。可能他的刚正不阿、侠肝义胆使他在与人性的冷酷、邪恶、伪善打交道时体会到了挫败感。相反，他的智慧，特别是他在桌前凝神静思时，能够一针见血地看透生活的本质，直至它隐藏的耻辱，就好像我们透过一扇窗户看着与我们毫不相关的事件一般。

他曾是位极度简单、善良、正直的人，没有人像他那样乐善好施、忠心耿耿，对朋友忠诚，不管是活着的还是已逝的。

他不以常人狭隘、专业的眼光进行评价，所以他的文学观点就显得更加弥足珍贵、影响深远。他将自己了如指掌的各国文学进行对比，如此一来就拓展了评论的范围，对照相距甚远的不同国家之间的文学作品。

尽管是古稀之人，作家生涯行将结束，他对文学的理念却是最具现代气息、最为前卫的，摒弃了所有旧式小说情节复杂、构思戏剧化的形式。他要求我们只写"生活"，别无他物，"活生生的生活"，没有曲折的情节与波澜壮阔的故事。

他曾说过，"小说"是文学艺术最新的表现形式。如今的小说刚刚摆脱它开始使用的童话故事手法，它通过一定的幻想性魅力吸引了天真无邪的爱想象之人。但是，目前人们的品位越来越细致，我们需要摒弃所有这些不入流的手法，简化并且提升生活的艺术，也就是生活的故事。

当我们与他谈论一些吸引眼球的畅销书时，他说道："思想平庸的人远远超过心思细腻之人。一切都取决于你为哪个思想阶层的人写作。大众都爱的书，我们不屑一顾是常有之事。如果我们与大众都喜欢这本书，那请大家放心，两者的理由是截然不同的。心思细腻之人洞察一切的观察力使他早就察觉到俄国大革命的星星之火正在酝酿之中，即使它只是初现端倪。他是在《父与子》这本著名的作品中看到这个新思潮的。他在骚动不安的人群中刚刚发现了革命主义分子，他称其为'虚无主义者'，就像一位自然学家给刚刚发现的新物种命名那般。"

这本书引起了轩然大波。有些人开玩笑，另一些则咆哮大怒。没人愿意相信作家所宣称的。"虚无主义者"之名将一直伴随着冉冉升起的革命派，很快人们就承认他们的存在。

从那以后，屠格涅夫完全以一颗大公无私之心关注这帮革命派学说的演变与发展，他早就预料到，但还是承认了其存在，最后还公布于众。

　　他是无党派分子，经常腹背受敌，其实他只满足于记录与观察罢了。他相继出版了《过眼烟云与圣洁之地》，清晰明了地介绍了虚无主义者的每一步历程，思想混乱的革命者的优缺点，他们落后与进步的原因。

伊万·屠格涅夫

他深受自由主义派年轻人的推崇，每次返回俄国都受到他们热烈的欢迎。政府惧怕他，极端政党怀疑他，人民敬仰他。然而，屠格涅夫并不情愿回到自己深爱的祖国，因为他对那段牢狱之灾记忆犹新，只因他出版了《一位俄国贵人的回忆录》。

本文无法分析这位伟人的所有作品，他永远是俄罗斯文学的巨人之一。整个俄罗斯将对他致以最崇高的敬意，还有他极其推崇的朋友及诗人普希金、诗人列尔孟托夫、小说家果戈里，因为他们赋予了这个民族永垂不朽、难以估量的价值：一种艺术的、刻骨铭心的作品，一种胜于任何荣耀的不朽荣耀！这类人为国家做出的贡献只会令俾斯麦首相之徒望尘莫及，他们受到所有思想崇高之人的爱戴，已然跨越了国界。

在法国，他曾是居斯塔夫·福楼拜、埃德蒙·德·龚古尔、维克多·雨果、爱弥儿·左拉、阿尔丰斯·都德的挚友，当今所有知名的艺术家都与他有过交往。

他酷爱音乐与绘画，对艺术耳濡目染，对艺术所唤起的微妙以及朦胧的感觉极其敏感，对这些微妙、罕见的享受孜孜以求。

世间再也没有比他还要开放、细腻、敏慧的灵魂，没有比他还要诱人的才华，没有比他还要忠贞、慷慨的心灵。

埃特勒塔^{〔1〕}的英国人

为了向维克多·雨果致敬，一位伟大的英国诗人刚刚横穿法国。报纸对他的报道铺天盖地。十五年前，我有幸和阿尔杰农·查尔斯·斯温伯恩^{〔2〕}见过几次面。我想试着展示他的真风采，重点讲述他给我留下的奇特印象；时光流逝，我却记忆犹新。

好像是1867年或者1868年，一位姓氏不详的英国小伙子刚在埃特勒塔买了一座藏于密林中的茅屋。据说他幽居于此，孤傲不群，怪僻异常，也引起了当地人带有敌意的惊讶，就像所有小城市的居民一样，这些人阴险狡诈，幼稚无知。

〔1〕该文于1882年11月29日刊登在《高卢人报》。——原注（按：埃特勒塔是法国上诺曼地大区滨海塞纳省的一个市镇，属于勒阿弗尔区克里克托莱纳瓦尔县，常被称作象鼻海岸，主要产业为观光及农业。——译注）

〔2〕阿尔杰农·查尔斯·斯温伯恩（1837-1909），英国诗人。——译注

据说这位古怪的英国人只吃煮的、烤的、炒的、糖渍的猴子，他与世隔绝，独自一人高谈阔论，长达数小时。千奇百怪的无数事件令村里爱推理的人认定他就是个"怪胎"。

令人特别感到惊讶之处，是他经常与一只猴子相处，一只野生的大猴出入其间。如果是只狗或者猫，人们就不会说三道四了。但是一只猴子？难道不恐怖吗？真需要野性的品位！

在路上相遇后我才结识了这位年轻人。他身材臃肿，算不上胖，矮矮的个头，举止温柔，蓄着金色的胡须，几乎无法辨别黄色的皮肤。因一次偶然的机会我们交谈起来。这位"野人"和蔼可亲，举重若轻，但是他确是我们无意间会遇见的英国怪人之一。

他聪慧过人，好像活在自己的幻想世界中，正如埃德加·爱伦·坡那样。他曾将一套不可思议的冰岛传说译成英文，我多么渴望现在有法语版。他喜欢超自然的、可怖的、折磨人的、复杂的、所有异类的思想；但是他在讲述骇人听闻之事时，持着英国人特有的泰然，在他温柔平静的话语之下，这些事情变得合情合理，真叫人折服！

他的习惯、他的偏见、他的道德观中充满对这个世界的鄙视，他自视甚高，曾在自家门上钉了一个厚颜无耻、胆大妄为的名字。一个偏僻旅馆的老板在门上写道："这里，我们杀死游客！"即使这样阴森恐怖的笑话也无人能出其右。

他一位朋友差点溺死，我曾想给予帮助；这次事故之后，我收到他共进午餐的邀请，在这之前我从未踏足过他家一步。

尽管是在获救后我才赶去帮忙，两位英国人还是表达了诚挚感谢，我于次日欣然赴会。

他的朋友是位三十多岁的男孩，身体未发育，没有胸脯与肩膀，脑袋奇大。特别是脑门部分，好像吞噬了他的整个身体，像一个穹顶架在纤瘦的脸蛋上，尖尖的下巴蓄满胡须，活脱脱一把锭子。犀利的眼神、扁塌的嘴巴令人联想到爬行动物的头部，而他的颅骨非比寻常，绝非凡人！

这位奇人慌乱不安，走路、移动、行动时颤颤巍巍，好像出了故障的弹簧，震颤不停。

他正是阿尔杰农·查尔斯·斯温伯恩，英国海军上将的儿子，其外祖父是阿什伯纳姆伯爵。

当他说话时，担心焦虑的面庞焕然一新。我很少见到一个男人在讲话时如此扣人心弦、能言善辩、尖酸辛辣、充满魅力。他快速、清晰、敏锐、古怪的想象力完全融入话语中，使得词语生动有力。他突然的举动伴随着跳跃的句子钻进我们的思想，好似一把尖刀。突然间他的思想迸出火花，如灯塔闪耀光芒，天才之光，灯火通明，照亮了整个思想王国。

这两位朋友的房子精致美丽，与众不同。画作比比皆是，要么富丽堂皇，要么荒诞不经，展现了只有疯子才会有的想法。我依稀记得一幅水彩画，一个骷髅正在玫瑰色的贝壳里游泳，大海一望无垠，宛如人脸的月亮悬在空中。

处处可见森森白骨。我尤其注意到一个被剥了皮的手，可怕至极，手上还留着风干的皮肤，黑色的肌肉裸露在外面，如雪的白骨上残留着血的旧痕。

食物在我看来就是一个谜，但我不想猜测。美味可口？难以下咽？我无法盖棺定论。火烤猴子令我胃口全失，当我口渴时，在我们身边上蹿下跳的大猴搞怪似的把我的头按进酒杯中，我顿时失去了终日以猴做伴的任何愿望。

至于这两位先生，他们给我的印象是两位不折不扣的怪才，别具一格，属于古灵精怪一类，爱伦·坡、霍夫曼以及其他人皆出于此。

正如我们一致认为的那样，如果天才是那些神经错乱、才华卓绝的一类人，那么阿尔杰农·查尔斯·斯温伯恩定是一位十足的天才。

那些理性巨匠从未被看作是天才，而我们经常对头脑钝一点的人大加赞颂，虽然他们有点"不正常"。

无论如何，这位诗人因他别出心裁的作品和千变万化的形式成为那个时代的异类。他是位激情澎湃的抒情家，丝毫不去关注今日法国艺术家所孜孜以求的朴素且有用的真理，他竭力使梦境、飘忽不定的思想固定化，时而波澜壮阔，时而大肆渲染，有时也风景如画。

两年后，我发现门上了锁，宾客四散，家具出售。权当纪念，我买了那只丑陋不堪的剥皮的手[1]。草地上，有块巨大的方形花岗岩，上面刻着简单的字"Nip"。上面还搁着一块凹下去的石头，凹处填满了水，供鸟儿解渴。那是猴子的坟墓，它被一位年轻的黑人佣人掐死了，因为他报复心极强。听说暴怒的主人举起了枪，这个粗暴的佣人后来也就逃之夭夭

[1] 莫泊桑买了之后，以其为素材写了一部短篇小说《被剥皮的人的手》，于1875年出版。1883年又在《高卢人报》再次刊出，不过题目换成了《手》。——原注

了。但是他流浪了一段日子后，因整日食不果腹，幕天席地，又回来了，在街上做些麦芽糖的小买卖。在他差点掐死一位不满意的顾客之后彻底被逐出法国。

如果我们经常遇见像阿尔杰农·查尔斯·斯温伯恩这样的人，世界会更美好！

〔对小说艺术的思考〕

阅读[1]

　　十八世纪只有两部小说为我们所熟知：《吉尔·布拉斯》[2]和《曼侬·莱斯科》[3]。这两部作品都被尊为杰作，尽管第二部要远胜于第一部，因为它向我们展示了那个放荡、迷人时代的风土人情、穿着打扮、道德情操、爱恨情仇。它是那个时代的自然主义小说。相反，《吉尔·布拉斯》虽有极大价值，却无丝毫文献味。我们看到处处都是作家的成规，主人公的历险也发生在山的另一边，那时的人性还未显山露水。伏

　　[1]该文于1882年3月9日刊登在《高卢人报》。——原注
　　[2]《吉尔·布拉斯》（1715-1735）是勒萨日（1668-1747）一部以无赖、骗子的流浪冒险为题材的小说，它讲述了一位年轻的西班牙人步步高升的故事，他观察当时人文风情的角度很有趣。——原注
　　[3]《曼侬·莱斯科》是神甫普雷沃斯特的作品，出版于1731年，它是一部有关宿命的伟大小说。龚古尔兄弟重新发现了它。1885年，莫泊桑为其再版写了序言。——原注

尔泰奇妙的故事也未提供更多的信息。克雷必翁之子[1]的作品下流淫秽，可读性不强，还有其他人的作品都没有令我们心神不宁，我们主要是通过传统作品、回忆录、历史题材作品来想象那个堕落美好的时代。精致优雅、放荡不羁、彻头彻尾的艺术家时代，特别是精神上追求高雅，享乐是首要原则，爱情就是唯一的宗教。

然而，当时有一本不起眼的小说，尽管三番五次再版，还是给我们提供了不可估量的资料文件，科斯特马克出版商刚刚又再版发行了。书名叫《黛米道尔》，副标题《我与情夫的故事》。

啊！简直伤风败俗、污言秽语到了极点，下流的细节令人血脉贲张，但是如此之美！这是爱欲横流的世纪末的真正镜子，高雅的堕落，精神的颓废，虽刚刚起步却有一发不可收拾之势。我们一本正经、满口仁义道德的布道者禁止这类放荡的言论，当他们翻开这本书的一角时就已面红耳赤。这本书耐人寻味，是一部纯粹的杰作。啊！错了，一部不纯粹的杰作！

是的，一部杰作！杰作难寻。在这部美妙的淫书中，一切都那么诱人，文思如泉，汩汩而出。这才是真正的法国思想，清风拂柳，浑然天成；它跳跃着、旋转着、放肆着，轻盈飘逸，亦步亦趋；它勃然喷发，与洗练优雅的文笔融于一体，妖媚而大胆，灵巧而俏皮。这就是我们文明古国的优秀散文，它

〔1〕克雷必翁之子（1707–1777），法国色情小说家，《心与神智迷失》一书的作者。——原注

晶莹剔透，如我们饮的酒，熠熠发光，如酒后上头，如痴如醉。能阅读到这样的文章实乃人生幸事，一种饶有趣味的幸福，一种精神上近乎肉体的快感。

作者隐了他的名姓，其实是位普通的农场主，名叫戈达尔·德·奥古尔。我们真的想与他共进晚餐。

什么主题？尽是些闲言碎语、微不足道的小事：一位年轻的绅士解救被他父亲囚禁的情妇罗丝特的故事。这位幸福的花花公子确实有理！

这本书给我们一种奇怪的感觉：远去的时光、彼时的人以及他们的旧习都重新浮现在眼前。

如此佳作科斯特马克先生在他的出版社中是可遇而不可求的。

自然主义作家于斯曼在布鲁塞尔发表了一部与众不同的中篇小说，名为《顺流》。

这个小故事会令多愁善感的人毛骨悚然，我被它近乎平庸可悲的真诚深深打动了。我看见一些人像"总工会"[1]股票持有者那么灰心丧气，或者一些疯狂的暴怒者。我看见抽泣的人，也看见大声疾呼者。一些鸡毛蒜皮的事就足以令他们火冒三丈。这是一个职工寻找牛排的故事。仅此而已。一个可怜的怪人在部级单位任劳任怨，他每天仅有三十元用来吃饭，混迹

[1] 莫泊桑曾在1882年1月25日《谁之过？》这篇专栏文章中提到了总工会的财政丑闻。——原注

于低等小饭店，粗茶淡饭、咬不动的低等肉、黄油鳀鱼的怪味以及掺水饮料所发出的酸臭味，这一切都令他的胃翻江倒海。

他从宿主的餐桌走到酒商，又从左岸走到右岸，心灰意冷地回到同样的地点，发现同样的菜肴，品尝同样的口味。寥寥数页就刻画了社会下层人士的悲惨画面。这位男士是一个逆来顺受的聪明人，他只有在大家一致称赞人类蠢事的时候才站出来反抗斗争。这位混迹于小酒店的尤利西斯令人痛心不已，使人绝望，因为有着惊人的真实性。他惊险离奇的经历只局限于菜肴间的游荡，变质的黄油散发一股股焦肉油味，旁边尽是无法吞咽的肉片。

我提到的那些人惊叫道："不要展示可怕的事实，我们只要振奋人心的！不要令我们垂头丧气，给我们点乐子。"

事物及其他
slow reading那些习惯阅读谢尔比列[1]先生的小说用来消遣的人在读到弗朗泰[2]令人泄气的故事时定会无聊透顶。我完全能够理解这些人的观点，但是比起其他作家设计的令人感动的故事情节，有些人剥夺他人独爱自然主义作家小说的权力。

有趣味盎然之书，也有感人肺腑之作，你们接受哪一个？难道不是吗？然而，在我看来，我无法接受我们会被振奋人心的小说情节打动这一事实。有什么比真理更感动人心，更让人心碎呢？有什么比一个可怜的、食不果腹的小职工的故事更真

〔1〕谢尔比列（1828-1899），法国小说家。——原注

〔2〕于斯曼小说《顺流》中的人物，他始终在寻找精神的幸福和物质的舒适，却屡遭挫折。——译注

实呢?

要想感动我,一本书中必须有血迹斑斑的人性,里面的人物必须是和我一样的天涯沦落人,对我的喜怒哀乐感同身受,每个人都有着我的一面,我阅读过程中,一直促使我进行比较,一些难以忘怀的回忆令我心跳加速,每一行字都能唤醒我每日生活的足音。这就是为何《情感教育》能够打动我心的原因,这就是为何弗朗泰先生变质的羊乳干酪能够令我忆起胆战心寒的过往。

其他人热衷于《基度山伯爵》或者《三个火枪手》的故事情节,而我从来都是浅尝辄止,令人无法信服的幻想故事堆砌在一起,我读之无味,意兴索然。

当我们无法相信时怎样才会被打动?当一切不可能之事堆砌在一起时如何还有相信的勇气?对这类华而不实作品的漠然我们几乎是不敢承认的,举世无双的巴尔扎克曾经就大仲马的作品写下这么一句话:"读完之后我们闷闷不乐,满是对自己的懊恼与憎恨,为何浪费时间读这样的作品!"

当然,《顺流》不是为那些想睡前读一本韵味无穷的书的年轻女子而写的。她们想细细品味一则故事,就像嚼杏仁糖那样,一些小故事专为她们而写,读来令人浮想联翩。热内·梅兹华[1]的《爱的苦恼》就是一本回味无穷、巧妙绝伦的女性主义作品。

这本书中一些短小精悍的故事宛如华丽的珠宝,而《被钉

----

[1]热内·梅兹华(1856-1918),法国文学批评家。——原注

在十字架上的人》这类文章则庄严肃穆。《被钉在十字架上的
人》还有一段故事呢！它先被刊登在一份报刊上，很快受到司
法追究，并禁止发行，当我们在这本书中重读此篇时，确实为
司法机构突然的羞耻心感到震惊不已。恼怒的福楼拜曾经三番
五次地提到对文学的憎恨，现在我们真的对此深信不疑。当邪
恶的作品中出现一些猥亵的话时，检察院视而不见。它可能还
笑了，但是此类污言秽语一旦蔚然成风，它就严加管制。

姑且列举一下这本书中最迷人的几部故事：《上校的婚
礼》《布洛瓦·常颂》《马约的小姐》《最后一本杂志》《黎
明曲》。

热内·梅兹华讲故事绘声绘色，虽然矫揉造作，但不失灵
巧，玩弄文字于股掌之间，心思敏感细腻，好像天生就善于描
写闺房中翻云覆雨之事，整个气氛都弥散着爱的香艳之气。但
是为何这种人也想用他的"艳笔"为我们书写农民简单而粗
暴的故事呢？他笔下的人物是瓦托的牧羊人，牧羊人口中也说
着他病态、神经质的话。他笔下的农民散发着一股田园诗人的
气息，女农民马尔科口中的奇文瑰句完全不会令我们联想到乡
村的野蛮与暴力。为了与情人重逢，她一怒之下导演了一幕悲
剧，将父亲的房子以及出生的村庄付之一炬。

文学问题[1]

笔名为内斯特[2]的杰出作家撰长文对我上一期的专栏进行了评论，我在上一期对我的同行于斯曼的文章大加赞赏。

我的反对者在他的评论中控诉所有他口中的"新小说家"，对他们的诗学评头论足，尽管很欣赏他们的方法。我稍后再议此话题。

首先，从理论上说，我要向我可敬的同仁声明：我认为天下所有的文学法则都是毫无用处的。小说家的写作手法暂且不论，唯有作品本身才是价值所在。天才作家将他的优点甚至缺点奉为金科玉律，这就是所有文学流派的根源之所在。但是，我们抨击对手作品依据的是与其秉性相异作家已经接受或者制定的规则，讨论的妙处就在于它们能够阐释作品，为艺术诉求

[1] 该文于1882年3月18日刊登在《高卢人报》。——原注
[2] 《吉尔·布拉斯》的专栏专家亨利·弗吉尔使用的笔名。——原注

的合法性进行辩护。当一位作家的才华令众生折服之时，他就拥有了自己理解艺术的权力。

然而，我在提及大仲马时（这也正是内斯特有异议之处），令人无法信服的幻想故事堆砌在一起，我读之无味，意兴索然；我当然知道这会令《三个火枪手》的忠实拥趸火冒三丈，所以我才小心翼翼地拿巴尔扎克的一句话做挡箭牌："读完之后我们闷闷不乐，满是对自己的懊恼与憎恨，为何浪费时间读这样的作品！"

我的同仁因此对我咆哮大怒，认为我对消遣类的小说极度鄙视，已经取悦三代人的幻想小说在我看来愚蠢之极。

我对想象力顶礼膜拜，它与观察力不分伯仲。但是我认为，为了突出其中的一点，尚需第三种才华，它凌驾于两者之上，令真正的艺术家赞叹"这就是一本杰作"。大仲马尽管有着精妙绝伦的叙事技巧，却独缺这第三种才华。这种才华就是文学艺术。我想表明的是，一种独一无二的才智将永恒融入作品之中，它是无法令人忘怀的印记，因作家的不同而不同，但我们永远能够辨识出，那就是艺术的灵魂。荷马、阿里斯托芬、埃斯库罗斯、索福克勒斯、维吉尔、阿普列乌斯、拉伯雷、蒙田、圣·西蒙、高乃依、拉辛、莫里哀、拉布吕耶尔、孟德斯鸠、伏尔泰、夏多布里昂、缪塞、雨果、巴尔扎克、戈蒂耶、波德莱尔等人都有这种灵魂。大仲马的小说以及那天我提到的谢尔比列先生则缺乏艺术灵魂，两者半斤八两。玛德琳·史居里[1]、阿尔南古尔子爵[2]、尤金·苏[3]、弗雷德里克·苏尼尔[4]这些人令我们这代人神魂颠倒。留给我们的还有哪些呢？小仲马的逝世之日也是大仲马的精神遗产消失之时。尽管比起我刚才列举的作家，大仲马技高一筹，但是他留给我们的只是一个记忆罢了。

《堂吉诃德》堪称小说中的小说，它是一个充满想象力的作品，尽管是译作，给我们的感觉是一个无价的艺术珍品。《吉尔·布拉斯》亦是想象之作，《巨人传》也是，以及戈蒂埃令人惊叹不已的作品《莫平的小姐》。

它们皆是永垂不朽之作，只因有股勃勃生气鼓荡其间。

除了艺术没有任何救赎。常言道：艺术即风格？非也，尽管风格举足轻重。巴尔扎克写作平庸，司汤达不会写，而莎士比亚的译作令我们五体投地。

艺术就是艺术，我无须多言。

艺术令我们相信不可信之事，使事物栩栩如生，创造独一无二的事实，它非真非假，因艺术家的才华而变得亦真亦假。

但是必须将这种神韵与皮格梅隆[5]的历险分而论之。

[1] 玛德琳·史居里（1607-1701），法国作家。——原注
[2] 阿尔南古尔子爵（1788-1856），法国小说家、诗人、戏剧家。——原注
[3] 尤金·苏（1804-1857），法国作家。——原注
[4] 弗雷德里克·苏尼尔（1800-1847），法国小说家、戏剧家、记者。——原注
[5] 皮格梅隆（pygmalion），希腊神话故事中的人物，传说他爱上了自己的雕塑。——译注

我们的感官所能揭示的无非是现实存在之物，而我们的想象力在费尽周折之后得到的结果也只是将不相吻合的真相之碎片重新拼接起来。新小说家依循这个原则得出结论：与其殚精竭虑地扭曲现实，不如简简单单地将之再现。这个方法有其自身的逻辑。我的同仁内斯特先生完全接受这个理论，但是当我宣称于斯曼的主人公弗朗泰先生，也就是那位一直饥肠辘辘寻找食物的可怜员工，揭示了一个令人痛心的事实时，《吉尔·布拉斯》的作者这样回答我："一派胡言！纯属虚构，我对他无动于衷。"内斯特立即予以回应，言辞凿凿："感谢上帝，我有一个厨艺高超的厨师，这些担心焦虑对我来说纯属无稽之谈。"然而，我亲爱的同仁，我的厨师与你的比起来相形见绌，我会一直等到她技艺纯熟，至少我认为那天会很快来临，我会一直被那些饔飧不继的人感动着，他们胃的翻江倒海我也会感同身受。

　　我承认这类批评令我陷入窘迫不堪的境地。如果每个读者都要求我将他置于他自己的床上，吞食他平淡无奇的菜肴，咽下他平日里喝的酒，喜欢和他妻子长着同样头发的女人，对和他孩子有着一样名字的小孩感兴趣的话，那么我将拒绝写作。他们对未曾经历过的焦虑、痛苦、喜悦都拒绝去理解，甚至大声宣称："除了我之外，我对其他任何人都置若罔闻。"

　　如果我的一个人物在上马车时不慎摔断手臂，你们对我说："与我何干！我有一个完美的马夫。"如果我让一位女子难产，你们对我说："我满不在乎，我又不是女人！"如果我让一位少年散步时溺死在塞纳河中，你们会说："无关紧要，我从来不去河边！"

我的同仁内斯特补充道："啊！如果您给我们讲述一个雇员的失望、野心、爱情、对未来的担忧该多好！尽管我的野心、爱情、担忧与其有别，但是两者的契合点至少找到了！"

　　我有点怀疑。一个雇员的野心无非是每三年涨三百法郎工资。他的失望源于奖金的克扣，他的爱情对我们来说一钱不值，他的担忧仅仅是没有达到最高退休金。仅此而已。

　　当我给你们讲述这样的一生，你们会心满意足？你们拒绝了我雇佣一位充满哲思、逆来顺受的雇员，他自言自语道："我没有希望，更没有未来。我总是故步自封。我深知这点，但是却无能为力，至少在这场灾难中少受皮肉之苦。"

　　他试着让自己的物质生活充实起来，却徒劳无功。他知道自己在"随波逐流"，身不由己；但是他在餐桌上的时光至少是美妙的，尽管其他时刻苦不堪言。你们认为这难道不公正、不人性、不合理吗？

　　何时我们才能停止讨论作家的意愿、抨击他们的倾向？批评他们没有遵循自己的方法，指出他们违反公认的文学成规所犯下的错误，仅此足矣。

专栏写作[1]

在一篇文章中，弗朗西斯科·萨尔赛就我的文章提出了诸多文学问题。尽管点到为止，尚有保留，但是我对他感激不尽。我本想就著名批评家的理论做些回应，但是我更希望是匿名为之，不让别人闲言碎语，好像我在为自己辩护。我认为，一位作家从来就不应该为一己私事而高谈阔论，不过就目前情况来看，我脑中想到的只有对话了。

萨尔赛先生说道："我个人认为，我们正在走往堕落的道路上。如今的小说家热衷刻画的甚至已不是谄媚，他们对妓女有着非比寻常的热爱……"

他继续说道："为何不遗余力去研究这些毫无价值的人？这些堕落的灵魂除了兽性的情欲爱意之外，一无是处。"

就这点来看，我认为萨尔赛先生有点越俎代庖了。自文学

[1] 该文于1882年7月20日刊登在《高卢人报》。——原注

诞生之日，作家就一直在强烈地要求自由选择文学素材。雨果、戈蒂耶、福楼拜以及其他人都因批评家强加给小说家体裁一事而大发雷霆。

倒不如批评散文家没有写诗，理想主义者不现实呢！

作家应该是唯一的主人，是他能够写作的作品唯一的评判者。但是批评家、同行、读者却自作主张，对作家有无达到自己所定标准评头论足。

如果我心血来潮地去评判或者质疑一位作家的才华，我只有将自己置于他的境地才能这么做，要设身处地，洞悉内心深处。我无权批评弗耶先生从来不研究工人阶级，也不会批判左拉先生的作品充斥着道德沦丧之徒。

但这也并不意味着我们就不能对某些思想或者主题情有独钟。

我们触及的问题十几年前就已争论不休了。我觉得讨论这个问题最好的方法就是引用泰纳先生一封著名信件里的一段话，观点与萨尔赛先生的完全契合，我却不敢苟同：

"涉及配角，我只想请求大家在原有评论的基础之上再添加其他一组评论。您刻画了农民、小资阶级、工人、学生以及女孩。可能不久的一天您会描写有文化修养之人、大富大贵之人、工程师、医生、教授、企业巨头。

"就我看来，文化是一种力量。一位出生富裕家庭的人，他的祖祖辈辈都勤勤恳恳、规规矩矩、诚实守信，那么他就很可能正直、聪慧、有教养。荣誉与精神一直以来都或多或少是温室植物。

"这种学说满是官僚腔，但是它可通过实践得以验证……"

我们可以再加上小说大师龚古尔的一些愿望，他希望年轻人在书写真实世界时使用千百年来作家分析劳苦大众时所运用的细致入微的观察！

文人墨客一直对值得研究的、有文学价值的社会人群置之不理，我们现在应该感到惊讶不已。

为何？是不是如龚古尔所说，深入心灵、灵魂、意图要难于上青天？可能有点。但另有原因。

现代小说家意欲在现场抓住人类的丑恶行径。他从人类一切行为中最想得出的结论是他们的初衷，他们意愿的神秘源头，尤其是决定人类行为的共同因子：内在的冲动。

然而，上等人与凡人最大的区别在于有无虚伪的外表，有无约定俗成的礼仪，有无工于心计的伪善。

小说家正陷于这两难境地之中：刻画他眼中的世界，揭开诚实优雅的面纱，揭露幕后黑幕，将裹在狼皮之下千篇一律的人性公之于众，或者像乔治·桑、儒勒·桑多[1]和奥克塔夫·弗耶那样毅然决然地刻画一个美好虚伪的世界。

我丝毫不想抨击、谴责这类只关注表面光鲜亮丽、令人愉悦的行为，但是，当一位作家的秉性只允许他讲真话之时，我们不能逼迫他自欺欺人。

弗朗西斯科·萨尔赛先生对当今小说、戏剧四十年来充斥妓女的现象大为震惊，同时也极其愤慨。

作为回复，我可以引用《曼侬·莱斯科》这本书以及上个

[1] 儒勒·桑多（1811-1833），法国小说家、戏剧家。——译注

世纪末所有尺度过大的文学。但是引用永远无法得出结论。

真正的原因在此：现今的文学趋向于细致入微的观察，然而，女性在生命中只有两个功能，爱情与生育。小说家可能自以为是地认为，对于读者来说，第一功能的吸引力远胜于第二种。他们首先观察的是女性与生俱来的职业工作，即爱情。

天下话题唯有爱情能打动人心。我们尤其关注的是女人的爱情。

男人的智商因其教育与出生地的不同而千差万别，女人则不尽然，她人文的影响是受到限制的，能力是有限的，整个社会自上而下给她的都是一个面孔。新婚的年轻女孩迅速成为杰出的贵妇人，她们入乡随俗，随遇而安。一个谚语说"有人看见国王娶了女牧羊人"。我们每天都与女牧羊人擦肩而过，她们很少成为贵妇人，像其他牧羊人一样过着平庸的生活。

女人之间没有社会等级可言。她的社会地位完全取决于她的男人或者给她撑腰之人。男人娶之为妻，不管合法与否，他们会对女人的出身顾虑重重吗？将之作为文学主题时，他们需要更加谨小慎微吗？

泰纳先生自有看法："荣誉与精神或多或少是温室里的植物。"

我对精神毫无争议，但是荣誉？……我记得有一天，我们与一位外乡少妇谈论此事，她可是位彻头彻尾的贵妇人。中层社会的人比上层社会更加正直崇高，当少妇听见此话时，怒不可遏。接着，我们旁征博引，她失声大笑，觉得我们有点道理，只是有点而已。她忆起一事：1870年，战火刚刚停息，她受委员会所托对她所在的制造业大城市进行城市解放的募捐工作。她从工人的居住区开始。当然她遇到了举止粗鲁之人，但是她也发现不计其数的穷苦人向她伸出了援助之手。普通平凡的妇女深受感动，不约而同地想拥抱她。而男人在施舍之后还与她握手，力道之大令她几欲叫喊。当她进入富人区时，有人托词主人不在家，或者当她无意发现两人都在家时，他们用尽手段只为了少施舍点，虚伪地道着歉，露出一副穷酸相。

终于有一天，没有遇过大企业家的她在他出门时逮个正着。他恭恭敬敬，连声道歉，把她引入家中：爬了两层楼就到了。他给她拿饼干和马拉加香葡萄酒，接着，他拿来生意的账本，示意今年的入侵使他分文未入，所以无力为国效力。

募捐小姐最后补充道："我们对自己阶层的人总是保留些许宽容与同情，说到底，您或许是有道理的。"

下层社会 [1]

　　阿尔贝·沃尔夫先生强烈批判新生代文学的趋向，指责他们一味研究下层社会，他还不无道理地补充道："但是'下层社会'这几个词涉及的并不一定是妓女与醉鬼，在新生代文学中，我们优雅地称之为'邋遢鬼'与'婊子'。社会的下层人物伊始于他们性格的堕落、人性的坍塌，不管他们属于哪个受苦的阶层。小说家需要观察的世界真是广阔无垠！我们有贵族、资产阶级、艺术家、银行家，还有工人这一下层社会……"

　　沃尔夫先生把我叫到一边，指责我那天没有坦白地回答弗朗西斯科·萨尔赛的问题。我将所有个人问题搁置一边，我为

[1] 该文于1882年7月28日刊登在《高卢人报》。1882年8月6日，莫泊桑在《高卢人报》发表《一个真正的悲剧》的续集，揭示了"新兴阶级"的美学，"他们只关注事情的逼真性"。——原注

每个小说家的绝对自由大声疾呼，他们的选题应该心如所愿。而今天我就下层社会这一议题与沃尔夫先生完全达成一致。

对下层社会的热衷关注如今横行肆虐，它确实是对先前过度理想化的过激反应。

今天的小说家不正是口口声声嚷嚷着要写合乎情理的小说吗？！一旦这个原则被接受，一旦这个艺术理想被确定（每个时代都拥有属于它自己的），我们所称之为唯一持续的下层社会研究将会变得荒诞可笑，与一直以来对完美无瑕世界的描写如出一辙。

一部作品的所有人物都是圣人，好似一幅幅画像，而另一部则个个穷凶极恶，差别何在？丝毫没有。两部作品中都存在着善恶两元论，完全有悖还原生活本色的初衷，也就是比生活本身更加公平、公正、合乎情理。

我们前辈对小说的理解就是寻觅生活中异乎寻常、别致新奇的事情以及错综复杂、稀奇古怪的故事。他们所创造出的世界没有丝毫人情味，令人浮想联翩。这种写作手法被命名为"方法或者理想的艺术"。

当今世界对小说的理解就是排除这些异类。可以说，如今的人想要写的是不好不坏的事件，从中得出平常无奇的哲理，或者从司空见惯、千篇一律的事实、习惯、风情、经历中得出具有普世价值的观点。

不偏不倚、独立自由观察世界的方式正是源于此。

鉴于他目前的方法，他应该避免选择生活的参差不齐。他艺术观中一些蛮横无理的要求应该经常促使他放弃千真万确的事实，而去关注简单且具有逻辑的逼真原则。

突发事件时有发生。铁路碾压了游客，大海吞噬了旅客，一阵狂风大作，烟囱砸死行人。然而，新兴流派的小说家谁敢豪言在叙事的过程中通过一起突发事件来抹除其中一个重要人物？

众生皆可以被看作是一部小说，每当一个人以此种方式辞世，那正是一部小说戛然而止之时。此种情形之下，我们没有权利抄袭自然，因为我们抓住的一直是些普遍事实罢了。

所以，只看到人性中唯一的阶层（高的抑或是低的），唯一的情感类型，唯一的事件，那注定是思想狭隘的标志，智力"近视"的符号。

不管我们属于哪一流派，我们都引用巴尔扎克，因其多才多艺、博大精深。他通过集体来阐释人性，通过整体来分析事实，他给形式各异的人与情感分门别类。如果今日的作家大肆滥用显微镜式的写作，一味地研究同一人性，那纯属活该。那只不过是因为我们无力使自己变得眼界开阔。

如果我们细细品味，事实上，反复出现的"下层社会"写作只不过是对尘封已久的诗性理论的抗议。

亘古以来，所有情感文学有一个坚定的信仰：有一些情感与事物从本质而言是高贵、充满诗意的，只有它们才能成为作家写作的素材。

历史长河中，诗人只吟唱了花季少女、皎皎星辰、春色满园、花团锦簇。在戏剧中，诸如仇恨、嫉妒这类卑劣的情感也有其华美、崇高的一面。

如今，我们嘲笑露水的吟唱者，我们已经领悟到，世上万事万物在艺术的世界里都有同样的价值。但是一旦真相大白，这些作家出于一种反抗心理，就毅然决然地书写前人所不曾歌颂之物。当这种倒行逆施的危机解除、行将就木之时，小说家们会以平等公正的态度对待万事万物。而他们的作品，因个人才华而异，也将最大限度地做到包容万象、海纳百川。

我们开始创造与前人截然相反的文学成见只是为了摆脱前者。最后，如果为现代小说家寻找一句格言的话，可能就是这句，它简洁明快地道出了小说家所寻觅、期望、尝试的东西："世间一切与人有关的我都要努力熟悉它。"[1]

〔1〕出自泰朗斯（前190-前159）的作品，拉丁喜剧诗人。——原注

幻想 [1]

二十年来，超自然渐渐地从我们灵魂中消失了。它宛如一瓶开封的香水消失殆尽。当我们将鼻子凑在瓶口久久地吸气时，只闻得一股朦胧的香气。它已然消逝。

我们的后辈会因他们的祖先相信一些荒诞不经、不可思议的事情而震惊不已。他们永远无法理解以往的描摹，漫漫黑夜，对神秘的恐惧，对超自然的忌惮。几乎只有极少数人还在相信鬼魂的造访、一些事或物的影响、清醒状态的梦游症、招摇撞骗的招魂术者。

我们可怜的思想在一切无法解释的现象面前表现得忧心忡忡、无能为力、狭隘短见、惊慌失措。它被这个世界不断上演、百思不得其解的种种场面给镇住了。千百年来，他们用奇怪、幼稚的迷信解释未知之物，在它们的阴影之下不寒而栗。

[1] 该文于1883年10月7日刊登在《高卢人报》。——原注

如今，他觉察到自己错了，他试图去理解，但是无功而返。迈出了伟大的一步。我们抛弃了神秘性，对于我们来说只是未探索领域罢了。

二十年后，对虚幻的恐惧甚至会在人间消失。创世仿佛有了新的面孔、新的角度、新的意义，有别于往昔。那注定是幻想文学走向灭亡之源头。

从骑士小说《一千零一夜》开始，直至霍夫曼[1]和爱伦·坡[2]令人瞠目结舌的故事，其间还有史诗与童话故事，这种文学经历了不同的时代和不同的形态。

当人们选择毫不犹豫地信任时，幻想类作家在铺陈骇人听闻的故事时不会亦步亦趋。他们一下子就融入不可能之中，并贯穿始终，虚构的情节、幻觉以及所有令人毛骨悚然的设计层出不穷，变化多端，为的就是制造惊恐。

但是一旦怀疑钻进思想，艺术就变得更加细腻。作家寻求细微的差别，围着超自然的东西转悠，而不是深入其中。他一直处在可能的边缘之上，终于觅得一些可怕的表现手法，将灵魂置于犹豫与恐惧的境地。犹豫不决的读者一脸迷茫，就像一只脚踏入深水区，永远触不到底，突然抓住现实这个救命稻草，为的却是立即再次深陷其中，如此反反复复，浑浑噩噩，像极了一场噩梦。

〔1〕恩斯特·西奥多·阿玛迪斯·霍夫曼（1776–1822），德国作家、作曲家。——原注

〔2〕埃德加·爱伦·坡（1809–1849），美国诗人、小说家和文学评论家。——原注

霍夫曼和爱伦·坡不可思议的可怕力量源于他们精妙的技巧，他们融合幻想与恐惧的独特方式。虽是一些看似平淡无奇的事实，里面却藏有无法解释、怪诞不羁的成分。

刚刚去世的俄国大文豪伊万·屠格涅夫在他那个时代是位超卓绝伦的幻想作家。

我们在他的作品中处处可见神秘莫测、扣人心弦的叙事故事，读来令人毛骨悚然。然而，在他的作品中，不可思议之事总是披上一层朦胧的面纱，以至于我们无法断言他曾经是否想写幻想。确切地说，他原原本本地讲述自己内心所感，而他的灵魂在无法理解的现象面前所表现出的混乱与焦虑只是藏于字里行间，这种令人揪心的恐惧感像来自另外一个世界的未知气息。

在其作品《怪诞的故事》中，他风格独特，既没有华丽辞藻，又没有惊艳表达，讲述了他自己在一座小城市的游历，类似一位傻乎乎的梦游者，读来令人胆战心惊。

他在中篇小说《笃笃笃》中讲述了一位骄傲、爱幻想的傻瓜的死亡，我们在品读时感到焦躁不安、背脊发凉，好似生了重病，只因扰乱人心的力量太过于强大。

在《三次相遇》这部杰作中，未知但是可能发生之事所引起的微妙、难以名状之情达到了极致，无与伦比，登峰造极。故事其实微不足道。一个男人在不同的天空、相隔甚远的地方、五花八门的情境下三次听见一个女人唱歌的声音，一切都出于偶然。这个声音像魔咒一般缠绕着他。这个声音到底是谁的，他一无所知。仅此而已。但是梦境的极度神秘性、生命的彼岸、一切将灵魂卷入诗性天地令人着魔的密教艺术都呈现在这部深层又浅显的作品中，深邃难懂，却又简单朴素。

不管他的才华有多卓越，只有他在用厚重、迟疑的声音讲述时，才赋予灵魂最强烈的情感。

他瘫坐在扶手椅上，双肩顶着一颗大脑袋，无精打采的双手搭在扶手上，膝盖曲成了直角。银白的头发奋拉在脖子上，与白花花的胡须混为一谈，胡须一直拖到了胸口。浓密雪白的睫毛在一双天真、迷人的眼睛周边形成一道轮缘。硕大的鼻子赋予他的脸部一缕粗鄙的气息，连甜美的微笑、纤细的嘴唇都无法掩饰。他目不转睛地看着你，说话慢条斯理，有点咬文嚼字，他总是能找到恰如其分的词语。他的所有言语勾勒出一副令人心动的画卷，宛如一只猛禽，将思想牢牢抓于利爪之中。他在叙事中安排一个巨大的想象空间，画家称之为"留白"，既可仰观宇宙之大，又可俯察品类之盛。

有一个黄昏，他在福楼拜家中讲述一则男孩不认其父、与之相遇、与其失联、失而复见的故事，可还是无法确认是不是他父亲，最终他发现父亲溺死在一个荒无人烟、一望无垠的沙滩上。他叙述的那些情景颇为真实，但是又令人惊讶不已，忧心忡忡，似幻如梦。有一种难以名状的恐惧感袭来，我们每个人都在幻想这个怪诞的故事。

有时候，一些平常之事在他嘴里变得扑朔迷离。一天、晚饭后，他给我们讲述了他与年轻女孩在宾馆邂逅的故事。从第一秒开始，他就被女孩深深吸引，他甚至试图想让我们理解这种吸引的原因。他向我们描绘了女孩睁开双眼独一无二的方式，首先两眼放空，然后缓缓地将目光投射在他人身上。他讲述了眼睑、眼珠一张一合的运动以及眉毛的褶皱，描绘得栩栩如生，一切恍如昨日，我们痴迷上了这只奇怪的眼睛。这个简单的细节经他口中讲出令人惶惶不安，胜于他讲恐怖故事。

他出众、迷人的讲故事技巧在讲爱情故事时得到淋漓尽致的发挥。我想，他把刚才感人肺腑的故事写成了书。

他在俄罗斯打猎，一家磨坊主热情地接待了他。他很喜欢这个国家，决定多逗留点时间。他很快察觉到磨坊主的妻子在偷看他，经过几日粗暴又温柔的缠绵后，他成了她的情夫。那是一位漂亮的女孩，满头金发、干净整洁、心思细腻，却嫁了个粗人。她的心中有着一般女人与生俱来的分辨力，不需任何学习就能借助直觉参透所有微妙的情感。

他给我们讲述在麦秸仓的幽会，巨大的磨坊永不停息地转动着，震得仓库摇摇欲坠；在厨房的亲热，女人此时正俯着身子为男人做晚饭；在他打猎回来后送的秋波，他在丛林里追逐了一整天。

但是他必须回莫斯科待一周，便问情人需要带点什么。她一无所求。他送了一件裙子，珠宝项链，还有一件皮大衣，这可是俄罗斯人的著名奢侈品。

她拒绝了。

他很沮丧，不知所措。他最终让情人了解，这次拒绝给他造成了巨大的悲伤。

她于是说道：

"那好吧！您给我带一块香皂。"

"什么！香皂？！什么样的？"

"一块上等的香皂，花香四溢，就像城里的夫人那样。"

他惊叹不已，无法理解这种奇怪的品位。他问道：

"为何你只要一块香皂呢？"

"我用来洗手，这样手留余香，您就可以亲吻它们，和其他夫人一样。"

这位心地善良、温柔体贴的男人在讲述时声情并茂，我们几欲流泪。

对《漂亮朋友》的批评的回复[1]

我们收到撰稿人莫泊桑先生的一封信，立即出版，内容如下：

于罗马，1885年6月1日

亲爱的主编先生：

我在外面游历了很长时间，耽搁了《吉尔·布拉斯》的阅读。我在罗马的很多报纸上发现人们对我《漂亮朋友》的赞美之词，一方面我感到震惊不已，另一方面又使我很痛苦[2]。

我在卡塔尼亚时已收到蒙特霍月[3]的一篇文章，很快就

---

[1] 该文于1885年6月7日刊登在《吉尔·布拉斯》。——原注

[2] 1885年4月6日至5月30日，《漂亮朋友》在《吉尔·布拉斯》以连载的形式刊出，于5月底在阿瓦尔出版社出版发行。——原注

[3] 蒙特霍月是儒勒·布瓦里昂（生于1851年）的笔名。法国专栏作家。——原注

回了信。我觉得有必要在刊登我连载小说的报纸上做些声明。我承认，我完全没预料到自己会被逼无奈地对我的意图做出解释，因为确实有些同僚已经完全领会，只不过另一些人比较敏感罢了。

如今的记者就是昔日诗人的影子，我们都称之为"易感人群"。他们认为我想描绘的是整个当代报刊业，以一把标尺看待所有人，以至于所有报纸都融于《法式生活》中，所有主编的形象都浓缩在我刻画的三四个人物中。略加思考，我倒觉得他们确实没有搞错。

我其实只想讲述一位冒险家的生平，他与我们每天在巴黎擦肩而过的众人并无二致，现如今的所有职业都有这样的人。

事实上，他是记者吗？不是。我写的时候他刚想成为一名圆形竞技场的马戏演员。因此，不是志向激励了他。我想慎重地告诉大家，他其实一无所知，他没有意识，只是嗜钱如命罢了。从文章开篇我就将一个事实公布于众：摆在我们面前的是一粒无耻之徒的种子，它会在落入的土壤中生根发芽。这个土壤就是报纸。有些人就会问了，为何这个选择？为何？因为比起其他社会环境，它最有利于我一览无余地揭示我人物的历程，况且，正如我们的老生常谈，报刊业就是万金油，通达一切。倘若是其他职业，需要些专业的知识，更久的酝酿；入口更加狭窄，出口更加稀少。报刊业宛如一个硕大的共和国，幅员辽阔，地大物博，无奇不有，无所不为，我们既可以是一位谦谦君子，也可以是位市井无赖，一切都易如反掌。所以，我的人物进入了报刊业就可以无所不用其极来达到目的。

他才智平庸。仅靠女人上位。至少他成为了一名记者吧？

未必。他一口气经历了报刊业的所有岗位，靠着运气不断晋升，却无暇顾及他走过的路。他从通讯员做起，又调入别的部门。然而，一般而言，报刊业和其他职业并无二致，我们在固定岗位要待上好长一段时间，立志要当通讯员的人经常终生都从事这个行业。我们举些名人的例子。很多都是正直善良之辈，已婚人士，自认为身居要职，是达官贵人。杜洛瓦成为《回声报》的社长，这可是另外一门学问，他得懂得留住那些已经功成名就的人。《回声报》在报刊业发了一笔横财，我们知道，在巴黎有几位社会新闻编辑的文笔已经可以媲美著名作家。也正是出于此原因，《漂亮朋友》很快被列入政治专栏。至少，我希望，不要控诉我针对了让·雅克·维斯[1]和约翰·勒穆瓦[2]这两位先生。但是他们怎么会怀疑我针对某人呢？

也许，比起其他任何人，政治类新闻编辑更热衷于深居简出的生活，他们一本正经，既不愿改行换业，又不愿变更风格。他们终其一生都在写同一篇文章，据其观点，依其才华，在形式上或多或少添砖加瓦，改头换面。他们改变观点之时也就意味着为另一家报纸效力了。然而，很明显的是，我的投机者一步步走向战斗性的政治，众议员的职务，步入新的生活，投入新的战斗。如果说熟能生巧，他最终凭借颇有才华的文笔成功了，但这也并不意味着他成了一名作家，或者一位名副其

〔1〕让·雅克·维斯（1827-1891），法国作家、记者。——原注
〔2〕约翰·勒穆瓦（1815-1892），法国记者、外交家。——原注

实的记者。他的未来都系在女人手上。题目"漂亮朋友"不正说明了一切吗？

他成为记者皆因偶然，当他正想加入马戏团时，一次偶然的相遇使他一把抓住了报刊业，就像小偷有了梯子。难道正直无私的人不能使用同一把梯子吗？这是人们批评我的第二点。人们好像认为我想在我杜撰的报纸《法式生活》中批判或者控诉所有巴黎的报刊业。如果我选择一个著名的报纸，一个真实存在的报纸作为背景的话，他们批评我，我无话可说；但是，相反，我精心挑选了一个不入流的违法报刊，它好像是一群政治、股票投机者的办事处，很不幸的是，的的确确存在这样一些报刊。我小心翼翼，每时每刻都记得给它定性，我其实只安排了两个记者，诺尔贝尔·德·瓦雷讷和雅克·里瓦尔。他们只是简单地带来他们的报道，却对报社的阴谋诡计毫不知情。

我想分析一个荒淫无耻的人，将其置于一个配得上他的环境里，为的是让这位人物的形象更丰满。我对此有着绝对的权力，正如我可以选择最正派体面的报纸那样，用以展示正直的人宁静勤劳的一生。

然而，人们竟又怎会认为我想把巴黎的所有报纸都浓缩在一份中？哪位作家敢自吹自擂创造一份能够涵盖《法国小道新闻报》《吉尔·布拉斯》《时代》《费加罗》《论战》《喧哗》《高卢人报》《巴黎生活》《不屈》等的报纸呢？有违逻辑，不合情理，背信弃义。比如说，我臆想的《法式生活》意欲融合《联盟》和《论战》这两份报纸……真是无稽之谈，荒谬至极！我不知我的同僚为何动肝火！我真想看看有谁能创造出一个报刊，它既吸收了《环球报》的精华，同时又夹杂了街头小贩兜售的淫秽读物的渣滓！这些淫秽读物不是确有其事吗？还有一些其实是投机倒把的金融家、江湖郎中、传播负面价值的巢穴。

我选的正是其中之一。

我把它的存在揭示给了某人吗？没有。读者都知道它们。有很多次，我朋友认识的记者在我面前咆哮大怒，斥责这群乌合之众的卑劣行径！

那么，我们到底在抱怨什么？邪恶最终吹响了胜利的号角？这样的事从未发生过？我们难道在那些声名显赫的金融家中找不出一位和杜洛瓦职业初期经历一样不光彩的人？

有没有人在我刻画的一个人物中找出自己的原型？没有。有没有人敢一口咬定我是针对某人？没有。因为我没有针对任何人。

我揭露了报刊业的黑幕，就像我们揭开黑暗社会的伤疤一样。这难道也被禁止吗？

如果有人批判我长了一双黑色的眼睛，只看到唯利是图的小人，那么我刚好问答："在我人物的生活环境里是无法遇到很多刚正不阿之人的。"这个谚语不是我发明的："物以类聚，人以群分。"

我的最后一个辩护理由就是请那些满腹牢骚之人重读不朽的小说《吉尔·布拉斯》，与其同名的报纸也应运而生。尽管这部著作包罗万象，我还是请他们列一个圣人向我们展示的贤者名单。

亲爱的主编先生，我希望您能友好地接受我的辩护！诚挚的问候！

书中和生活中的爱情[1]

通常，我们是在书中获得有关爱情的知识，也正是通过它们我们才开始渴望爱情。书中揭示的爱情抑或充满诗意、热情似火，抑或朦胧羞涩、冷若月光，这种印象自我们青春期开始一直延续到我们的死亡！随后，我们将第一次阅读时习得的方式方法带入我们的约会、缠绵与爱抚中，而经历的事件却无法让我们看清事实，无法正确面对恋爱关系，无法承受事实背后的幻灭。

一天一个年轻人说道："在爱情中，我们都是房客，终其一生都在搬家，却浑然不知，因为我们把自己的家具和行事方式都带入了每个家庭。"因此，那些我们曾经痴迷过的小说和诗歌在我们脑海和心灵中留下了不可磨灭的印记。结果就是，一个时代的文学潮流几乎总是当时爱情潮流的风向标。比如，

　〔1〕该文于1886年7月6日刊登在《吉尔·布拉斯》。——原注

卢梭将当时相爱的方式改得面目全非，对爱情的风俗习惯产生了绝对深远的影响，这一点还用质疑吗？他在古典主义作家写了一些一本正经的爱情故事之后终结了摄政期的谄媚文学。

　　拉马丁因其感情充沛、激奋昂扬的诗歌而闻名法国，不容置喙的是，他将情人的灵魂引向了新的方向，激情四射，惊天动地。同时代的其他作家将思想卷入一种狂癫之中，比如大仲马的《安托尼》[1]，他的书籍被奉为圣经；阿尔弗雷德·德·维尼[2]的《绝缘胶带》[3]，尤金·苏的《玛蒂尔德》[4]，弗雷德里克·苏尼尔，以及诸多其他作家。他们都是爱情悲剧、情感纠结或者为情而死的捍卫者。缪塞的诗歌情意绵绵，恰到好处，雨果的诗歌则像暴风骤雨，英雄般的爱情似阵风袭来，他们革新了法国的性情，颠覆了古老的法国式的欢快、无常与感动。

　　有一点肯定的是，我们高呼卢梭、拉马丁、仲马、缪塞的口号，在上流资本主义社会相爱。同样肯定的是，十五或者二十年前稚嫩的一代人如今业已成熟，他们爱过，还在根据不同的环境以及小仲马和奥克塔夫·弗耶的口号去相爱。就

　　〔1〕《安托尼》于1831年上演，大获成功。主要人物展示了浪漫主义主人公的风采。——原注
　　〔2〕阿尔弗雷德·德·维尼（1797-1863），法国浪漫派诗人、小说家、戏剧家。——译注
　　〔3〕《绝缘胶带》于1835年在法兰西剧院上演。主人公是个诗人，社会的受害者。——原注
　　〔4〕《玛蒂尔德》是尤金·苏的一部连载小说，于1842年在《报刊》登载，大获成功。——原注

一个时代的文学潮流总是当时爱情潮流的风向标

我看，这两位作家对法兰西爱情风俗的影响可谓前无古人后无来者。

总体说来，如今这一代文人将我们从激情的梦幻中解脱出来，他们认为人类的情感就是一种病态，天性的正常意外，并将它的影响一直延伸至本性。因此，习惯于在书中认清真相的我们在新小说中发现童年时代孜孜以求的虚幻之后必然会有点惊讶，因为以前的书向我们展示了生活真实的一面。

皮埃尔·罗蒂[1]先生的最后一本书名叫《冰岛的垂钓者》，非常感人，轻快明亮，扣人心弦，但所言甚虚，还有他刻意制造的对比，一面是残忍的描写而另一面则是我们习以为常的无动于衷，这些都是他成功的要素。

我这里所涉及的既不是批评也不是文学观点。艺术没有禁忌，所有的流派都有它存在的理由，唯一重要之处是才华。然而，罗蒂先生才高八斗，心思细腻，迷倒万千，眼界独特，他以艺术家的气质来审视世界的权力是毋庸置疑的，但是我们对他有异议之处在于他的爱情心理学的可信度，也正因为此，他才属于柔情蜜意的诗性派。

穿越了未知海洋的云雾寥寥之后，他就首先给我们展示了一座羡煞旁人的爱情岛，他用罗蒂和罗宇两人重新书写了《保尔和薇吉妮》[2]的诗歌。我们丝毫不去思忖这则传奇是否属实，他的讲述令我们如痴如醉。他来自于这个地方，我们也天

[1] 皮埃尔·罗蒂（1850-1923），法国作家、海军军官。——原注
[2] 圣·皮埃尔（1737-1814）在1788年出版的充满异域和田园情调的小说。——原注（注：圣·皮埃尔是法国作家、植物学家。——译注）

真地想和他们一样去爱！同样，我们一厢情愿地认为，在这块土地上，人们曾经的爱更加疯狂！

随后，他又津津有味地给我们讲述了一个北非骑兵和黑人小姐的爱情故事。在我们看来，土兵设计得有点诗情画意，而那位黑人小姐极其美丽、奇怪、诱人、幽默，充满艺术气息，以至于她很快俘获了我们的心，令我们丧失理智。

我们面对千奇百怪的景色时完全融入其中，它美得就像仙境中隐约可见的地平线，或者如真似幻的梦境。

然后，他就给我们讲述了《我的兄弟伊夫》中的布列塔尼。

任何耳聪目明、洞察力敏锐的人都会发现可疑之处。布列塔尼近在咫尺，我们不可能不了解它，我们当然也看过他们的农民，勇敢且心善，但兽性尚存，以至于经常被看作是野人和人类之间的过渡者。

当我们看见人们称之为"村落"的垃圾场，看见在粪便上搭建的茅草屋，看见人与猪乌烟瘴气地生活在一起，看见那些村民赤脚在烂泥浆里走来走去，看见身材高大的女孩被泥浆没过膝盖，看见她们的头发，走在路上闻见她们的身体气味时，我们感到思绪凌乱，因为周边是弗洛里昂[1]式的秀丽风景，鲜花拥簇的小茅屋，以及罗蒂先生向我们描绘的乡村优良习俗。

〔1〕让·皮埃尔·克拉里·德·弗洛里昂（1755-1794），法国寓言家、小说家、诗人、戏剧家。——原注

今天他给我们讲述水手的爱情故事，决定将理想化进行到底，哪怕失真也在所不惜。我们完全沉浸在贝尔干[1]式的柔情、农民的煽情与乔治·桑夫人式的乡村抒情中。

然而它是迷人的，也感人肺腑，但这都是通过文学效果达成，只可惜效果太过于明显，欲盖弥彰，感动也显得牵强附会，斧凿之痕表露无遗；它不是通过真情实意，那可是一种痛苦的、扣人心弦的逼真，感人肺腑，不似罗蒂先生那般矫揉造作。

如今，我们的思想很渴望真实的表象，尽管那些水手的传说美丽动人，我们还是对此将信将疑。但是，一旦作家远离我们所熟知的领域，就会瞬间觅得他巧舌如簧的能力。大海的幻象，垂钓的场景，单调、艰苦生活的写照，一切都摇曳在波涛之上，世上没有比这还要动人的了！对这些自然事物的追忆变得越来越震撼心灵，就像升腾起不可思议的幻象。我们还记得在《我的兄弟伊夫》里有一艘捕鲸船，一天早晨，它模糊的身影出现在冰天冻地的大海上，活像一座坟墓，桅桁上挂满了鲸鱼的碎片，船上是来自各国的海盗，个个身手了得。

一旦我们将其与性情禀赋不同的人写出的同类作品相比，这类书本中一贯以来的诗情画意风格就变得很刺眼。如果仅谈谈罗蒂先生的风景描写，它的真实性要优于作品中的人物，甚至给我们产生一种错觉，好像出自一位爱幻想的诗人之手。我暂不去批评他这个"优点"，但当我将他的诗性甚至仙境般

〔1〕埃尔诺·贝尔干（1747-1791），法国作家、戏剧家。——原注

101

的视野与画家弗罗芒坦[1]的真实性视野做对比时，我不禁感慨，作为一名艺术家，最重要的就是真实，画家画中的艾格瓦特大道和沙漠有点诗情画意，但是任何理想化的东西都缺少真实所拥有的那份激动人心的力量。

我兴致盎然地读完了《罗蒂的婚礼》《一个北非骑兵的故事》，但是掩卷之后，我对海洋上一些荒无人烟的岛屿或者非洲的西海岸还是不甚了解。

然而，罗伯特·德·博尼尔有关印度的杰出小说《麦纳之吻》向我真实详尽地介绍了这个神奇的国度，远胜于昔日欺世盗名的诗人和幻想派的游客。读完这本书几天后，我对这个神奇的地方兴致大涨，偶然从庞特维斯-萨布朗伯爵那里觅得一位军官写的故事《全速印度》。这位军官徜徉在佛教的神秘国度，没有任何诗性的前期准备，没有任何文学意图，轻松欢快，足下生风，充满着军人般的不拘小节。

细致严肃的小说观察家以及走马观花、悠然自得的军人，他俩书中讲述的印度要远胜于传说和诗情画意的歌颂者所描绘的。

我刚才说，小仲马和奥克塔夫·弗耶虽禀赋相异，但他们是在世作家中仅存的两位对法兰西爱情风俗有实质影响的。

稍微看一下当今作家和社会就能对此笃信不疑。

曾几何时，诗人决定了相爱的方式。

〔1〕欧仕·弗罗芒坦（1820-1876），法国画家。——原注

事物及其他
fine reading

以前的书向我们展示了生活真实的一面

只举两人：拉马丁和缪塞。

试问当今诗人中，有谁能够唤醒女人灵魂中如梦亦幻的丝丝柔情？是令人敬仰、完美无瑕、面无表情的勒贡特·德·李勒[1]先生吗？不是。是最心灵手巧的诗人戴奥德尔·德·邦维尔先生吗？不是。是在写诗的时候梦想到科学的苏利·普吕多姆[2]先生吗？也不是。

我们在散文家中再寻一寻。是龚古尔先生吗？这位爱精雕细琢的艺术家技艺炉火纯青，心思复杂多变，但是冷血的观察家会搅乱花季少女羸弱的心，他会这样说道："这就是我们爱的方式，理应如此。"

天才左拉才华卓跞、直言不讳，他会把这些忧心忡忡、迟疑不决的女人引向爱情的理想之路吗？

都德更加温和、灵巧，不那么突兀，但是他的讽刺时常隐于赞美词之后，他可以吗？

如今的作家中，没有任何一位能在女人的心中泛起这股我无法名状的暖流，它为即将到来的炽热爱情铺平道路，灌溉滋润。我们可以说，甚至可以确定，爱情在新生代社会中已不复存在。

激昂奋进的能力是所有激情与热情之母，它已被科学思辨的精神所吞噬，消失殆尽。女人也受到了侵袭，严重程度胜于

[1]勒贡特·德·李勒（1818-1894），法国诗人。——译注
[2]苏利·普吕多姆（1839-1907），法国诗人，第一位诺贝尔文学奖获得者。——译注

男人，她们坐立不安，心生惆怅，饱受焦虑之苦，一言蔽之，这都源于她们无力去爱。

她们越是出身贵族，越是满腹经纶，越能看清事态万千，这种新兴奇特的病态也就越严重。那些出身卑微、头脑简单、童心未泯的女子在未来几年还懂得如何去爱，也就是我们称之为"似癫似狂"的爱情。其他人感受着她们的痛苦，与之斗争，竭力战胜它，一旦失败，俯首称臣，或者迷失在反复无常之中。

三四十年前，诗人和小说家所吟唱的不可抗拒的冲动如今已荡然无存。曾经的戏剧化情节，曾经的撕心裂肺，曾经的如痴如醉，这一切的一切将一对男女坠入情网之中，一种无法言喻的幸福包裹着他们。

我们看到那些卖弄风情的女子无所事事，恼于自己的冷漠，沉沦于无聊、散漫、放纵，不能自拔；另一些仅仅因为幻灭而看透人生；剩下的则试图自欺欺人，她们沉醉于往昔的回忆，嘴里咕哝着她们母亲说过的甜言蜜语，可是连她们自己都不信。

我们看到一些婚姻就像公证文书，一切都事先安排好，每一天，每一刻，每一个意外，甚至离婚的期限都已写好。我们把爱情比作歌剧院里的包厢，因为每周两次演出，好聚好散，提供夏冬两季的娱乐活动，而且，它还经常使得演员间的关系更加亲密。

如果有一天，我们偶然听见有人提到一位女子，说她疯狂地爱上了某个先生，即使毫不相识，我们也可断言她已年过四旬！

十九世纪小说的演变[1]

　　我们今天说的风俗小说其实是现代产物。我不想将其本源追溯到《达芙妮与克罗伊》[2]，古代很多博学的文人雅士都对这部充满田园风格的小说赞不绝口，陶醉其中；我也不想追溯到放荡的故事《金驴记》[3]，颓废派经典作家阿普列乌斯曾经重写了这则故事。

　　受篇幅所限，我也不想介绍这个世纪以来小说的演变，也就是我们口中的"冒险小说"。它源于中世纪的骑士小说，玛

事物及其他

---

　　[1]该文于1889年10月刊登在《1889年世博会杂志》。——原注
　　[2]《达芙妮与克罗伊》取材于古希腊田园小说，讲述了两个天真无邪的年轻人在如诗如画的大自然里发现爱情的故事。1559年由阿米尔翻译成法文；1809年，保尔·路易·古尼尔在佛罗伦萨发现了一些从未发表的片段，对该作进行了重新翻译。——原注
　　[3]写于公元161年，是古代最负盛名的小说，融幻想和现实于一体。——原注

德琳·史居里夫人继承了这个传统，而后，弗雷德里克·苏尼尔和尤金·苏对其进行了改造，在天才小说家大仲马笔下达到了高峰。

今日，还有些作家不知疲倦地讲述着没完没了、令人不可思议的故事，洋洋洒洒长达五六百页，可惜没有一个对文学艺术感兴趣、充满激情的人去读他们。

这一派文学爱好者很少受到文人墨客的赏识，他们的成功完全归结于非比寻常的才能、丰富多彩的想象、火山爆发式的作品，其中的佼佼者是仲马。除此之外，我们国家还涌现出一批小说哲学家，他们的三大前辈性格迥异，分别是勒萨日[1]、卢梭和教士普雷沃斯特[2]。

勒萨热一派产生了才华横溢的幻想家，他们用单片眼镜透过窗户看世界，身前置一张白纸，面带微笑。这些话中带刺的心理学家不动声色，以高雅的文笔和细致的外部观察向我们展示了活泼可爱的木偶。

这派人都是贵族艺术家，他们特别关注的是，如何将其技艺、才华、讽刺、细腻、感性展示给世人。为此，他们围绕虚构想象的人物大做文章，大肆渲染，令笔下的木头人栩栩如生。

卢梭这一派诞生了伟大的小说哲学家，他们将写作的艺术用于表达普遍观点，就像那时候的人所理解的一样：抓住一个

[1] 勒萨日（1668-1747），法国小说家、戏剧家。——译者
[2] 普雷沃斯特（1697-1763），法国小说家、历史学家、教士。——译注

论点并将之付诸实践。他们的故事情节不采撷于生活，而是经过设计、整合、论述而来，其目的是证明一个体系是否不攻而破。

夏多布里昂正是日内瓦哲学家的伟大继承者，他才华横溢，字里行间都流淌着节奏感。对他来说，一句话的思想既通过音色又通过词语的价值体现出来。乔治·桑[1]夫人好像是这代血脉的最后一位天之骄子。正如卢梭一样，我们在她身上重新看到了将论点化为个人的拟人化手法，这是他们唯一的考量，这些人自始至终都成为作家观点的坚决捍卫者。幻想家，乌托邦主义者，充满诗意、追求朦胧、不爱观察、口若悬河的布道者，艺术家，这些充满魅力的小说家如今已找不到一位代表了。

但是教士普雷沃斯特一派产生了著名的观察家、心理学家以及实证家。现代小说的完美形式随着《曼侬·莱斯科》的出版横空出世。

在这本书中，作家没有先入之见，凭借他才华的力量及其特性，突然第一次成为各种人物的共鸣者，他真诚且令人敬佩，不再仅仅是位艺术家，或者傀儡背后技艺高超的耍把戏之人。我们首次感受到与自己相似的人深刻、感人、不可抗拒的情感，我们充满激情，追寻真理，过着他们的同时也是自己的

[1]乔治·桑（1804—1876），本名吕茜·奥洛尔·杜潘，出版了很多"田园风"的小说，表达了情感方面的乐观，如《魔沼》《弃儿弗朗索瓦》。莫泊桑很尊重女性作家，她又是福楼拜的朋友。莫迫桑写了两篇专栏文章以示尊敬。但是，1880年12月30日他在《高卢人报》上发表了一篇专栏文章《现代吕西斯特拉忒》，开始批判乔治·桑和她作品的虚幻性。——原注

生活，对字里行间所流露出的爱恨情仇感同身受。

《曼侬·莱斯科》这部无法复制的杰作以惊人的手法分析了一个女子的内心世界，细致入微，真挚可信，鞭辟入里，面面俱到，启迪心灵，可能是目前最好的分析小说了。它向我们毫无保留、真实深刻地揭露了这位女子轻浮、多情、善变、虚假、忠诚的灵魂。她的灵魂同时也是其他所有女人的写照，因为彼此间的差别细微。在大革命和帝国统治期间，文学好像寿终正寝了。它只能兴旺于和平年代，那才是思想迭出的时代。在野蛮粗暴、政治斗争、战争暴乱的时代，艺术销声匿迹，因为暴力与智力不可并存。

复活是光彩夺目的。一群诗人揭竿而起，他们叫作拉马丁、维尼、缪塞、波德莱尔、雨果，还有两个小说家，从他们开始就真正开启了从想象的历险到观察的历险的变革，或者更准确地说，从想象到叙述，就好像历险本属于生活的一部分。

第一位成长于动荡不安的帝国史诗时代，名叫司汤达。第二位是和拉伯雷一样伟大的现代文学巨人，他是法国文学之父，名曰巴尔扎克。

司汤达最突出的价值体现在他是风俗小说的鼻祖。这位思想深刻的作家天生就有着清醒的意识和令人敬佩的细节观察力，他能洞察生命的真意，在书中洋洋洒洒地抒发新的思想。但是他完全误解了艺术，这个神秘的领域完全将思想家与作家划清界限。艺术赋予作品一种几乎超人的力量，为它们注入一种气势恢宏所表现出的难以言传的魅力，并且有一股气韵鼓荡其间，那是造词者赋予集合在一起的文字的灵魂。他对至高无上的形神兼备的写作风格全然不知，将夸张与艺术家的语言混为一谈，尽管很有天赋，却一直是位二流小说家。

伟大的巴尔扎克也只是在他奋笔疾书、文思泉涌之时才成为一名作家。这种令阅读乐趣倍增的灵巧以及用词的精准皆是妙手偶得，没有刻意寻求，因为每次都是费尽心思，到头来落得个竹篮打水一场空。

但是在巴尔扎克面前我们几乎不敢批评。一位信徒敢在他的上帝面前批判世间的所有瑕疵吗？巴尔扎克拥有神一般永不枯竭、汪洋恣意、令人惊愕的力量，但是他下笔匆忙，充满暴力，冒冒失失，思考不周，比例不均，他没有足够的时间来画龙点睛。

我们不能像步入他后尘的很多小说家那样，既认为他是位观察家，也认为他一五一十地展示了生活的画卷。我们只能说他天生就有敏感的直觉，他所创造出的整个人性世界合情合理，以至于每个人都相信那是真的。他非凡的虚构作品改变了世界，席卷了整个社会，势不可挡，化虚幻为现实。他的那些人物在他之前并不存在，现在好像从书中走出来，涌入我们的生活，因为我们还完全沉浸在人物、激情、事件的幻想中。

然而，他丝毫不愿将创作方法系统化，这有别于当下的习俗。他只是保持笔耕不辍、不断创新的状态。

在他身后很快形成一个流派，他们以巴尔扎克写作中的弱点为借口不再进行文学创作，把死板的刻画生活奉为金科玉律。尚弗勒里[1]先生是这群现实主义作家最引人注目的领袖

〔1〕尚弗勒里（1824-1889），法国作家。——原注

之一，他们中的一位佼佼者——杜兰蒂[1]先生——给我们留下一本奇怪的小说《亨丽埃特·热拉尔的厄运》。

直至那时，所有关心他们作品中真实感受的人都对写作的艺术置之不理。我们认为，风格对他们而言是一种写作时的惯式，与构思时的程式密不可分，而艺术家精练的语言赋予小说人物一缕虚幻做作的色彩，正如我们赋予街上行人的那般。

这时一位天才少年横空出世，骨子里就流淌着一股激情，他师承古典主义作家，对文艺、风格、句子的节奏达到了痴迷的程度，除此之外心中别无他爱。他有着一双洞若观火的眼睛，看尽世间百态，事无巨细，尽收眼底；他懂得看穿背后的一切，又能评介一举一动的表面价值。他给法兰西的文学史带来了一本言之凿凿、登峰造极的小说：《包法利夫人》。

现代风格与细致观察的完美融合都归功于福楼拜。

但是对真理或者说对合情合理的追寻慢慢地将充满激情的探索引向我们今天所谓的"人类档案"。

当今现实主义作家的前辈们曾经在模仿生活的同时努力创作，而他们则从四面八方采撷真真实实的碎片并竭力恢复生活的本真面目。他们在采撷时表现出一种坚韧不拔的品质，足迹无所不至，这儿探听，那儿观察，肩负竹筐，活脱脱一位拾荒者的形象。由此可知，他们的小说时常是来自不同地区碎片的拼凑物。这些片鳞碎甲的来源五花八门，使得小说丧失了作家本应该首先遵守的合情合理之特质和文本的同质性。

[1]杜兰蒂（1833-1880），法国小说家。——原注

当代小说家中最富个性的要数龚古尔兄弟，他们在探索和使用档案的过程中带来了最精妙、最有力的艺术表现手法。况且他们生性易激动，极其敏感，能够敏锐地洞察一切，就像一名发现新色彩的学者，他们成功地揭示了生活的细腻之处，而这之前没人关注过。他们对当今这代作家的影响是巨大的，可能还令人担忧，因为任何夸大他们写作手法的弟子都会暴露出弱点，不过好在高超的技艺掩饰了这些缺陷。

左拉先生的手法几乎如出一辙，但是他的性情更加暴烈，心胸更加宽广，情感更加激烈，心思则没那么细腻。都德先生更加心灵手巧，细致入微，可能少了点真诚。几个年轻人，比如布尔杰[1]、博尼尔等等，不断完善并最终完成了这项现代小说走向真理之路的运动。我完全不是出于私心才提及皮埃尔·罗蒂先生，他可是幻想类散文诗的宗师。刚刚崭露头角的新生代作家没有将他们贪婪的目光转向生活，没有到处细细观察它，没有依据他们的秉性酣畅淋漓地享受生活或者尝遍它的苦涩之味，他们只关注自己的内心世界，审视他们的灵魂、内心、本能、优缺点，声称小说的终极形式只不过是一本自传罢了。

但是，同一颗心灵即使从不同角度观察也不会引发无尽的话题，同一灵魂的表演千篇一律地出现在不同书籍中必然令人感到单调乏味。他们通过矫饰的躁动、装模作样的激情创造出稀奇古怪的灵魂，同时想借助一些描写性、想象性十足的精妙

〔1〕布尔杰（1852—1935），法国作家，法兰西院士。——原注

词汇来竭力表现这些奇特的灵魂。

我们得到的尽是些自画像，过度的关注令"自我"膨胀，也使得"自我"沾染上了所有精神疾病的神秘病毒。

这些我们预料之中的书如期而至，难道它们不正是本杰明·康斯坦特[1]《阿多尔夫》一书的后代吗？只不过这是堕落的一代。

这种将个性展露无遗的趋势（个性的遮蔽才是一本书的真正价值所在，我们称之为天才之作），不正是无力观察身边支离破碎生活的证据吗？应该像一只长满触角的章鱼探索生活的方方面面。

左拉在为自己的思想做出激烈斗争之时躲在这个定义筑成的堡垒之后。这个定义永远立得住脚，因其适用于所有文艺作品，也能顺应时事的变迁。一部小说就是人性在习性中的闪现。

这个习性会有千万张面孔，因时代变迁而面目一新。它像一面三棱镜，越是角度多样越能折射出世间芸芸众生的千姿百态。它自身也就更加重要，更加引人注目，更加新鲜活泼。

[1]本杰明·康斯坦特（1767-1830），法国小说家。——原注

世俗琐记

〔杂集〕

秋千[1]

我丝毫不想提及这些享乐派令人憎恶的装备，它们是女人乡村度假时的乐趣，是令人头痛、作呕的工具。每逢周末，整个巴黎的郊区就充斥着这样循环往复、持续不断、单调乏味、头晕目眩的运动，甚至路边的行人都能感受到这点[2]。

我所深恶痛绝的秋千是人类思想中用来自欺欺人的陈词滥调以及永恒的蠢话。这些老调重弹、枯燥无味的思想周而复始，去而复来，时不时抓住大众的心，每次都将所有思想、所有报刊、所有伟人或者凡人卷入蠢话连篇的漩涡中。

每个人都有自己专属的秋千，被紧紧地绑在上面，一前一后，反反复复，惹得邻居火冒三丈。但也存在着一些普遍意义

[1] 该文于1881年5月12日刊登在《高卢人报》。——原注

[2] 秋千是"可恶的享乐机器"。莫泊桑在《乡间一日》中多次提到这一点，该书写于1881年4月。——原注

上的秋千，整个人民都悬挂于上，实属迫不得已为之，有可能被别人当成是忤逆、危险分子，甚至刁民。

在这些全国性的秋千中，有一个正当其时：人民间的友谊。正在走上极端沙文主义的意大利感到它的主权受到了威胁，因为我们派遣了三千名士兵去搜寻一位年迈的克鲁米尔人，他藏匿于陡峭的山峰之中。当地的报纸公然向我们宣战，读者紧密关注，并在相互间的对话中对我们口诛笔伐。领事马修启动了沙文主义这个秋千。整个意大利人民都乘势而上，很快，强有力的冲击将人民置于久久的怒火中。我们震惊不已。我们的报纸大声疾呼："意大利如此行事？谁会信？意大利欠我们的如此之多？我们天生的朋友？我们的盟约？我们的姐妹？啊！忘恩负义之徒！"

然而，自从世界诞生那天起，事实就是如此。有一点毋庸置疑，我们中的每个人都深知，一个人有恩于他人，就逼着后者保持感激之心，但是受惠者把恩情看成是一副重担。更何况那是整个人民！我们向意大利证明了自己的慷慨，仅此而已。

接着，人民间的友谊意为何指？那是狡猾的政府经常惯用的古老谎言。一旦您和挚友之间架起了一堵墙，那这个人必定会在不久的将来成为您誓不两立的敌人，哪怕只是您的佣人把一颗菜根扔过了墙而已。友谊也不过五十步笑百步。当两国人民之间有一道共同的边界，当两国的集体意识是由领袖的思潮所引领的，就再无友谊、再无感激可言，忠诚与慷慨也荡然无存，当沙文主义的运动被某位阴谋家开启时，一切都消失殆尽。一个月来，政府一直用两国人民友谊的谎言来欺骗我们！

克鲁米尔人的运动是另一个秋千，很幸运的是，它终于结

世俗琐记

束了。我这里所涉及的不是这次远征的影响，亦不是其政治结果，而是在思想界引起的反响。

该死的！我们出征得还不够吗？六周以来，报纸上铺天盖地尽是捷报频传，通讯员也参与了运动，一手执笔，一手握枪。我们知道法国举国上下所有战斗的场次、军官的名字、上校的年龄以及他们靴刺的长度。那时候有人卖克鲁米尔的地图，可是无人认识。每当夕阳西下夜色渐浓之时，最新的消息四散而开，比如军队的行军、四伏的危机、军队的救护、敌人的动态、军队的数量，有人说一万五千阿拉伯人，有人则说两万。

我们大肆吹嘘将军的小心翼翼，在这个危机四伏的国度谨慎地前行。一个可怕的城市门户大开，太妙了！但是，有人正在山顶用一副小型望远镜观察西迪·阿布达拉[1]固若金汤的地形。最终我们决定发起进攻。军队出动了，爬上了陡峭的岩石，搜寻山下的河谷，勘察灌木丛，却发现空无一人，甚是恼火。一个将军勇敢地在前面领队，为了追逐荣耀铤而走险。我们一直在攀登，永无止境，可是没有俘获任何克鲁米尔人。眼见到了山顶。将军身先士卒，率先抵达，他发现他的对面……有一个老年痴呆的克鲁米尔人，满是银白胡须的口中嘟嘟囔囔地好像在说：

"阿拉！特拉拉！

他们来了，

　　　[1] Sidi Abdallah，摩洛哥的一个市镇。——译注

心地善良的法国人！"

战斗结束了！然而，这丝毫不会影响晚报对其大肆渲染，头条便是："突袭！著名隐士迪杰贝勒·本·阿布达拉被捕。"

瞧瞧吧，对这次微型战斗我们难道不应该闭口不言吗？大张旗鼓的报道显得滑稽可笑。不应该让将军干自己的活，履行自己的义务，悄无声息地结束这次小范围的夏季行动吗？尽管行动不是很危险，但从政治角度讲，它是不可或缺的。我们荡起了战争的秋千。

另一个当地的、一年一度的秋千是美术展，真是无聊透顶！

此时，一群以批评家自居的人以他们自认为无懈可击、永恒不变的艺术原则对这帮自视甚高的艺术家进行了评论，留下了一篇篇冗长枯燥的文章。长久以来，就这一主题，他们每年都用相同的笔调、相同的方式拙劣地评论挂在同一展厅的同一画作。一个月内，同样的观众来来往往，不厌其烦地将千篇一律的话说个够，或者更准确地说根本就不够。

每个规则都有例外，我们当然要排除那些货真价实的批评家和才气过人的画家。

但是美术展和克鲁米尔运动其实是一丘之貉。整个巴黎都参加了美术展，他们侃侃而谈、评头论足、奋笔疾书。今年他们来参观欣赏的画中有彩色画，好歹发现几幅别出心裁之作，与将军在山顶发现克鲁米尔人如出一辙。

我也拥入人流，参观了美术展。但是在我确定没有发现任何有价值的作品之后，就提醒自己不要把目光盯在墙上。我注意观察游客，尤其是那些女游客。巴黎的女子真是风情万种！她们手持一本小册子，面色凝重，一本正经，穿梭于各种画作之间，时而噘嘴，以示轻蔑，时而微笑，表示赞同！

啊！作为一名画家！何等的梦想！夫人们青睐的画家！作一幅雅致、有趣、时髦的画！看你们在我的画作前嫣然一笑，哦，巴黎的女人啊！

我尾随着最美的女子走过一个个展厅，研究她们的品位，偷偷倾听她们的看法，虽然不敢苟同，但确实为女性的优雅而动容。

此外，整个下午都用来观察千姿百态的参观者，实乃趣事！

我们看到一些有修养的家庭：父亲、母亲以及一位16岁的花季少女，她学画已有三个月，在这个意义上说，她是整个家庭鉴赏力的向导。

他们驻足于感人肺腑的画作前，一些幼稚愚蠢的画同样具有吸引力，少女给予解释，说出画作的姓名。每逢肖像画，母亲就问旁边的夫人："您不觉得他像杜姆兰先生吗？""是的，但是鼻子有点大。"肖像一会像皮科琳小姐，一会像某位房客。父亲在裸体画像前眨巴眼睛，并推了推旁边夫人的肘关节。他从未发表过任何言论。然而，当他面对一幅巨型画作，看见火车头马上碾压横卧在轨道上的一位绝望女子时，终于忍不住道出了自己明智的看法："如果火车司机那时就拥有现代火车的刹车技术的话，他还能及时停下。这个刹车能在百米之内停车。"这个想法令两位女性很伤心，拭着悄悄落下的泪水。

但是我看过最漂亮的参观者是一个朝气蓬勃、身材高大、虎背熊腰、面带铜色的男子汉，一位风度翩翩的村夫，他在打猎的间隙来到了巴黎。

他戴着一顶类似皇冠的圆帽，上面赫然刻着缠绕在一起的姓名开头字母。身着一套亮色的燕尾服，显得很苗条，手戴结实的手套，裤子包裹着结实的小腿，依稀可见肌肉的线条。他走路大步流星，两腿大开，一看就是经常骑马之人。柔韧的手杖好似一根马鞭。

刚迈入四四方方的展厅，他就走马观花似的观看一遍。接着，他大步流星地走向一幅画马的作品，目不转睛地盯着。他凝神静观，很严肃，很深沉，重新环视了下四周，遂前往下一个展厅。

那儿，在他的对面，有猎狗的作品。他加快步伐，在人群中挤来挤去。他皱着眉头，陷入思考，久久驻足在那幅狩猎的画作面前。最终他转过头去，看见墙上有幅女性裸体画，脸上露出了幸福的笑容。他又匆匆赶往他心仪的第三幅画。

他就这样欣赏一个一个展厅，不断驻足在马、猎狗、裸露女性的画作前面。他沉浸在融合了他所有欲望、所有憧憬、所有梦想的三位一体中，赋予它们同样程度的关注与爱意。

除此之外，他别无他求。他健步如飞般地离去，脸上洋溢着满足感，好像在说："绘画还是很高雅的嘛！"

专栏[1]

目前，我们的政客正忙于给西班牙人发放补贴，他们是阿拉伯人入侵的受害者，这些人从瓦赫兰的南部高原攻入[2]。西班牙政府自视甚高，对这笔钱表现出了轻蔑的态度，而众人对这个问题的态度也是莫衷一是。我对此不发表任何意见，甚至没有任何想法，我只想重拾一些记忆，我在侨民大屠杀事件后立即参观了这个国家。

越过赛伊达就步入了山区，满眼尽是红色的石头，煅烧过一般，炙热通红。之后便是赤裸的平原，一望无垠，紧接着，每隔五十米就矗立着零零星星的几棵刺柏，诠释着孤独的味道。我们称它为"哈撒森纳式森林"。再往下走就遇到了细茎

---

〔1〕该文于1882年6月14日刊登在《高卢人报》。——原注

〔2〕数不清的西班牙移民在瓦赫兰定居，主要的营生是采摘细茎针茅，其主要用途是造纸。在1881年8月20日的专栏作品《一封来自非洲的信》里，莫泊桑认为，正是这种过度采摘才导致了当地阿拉伯人的反抗。——原注

针茅，一种瘦小的灯芯草，它铺天盖地，声势浩大，让人联想到茫茫大海。所有屋子都淹没在这一片死寂之地，只有阿拉伯人低矮棕色的帐篷牢牢扎根在这片土地上，宛如一个个奇怪的蘑菇。

就在这片细茎针茅的大海中存在着一个真正的国家，这帮游牧部落的野蛮与凶狠要胜于阿拉伯人：西班牙的阿尔法人。他们离群索居，远离尘世，以帮派为单位，不受任何法律约束。我们祖先在新大陆上的生活与他们并无二致，据说，他们曾经残暴粗鲁地对待其邻居阿拉伯人，血流成河，马革裹尸。

然而，阿拉伯人忍受一切，直到他们忍无可忍大开杀戒。

布·阿玛玛诞生了，他利用身处阿西·提尔西纳的优势，此地距赛伊达只有二十四公里，我们还曾以为在北非大片盐水湖的后方，而西班牙人就生活在两个部落的中间，阿拉和哈撒森纳人屠杀了阿尔法人。

他们对铁路工人手下留情，但是对任何西班牙人都痛下杀手。数日之内，受伤者到处流浪，儿童伤残，妇女献身。这些悲惨的人走向铁路，当一列搜寻受害者的火车经过之时，满脸血污、赤身裸体的他们冲向前方，呼天喊地。

在我到达的前一周，有人还找到一个18岁的花季少女。有着沉鱼落雁般容貌的她被强奸了，满身的刀伤，但是她还是奔向了火车，身上一丝不挂。

这些事情令人毛骨悚然，但是我们需要搞清到底谁是始作俑者。那边的人异口同声地说道："落入反叛军之手要胜于落入一群阿尔法人之手。"

这些即将奔赴荒芜之地采摘细茎针茅的冒险家们到底是何

方神圣？他们之前的生活或者用现在流行的话，他们的前科究竟如何？

这些人我有所了解，说句实话，比起和他们生活在一个屋檐下，我觉得在一个叛变的阿拉伯部落更有安全感。

因为我从赛伊达出发，所以第一站是阿卜杜·卡迪尔这座旧城，出发的那天下午烈日当空。站在一块陡峭的岩石上，我隐约看见几个残垣断壁，这就是著名酋长曾经珍爱的府邸所残存的。

但是当我身处高地之时，我发现后面有一个令人叹为观止之物。一道深深的沟壑将古老的城墙与山峰隔开。这座山通体红色，火焰般的红，同时又泛着阵阵金光。山峰陡峭，山体呈锯齿状，冬天的汩汩细流冲刷成新月形的缺口。

沟壑的底部则长满欧洲夹竹桃，青叶与红花遍布其间。

我步履艰难地走了下去。一条涓涓溪流静静地流淌在美丽的灌木丛中，它蜿蜒曲折，撞击在石头上，泛起阵阵泡沫。我润了润双手，溪水很烫，甚至灼人。

河边满是巨蟹，成百上千，见了我纷纷逃走。有时，长长的游蛇潜入水中，巨大的蜥蜴隐入灌木丛。

突然，一声巨响惊得我魂不附体。不远处，一只老鹰振翅而飞。被惊扰的巨鸟倏地起飞，纵入九霄。身形之大，好像巨大的翅膀碰到了沟壑两旁红色石块的高墙。

步行一小时后，我走上了前往艾因·阿迪尔的道路。

在我前面有个老态龙钟的妇人在走着，打了一把老式的遮阳伞。

在这样的地方很少能见到妇人，除了那些身材高大、通体发亮、着五颜六色服饰的黑人妇女之外。我追上了她。她满脸皱纹，气喘吁吁，看上去极度疲劳，面色凝重，面带苦色，绝望至极。烈日炎炎之下，她踱着小步。我同她说话，突然她压抑的怒火爆发了。她是阿尔萨斯人，战后，她和她的四个儿子被派遣到这片荒芜之地。三个孩子没能熬过这杀人的气候，只剩一个苟延残喘。这片广袤的土地寸草不生，因为终年不落一滴雨水。年迈的妇人一而再再而三地重复说着"一棵菜"："连一颗菜都没有，先生，一棵菜都没有！"当然，这种蔬菜对她而言代表了土地赐予人类的幸福。当她倾诉完所有的痛苦后，瘫坐在一块石头上，掩面而泣。

一位阿尔萨斯妇人迷失在寸草不生的灼热之地，没有比这更令我痛心的了！

她在向我道别的时候加了一句："您知道突尼斯会分配土地吗？据说那边风景独好，反正比待在这里要强！"

议员先生，那笔补贴是不是应该发放给这些人？

佩克库尔[1]的悲剧究竟给小说家们什么启示？

当我们发现裹在铅管里的尸体时，每个人都震惊不已，脊背发凉。他的嘴唇被女人的饰针封住，全身上下都被绑得结结实实，好像被审讯者拷问过一般。人们对此想入非非，有人说

〔1〕1882年6月在佩克库尔发生的谋杀案引起轩然大波。药剂师费雷鲁和他妻子合谋杀害了她的情人、也是药剂师的奥贝尔，随后将尸体扔入塞纳河中。1882年8月，这对夫妇被判死刑，后又被减轻为终身监禁。——原注

是被戴绿帽的丈夫的复仇，都在想象那毛骨悚然的一幕。每个人都可以讲述它，因为合情合理，由辱骂开始，结果就是付诸行动。

夏维尔·德·蒙特邦[1]先生，以及布瓦斯科贝[2]先生定会笑逐颜开。

那个倒霉鬼中了圈套，走进了房间，被复仇冲昏头脑的丈夫正等着他。

丈夫开始冷嘲热讽，正如我们在剧院听见的那样，令全场目瞪口呆。

接踵而来的是批评、威胁、愤怒、扭打。被击垮的情夫喘着粗气，丈夫骑在他身上，怒不可遏，边折磨，边怒吼道："啊！你这张臭嘴欺骗了我，怪物！它在我爱人的耳旁喃喃细语，她是我的合法妻子，举行过教堂婚礼；它热烈地吻着本属于我的双唇，那么我就用她的胸针封上你这张嘴！你曾经多么喜欢解开它！在你垂涎欲滴的双眼中我再插入另外两只！我用铅捆上你抚摸过她的下贱的双手……"

我们看到他那张鲜血淋漓的嘴还在竭力张开，那条细长的钢针插在中间。

在剧院里将是何等的效果！

事实其实更简单朴素！

没有怒火，被戴绿帽的丈夫其实早知此事。平淡无奇的小

[1] 夏维尔·德·蒙特邦（1823-1902），法国小说家。——原注
[2] 布瓦斯科贝（1821-1891），法国侦探小说家。——原注

事就在家中酝酿，也在家中执行，悄无声息，就像我们周末在熬汤。

没有豪言壮语，没有慷慨激昂。

所有可怕的残害只不过是些实用的预防措施罢了，那是一个家庭主妇的谨慎。

他的兄弟说："水会灌进他嘴里，他就会浮起来。"思想很特别，但是男人觉得合情合理。怎样合上这张嘴？突然他茅塞顿开：用一个别针刺穿它。"给我一个别针！"丈夫对女人说道，口气好像他在别领带。她从胸前取出一枚，轻轻地递给他。

铅管实则是一个实用的发明。它扮演石头和绳索的双重角色，既能让尸体沉入河底，又能缠绕着它。给效仿者的忠告。没有任何戏剧化，没有任何渲染，一切都是那么平淡无奇，司空见惯。

在路上，剧烈的颠簸使得尸体从车上滚下，掉落在一个屠夫的门口。其中一个杀人者轻轻用脚拭去一路上散落的血迹，就像一些吐了痰的人。

紧接着三个同犯想卧床睡觉。

这些杀人犯的的确确表现得若无其事。

教训：永远不要向事业上业绩平平的丈夫的妻子献殷勤。

〔说教者〕

尊 敬[1]

从本质上讲，法国思想的众多毛病中，尊敬是最为致命、最为根深蒂固的一个。当我听见一些稀里糊涂、目光短浅的老朽点着头，喋喋不休地哀叹道："尊敬已经一去不复返了，尊敬已经一去不复返了！"，我情不自禁地认为："那么就让它随风而去吧！"尊敬本应该是我们最为渴望的，但是相反，它是我们最容易滥用的。我们胡乱地尊敬，毫无节制，毫无理由，将尊敬与卑躬屈节混为一谈。

人们因此也将我看成是"离经叛道"之人，这一次，我想谈谈我们所尊敬的那些人，那些事。且从一则轶事谈起，王子皮埃尔·波拿马的逝世令我重新忆起了往事。

众所周知，所有大法官在嫌疑犯被判刑前都应该将其视为无罪。我们还记忆犹新的几则丑闻向我们证实了，法庭主审丝毫不能理解这种实践尊敬的方式。

其他人的做法截然不同：当一位嫌疑犯腰缠万贯、位高权重、势力庞大时，他们尊重他，以致他们的角色沦为简单的一句话："嫌疑犯，您说的有道理。"就像潘多拉歌曲中唱的那样。

王子皮埃尔·波拿马刚刚对着维克多·罗瓦尔开了那举世闻名的一枪，子弹都陷进了王座。反对派抓住任何示威游行的机会，这是他们的权利和义务，出于共和党人事业的考虑[1]，于是组织了一列浩浩荡荡的共和党人队伍，向他们烈士的坟墓拥去。

对葬礼的大肆宣扬在全国引起了强烈的反响，人们议论纷纷，被指控为杀人犯的王子像其他人一样感到有必要澄清事实。

他那时就在预审法官的面前，他滔滔不绝，口若悬河，丢下一句惊世骇俗的话："一群无所事事的人拥向这个人的坟墓，只能说明他们心怀鬼胎，我谴责！"这句话本应该获得巨大成功，可是事实远非如此。这已经足够厉害，但是还没完。很快，主审也激动不已，大声道："您刚刚表达的情感赐予您荣耀！"这次说的话无人能出其右。这句话包涵着阿谀奉承的敬意、暗暗示意的晋升欲望、无意识的尊敬，程度之深，令所

[1] 1870年，《复仇报》的编辑维克多·诺瓦尔在一次对决中死于王子皮埃尔·波拿马之手，后者在《科西嘉的未来》一文中诽谤了他。他的葬礼也成为共和党人举行重大游行的契机，以此反对帝国主义制度和爱弥儿·奥利维亚的内阁。——原注

有注解黯淡无光。"您刚刚表达的情感赐予您荣耀！"这句话可谓登峰造极。这句话从此萦绕着我，令我寝食难安。就像弥达斯国王的剃须匠那样，我需要把这句话吼出来，希望"思考的芦苇们"能够互相告知，互相传诵[1]："您刚刚表达的情感赐予您荣耀！"

如果您愿意的话，我们现在按照字母表顺序列一个值得尊敬之物的简单清单，冒着被别人看成是一个不懂人情世故的人，或者卑鄙无耻的人，或者一个彻头彻尾的卖弄学问者的风险。

实至名归：法兰西学院。是的，我尊敬它，我尊敬那些还有勇气代表这个学院的人。有关这个主题的笑话已成明日黄花。

权威。但是权威的设立只是为了遵纪守法。可是我怎么样去尊敬对我言论的压制呢？我惧怕法律，一直是守法人，但是尊敬它是另一码事。如果有一天我不幸打开我思想的阀门，发表我对一切事物的看法，对所有备受尊敬的虚伪，所有卑鄙、欺诈、肮脏行为以及为世人所接受、歌颂、称道的无耻行为不屑一顾之时，我必然会在圣·贝拉吉监狱[2]的高墙里度过三个月，甚至更久，哪怕我只是完全放开一次的说话。

---

[1] 奥维德在《变形记》第十一章讲述了不受阿波罗爱戴的弥达斯国王如何获得驴耳朵的故事。国王的剃须匠知道这个秘密，但是不能泄露，否则性命不保。他挖了一个洞，把这个秘密告知它。这个地方生出了芦苇，它们叽叽喳喳地重复着他埋在地下的话。——原注

[2] 圣·贝拉吉监狱位于巴黎，主要监禁政治犯。——原注

因此，我保持沉默。

白发苍苍的老者。这是法国的优良传统，应该尊敬白发苍苍的老者。是不是仅仅因为他们是白发呢？苦役犯监狱里的老者或者在杜弗街[1]机构里工作的老者，他们配得上我们的尊敬吗？尊敬一个人仅仅因为他的年迈，这在我看来滑稽之极。那些光头呢，我们该怎么办？

军队。征服者。伟大的将军。毁灭的力量。还不如尊敬那微不足道的梅毒和霍乱。

亡者。据说，对亡者的尊敬是巴黎最体面的事之一。相反，在其他国家，我们对待已逝者的态度极其放肆。我知道一位无耻之徒从他逝世那一刻就赢得了尊重。我觉得，一个正人君子在逝世后赢得尊重才是名副其实的。为何一个即将腐烂的尸体会赢得更多的尊重，我百思不得其解。

观点。"所有真诚的想法都是令人肃然起敬的"，普吕多姆先生宣称道。

在罗什福尔侯爵[2]看来，布鲁格里伯爵[3]真诚的想法值得尊敬吗？相反的情况呢？

机会主义者尊重巴黎公社拥护者的想法吗？相反的情况

事物及其他
Les prédites

———

〔1〕莫泊桑影射的是杜弗街事件，那条街因妓院而出名。荒唐的未成年人卖淫一事刚刚受到了审判。——原注

〔2〕指亨利·路易·德·阿罗尼（1631-1676）。法兰西元帅，主要管辖法国洛林省、梅兹省军。——译注

〔3〕阿尔贝·德·布鲁格里伯爵（1821-1901），拥护君主政体者，1877年成为君主，道德制的发起者。——原注

191

呢？奥尔良派会尊重波拿马派吗？等等。

费雷佩尔先生[1]的宗教观会尊敬利特尔先生[2]吗？宗教极端分子会尊重利特尔先生的哲学观吗？

格言：

每个人都尊重他自己的观点，极度蔑视他人的。

抒情诗。任何在文学上发表令人信服的言论的人都必须尊敬抒情诗。

被唤作"盈利企业"的法兰西喜剧院连续上映了抒情作家最为出色的作品。《被征服的罗马》之后就是《让·达希尔一家》，当地的普通观众哈欠连天，下颌都要掉下来似的，但是他们热烈鼓掌，赞不绝口，鼓励付出的艰辛，保护了伟大的艺术，甚至上演了一场崇拜羡慕的喜剧。为何如此？只是因为我们应该尊敬抒情诗。——见鬼去吧！

原则。哪些呢？是1889年的还是合法君主制期间的？当今的还是昨日的？一些在我看来还尚显幼稚，而另一些则腐朽不堪。舍弃它们岂不是更好？

财富。还有什么比一位富人的双架马车更令人肃然起敬的呢？两匹黑色的骏马，比如说，当两位身着短裤的佣人坐在座

---

[1] 费雷佩尔（1827-1891），昂热的大主教，保守派议员，坚决反对政府的反宗教政策。——原注

[2] 爱弥儿·利特尔（1801-1881），撰写了著名的《法文语言词源学、历史学、语法学词典》（1863-1872），他代表了最严格意义上的实证主义价值。左拉于1881年6月13日在《费加罗》上专门写了一篇文章《利特尔与雨果》。——原注

位上时，尊敬感倍增！当这些佣人列于马车之后时，尊敬就变成了崇拜。一群路人毕恭毕敬，但是无知到了极点，他们顶礼膜拜似的注视着豪华的车马随从，车里坐着众人皆知的男爵夫人，她的沙龙是接待游客最多的，但是她的行为正如她的名字那般天使纯洁吗？

我们还应该尊敬哪些呢？不择手段的成功？相反，我们应该尊敬那些达到目的的手段。

传统。也就是说，我们祖先遗留给我们的无知、短见、偏见、愚蠢。

我要跟你们说的是，我们尊敬一切，但是我们尊敬的却是最不值得尊敬的。

而我，我尊敬具有历史沉淀的词语，我刚才奉献给大家的那句珠玑之言"您刚刚表达的情感赐予您荣耀"，请允许我再加一句，它出自路易十八之口。它不为人所知，尽管米什莱收录了它，我就是从他那里得知的。不幸的贝里伯爵刚刚被鲁维尔[1]打了一顿。他被抬回家时鲜血淋漓，奄奄一息，整个夜晚他都在等待死亡的降临。有人立即通知了国王，好像他还去看望了伯爵，之后就睡下了。晨曦微露之时，他起身，回到一脸肃穆垂死之人的身边："我的孩子，他心平气和地说道，我再也不会离开你。我整整睡了一宿。"——"我睡了整整一宿！"

我刚刚说的那些自相矛盾的实话，在此只想跟大家道声歉。

[1]贝里伯爵是一位极端保守分子的领袖，是未来查理十世的儿子，路易十八的侄子。1820年被一位名叫路易·鲁维尔的鞍具商杀害。——原注

事物及其他

Les *et autres*

礼貌[1]

　　我可不想别人把我看成是个疯子，口口声声要复活"礼貌"这位亡灵。圣迹已在我们的时代销声匿迹，我一直以来都担心礼貌已经与我们的传奇式精神葬在了一起。但是我至少想剖析一下这个古老的法式文明，如此迷人，可惜已被遗忘！曾经世界上最彬彬有礼的国家为何变成今日最粗俗的国家，我想追根刨底，揭开神秘面纱。

　　我所理解的礼貌并不是我们平常司空见惯的阿谀奉承之类的话语，也不意味着我怀恋我们祖辈曾经的毕恭毕敬和点头哈腰。我想说的是这门有教养的艺术，这种知书达礼，它令人与人之间的关系变得简单、亲切、甜蜜，也就是我们所谓的"上流社会"。它曾经是一门细腻微妙的艺术，近乎一种包裹在言行举止外表的柔软外衣。我认为我们骨子里天生就有，也可以通过教育和与贤达之人的交往中不断完善。讨论时也同样彬彬有礼，即使争吵也没有沾染粗鄙之气。

然而，昔日的日常用语要比我们今天的更加粗俗、激烈。情感强烈的词汇丝毫不会令我们的祖先感到震惊，他们喜欢高卢式放纵的故事。如果今天有人因为小说家的粗俗而感到愤慨的话，读一读我们祖辈所热衷的作家，他必定会面红耳赤。

这种文雅不仅流淌在语言中，甚至空气中都飘荡着它的气息。这种迷人的礼貌就像抚爱，轻轻拂过当时的风俗习惯。

这并不意味着一切。但是，说到底，我们生而礼貌。

今日的我们好像已经演变为粗人一族。

尤其是最近，我真真切切地感受到了粗俗之气与日俱增。我们已习以为常，将之抛在脑后。我不知道报刊读者的反应，至于我，当看到"大选期间"的字眼时，心中泛起阵阵恶心。

我那时离巴黎十万八千里，经常看一些当地报纸。没人会相信这些报纸使用的词汇有多么粗俗，令人感到羞耻！每日清晨，它们用来玷污对手名誉的带有侮辱性质的垃圾话能够堆满一座山！字里行间都充斥着拙劣的文笔和污言秽语。最粗鄙的词汇好像已经失去它们的意义，因为我们动辄就滥用，没有一个候选人不曾被看作是骗子、盗贼、下流、无耻、街头艺人、卖身求荣、蠢货等等。

没人在读这样的文章时感到震惊，就好像事先侮辱人民未来的代表是自然而然的。这就是我们怎么教人民尊敬他们的代表！但是，问题完全不在此。

几天后，我途经另外一个地区，在他们各党的报纸上也发现了同样的语言。至少，敌对党的政客都是些体面的对手，他们被比作剥削者、骗子、诽谤者、贿赂者，当然还没算上那些直接明了的粗话。

我思忖着："这些风俗丑陋不堪，但是我们远离巴黎，不能要求当地作家通过思想打击对手，他们用的尽是些肮脏的词语，要想给予对手致命一击，应该使用笑里藏刀的句子。侮辱对于每个人来说轻而易举，但是辛辣的讽刺不是人人信手拈来的，杀人不见血的思想已绝迹。凌辱避免了正面交锋，我们对回击闪烁其词，当我们与正人君子打交道时，我们总能在争论中获胜，就像康布罗纳[1]那样。"我刚刚浏览了那个时期巴黎地区的大部分报纸！一大批自命为作家的人在撰稿时使用了平庸鄙陋的词语，读来令人茫然。

从此以后，谁若志存高远（此愿望乃人之常情），想成为代表他们同胞的议员就必须首先听任任何一张臭嘴的辱骂，接受对他私生活和公众形象的诽谤，以及对他恶劣行径的控诉。此外，一帮愚蠢之极的读者崇拜邮差送来的一钱不值的报纸，他们定会怀疑议员干了其中大部分龌龊的勾当。

我当然知道覆灭旧体制的拥护者们会怎样回答："我们在君主制期间还知道怎么生活，共和制使我们失去了这一切。民主的国家没有教养。"这个论据一文不值，我的理由是：极右和极左的报刊一样卑陋龌龊，它们都源于同一个罪恶的渊薮。

---

[1] 康布罗纳（1770-1842），法兰西第一帝国时期的将军。他曾经在与英国人战斗时，决意不肯投降，视死如归，最后说了一句"他妈的"。他也因这句话赢得了英国人的敬佩。——译注

如果我们以政党的报纸来管窥议会，很快便会发现，在激烈的争论中，放肆的言语和表达方式散发出阵阵乡野之气，右派和左派不相上下，甚至前者高于后者。曾经，我们赋予伟大的演说家一个诗性的名字——"金口"。至于我们能说会道的政客，如果有一个名字恰如其分的话，那必定是"臭嘴"。

总而言之，如今的我们出身很好，却没有教养。沙龙的习俗与经常出入上流社会已不能授予我们处世之道。而粗鄙之气的世俗化不仅仅是国家的民主化造成的。

要想了解一个民族的生活习惯、人文风情，就必须在每日的报纸里寻寻觅觅，因为它如实地反映了一个国家的内在面貌。然而，今日的报刊每天提供的尽是些鄙俚浅陋的例子。

它的义务恰恰是刊登十全十美的榜样，因为记者的职能所在就是歌功颂德，那是最无懈可击的理由！

我们是职业作家，这就意味着，这场充满危险的论战的任何秘密都不能掉以轻心。我们双手紧握的石头能够直击脑门，打倒最强者，我们射出的每一字每一句就像弹弓投出的石子。我们知道所有抨击的巧妙之处：口蜜腹剑，伪装的影射，声东击西。我们对语言中的困难之处应付自如，就像魔术师和他的小球。我们用这条可怖的皮鞭猛烈抽打，在敌人的身上留下了不可磨灭的印痕，正如博马舍[1]那样。

一旦一位意见与您相左的先生公开他的想法，您就匆忙走到他的桌子旁坐下，气定神闲地写道："一个无耻之徒的前科

[1] 博马舍（1732–1799），法国作家、戏剧家、音乐家。——译注

还不为人知，因此是个可疑分子，但是，不管怎样，我们都把他看作一个可怜的无赖，可能是位破产者或者荡妇的儿子，等等。"被如此"礼待"的先生将证据寄给他的诽谤者。他们辩论是为了"洗刷荣耀"。其中一个受了伤。诉讼到此结束。

在刚刚过去的两个世纪里，社交界不大，皆是精英，博学多才，甚至有点学究气。男人女人皆通古博今，满腹经纶。他们对古希腊拉丁语了如指掌，更是精通法语，谈话时引经据典，用古代诗人的只言片语进行唇齿之戏。

所有的句子都闪烁着博学的光芒，这种知识，这种上流社会的文学是唯一有价值的，它让风俗披上了一层礼貌文雅的外衣。其他的人情味那时还尚未存在。

今天，每个人都有价值。每个人都在谈话，讨论，肯定自己所不了解的，证明他毫无疑问的知识。我们想成为一切，了解一切，断言一切。我们像极了书籍的背面，上面赫然印着自命不凡的题目，而囊内却空空如也。我们不学无术，这种求知方式自然会令人粗俗浅陋。

这种方式大行其道，渗入我们风俗的每个孔穴，以致我们任命没有任何一技之长的人来当统治者，他们可以任意忽视我们的历史、经济、政治，真是令人火冒三丈，也令人扼腕叹息！

扫一眼报纸吧！名声斐然的作家，那些大师有时候会破口大骂吗？政界的笔战者如维斯先生、约翰·勒穆瓦先生或者其他人，他们会习以为常地把对手称作放荡者或者弄虚作假者吗？

热南先生是被大肆辱骂的现代作家之一，利特尔先生也经常被恶语中伤。他们对其对手从来就没有过反唇相讥。

达尔文先生[1]、赫伯特·斯宾塞先生、斯图阿尔·米勒[2]先生，还有其他不计其数的二三流作家，他们会在自己的论据中对反对者破口大骂吗？

由此我可以得出结论，没有教养源于没有文化。我们在这个世上其实一无所知。有文化的人温文尔雅。总而言之，我们应该求助于天底下所有的书籍，只有它们才能帮我们重拾昔日的礼貌，如今甚是缺乏。

〔1〕达尔文（1809-1882），英国生物学家，进化论的奠基人。——原注
〔2〕斯图阿尔·米勒（1806-1873），英国哲学家、经济学家。——原注

荣誉与金钱[1]

近几年，人心不古，世风日下。道德观变了。道德就像河里的沙滩，它漫步其间，一会驻足于此一会停留在那，在风俗人情和人之本性的水流之上堆积成山，在某些地方形成一堵不可逾越的障碍。突然，一切变得一马平川，人性的波浪重新不羁地奔腾着，在不远处受到移动沙丘的围追堵截。

席卷全球的金融危机刚刚销声匿迹不久，它最终向我们证明廉洁正在消失，其实这些年我们已经有所察觉。如今，我们很难隐藏自己不是正人君子这一事实。有很多伪装自己良心的方法，以致良心变得面目全非。偷五十生丁是偷，但是卷走一亿就完全不是偷。金融产业的巨头们每天明目张胆地进行着交易，整个法国心知肚明，上至社会的法规下至一般的良心，都明令禁止此类交易。他们这些人也并没有因此觉得自己不是体

世俗琐记

面的人。法律条文明文规定，禁止任何股票炒作，这些位高权重的人坚定不移地认为，他们的暗箱操作完全正大光明，当有人拿出证据告他们时，他们对此嗤之以鼻，将其置身度外，心安理得地私吞通过非法交易得来的万贯家财。

至于那些一文不值的投机商们，他们把良心泯灭视为己任，把坑蒙拐骗天真的人视为一种荣耀。投机倒把之风已经盖过曾经的廉洁公正，击溃了它曾经垒起的基石。

确实，我们这个世界上存在着一种表象的廉洁，只是相对的正直罢了。尤其消失的是那种谨小慎微的高节清风，它是良心上的清廉，心思上的细腻，容不得任何可疑的金钱交易的玷污。

然而，廉洁可能是人类道德中最清白的了，也是灵魂令人肃然起敬的唯一特点。

不诚实行为的演变过程很容易追踪。二十年前，我们对佣人的不诚实感到惊讶不已，而如今，当他们诚实可信时，我们却惊讶得目瞪口呆。

十五年前，人们因一位供货商的欺骗而大发雷霆，现如今，人们吃惊于自己完全没有被老奸巨猾的批发商选中，其实他们甘愿落入所设陷阱中。

这种习气已蔚然成风。不久的将来就会无孔不入，一切都将完结。天下再也不会有真正廉洁公正之人，仅仅表面的伪善是不够的，因为要面对的不是他人而是自己的内心。

直至今日，廉洁是人类情感中最稳定可靠的，它是道德为我们天性筑起的一道最坚实的堡垒。然而，时过境迁，一切皆成烟云。

比如说，有一种情感的变迁是令人惊讶的，那就是廉耻心。

女人发明的廉耻心仅仅为了给爱情增光添彩，这一点我丝毫不敢断言，但是说到底，我是相信的。因此，研究历朝历代、各个国家的女人是如何创造出廉耻心的，这有助于揭示她们国家的男人在某个时代的喜好，亦可以谱写出一部具有普世意义的爱情故事。

我们需要补充的是，廉耻心和道德观是姐妹，它们如影随形。

你们知道西班牙人优雅的举止实则是有关廉耻心的问题。

据说曾经在西班牙，女人裸露双脚是不体面的，我说的是穿了鞋的脚，纤细的小脚一直就像神话般流传着。她们在街上走时甚至连鞋的脚后跟都不能被路人窥见。

她们怎么做到的？身着长裙。与其说走，还不如说她们在滑行，这种方式别具一格，她们用鞋底摩擦着地面，飘落下的长裙总是能遮住高帮皮鞋的鞋跟。这种习俗在整个国家盛行起来，代代相传，几乎整个种族的身体构造都发生了改变。体态灵巧、风姿绰约、双脚轻轻掠过地面，宛如摇摆的轻舟。

令人叹息的是，我们随处可见的英国女人的祖先没有西班牙人这份廉耻心。

对于任何欣赏女性的高雅的人来说，没有比看见高跷般的双腿上蹦蹦跳跳的身体更令人痛心的了！

但是，就我们而言，最独一无二的优雅非阿拉伯女人莫属。

众所周知，除丈夫之外，没有任何男人可以目睹她们的真容。而身体的其他部分，她们毫无遮掩。

我们一旦步入南方，就会发现阿拉伯女人的服饰是最为古朴的。她们几乎一直穿戴着一种用白色羊毛织成的袋状衣服，两边从头至尾劈开，有时系着腰带，有时随风飘舞，以至在侧面观看时，女人通体裸露，而她的面容则被面纱罩得严严实实，双眼隐没其间。一般而言，她们有着沉鱼落雁之色，要胜过其身材，因为自幼就干各种粗活，15岁时就已疲惫不堪，活像一位老妇人。

下面这件轶事会让我们了解她们廉耻心的真正含义所在。

我当时在布哈里，一天早晨，我与两位朋友共赴一位穆斯林法官家小住两日。

在布加尔的要塞后面有一片一望无垠的森林，我们要穿过它，我的伙伴与路上遇到的一位军官交谈正酣，我则独自走自己的路。我缓缓地走着，不发出一丝声响。突然，我在一块岩石后偶遇一位面容坦露的阿拉伯少女。她一见我，顿时惊惶失措，慌慌张张一蹦而起，双手闪电般抓住从胸口落向脚踝的一块羊毛织物，遮上了脸。她拿起织物的动作近乎疯狂，将整个脑袋都裹得密不透风。她就一直呆立在我面前，纹丝不动，可能对她挽救了自己的廉耻和女性的尊严这一事实感到心满意足。

行为和道德难道丝毫与纬度没有关系吗？我们现在谁都不敢妄言。

我们可是在鸵鸟的国度！

自然赋予女性与鸵鸟同样的秉性，这一点还用质疑吗？

遮住面庞已足矣。

可悲的谈话 [1]

　　狂欢节的日子来临了，那是人类像家畜一般群体性的娱乐时刻，展示他们畜生一般的蠢事。

　　巴黎从未有过狂欢节。一些戴面具的人匆匆地走着，黑压压的人群则慢条斯理，他们外出是因为正在度假，他们为这些面具侠感到羞耻，内心充满鄙视。

　　这场粗人的文明盛宴要去尼斯才能亲身体验！男男女女，不同的国家，不同的种族，他们头戴铁丝网制成的面具，疯狂地将白色的粉末扔向对方的眼睛。这些手舞足蹈、大吼大叫的人群表现出一种歇斯底里的狂热，摩肩接踵，互相向对方的脸上扔着五彩纸屑、粉末以及石子。这些人的身体里好像有一只野兽脱缰而逃，这只丑陋的人性之兽出现了，它仰天长啸，极度兴奋，左冲右撞，敲敲打打，肆虐一切；一旦放手，除去嘴

世俗琐记

套的话将大开杀戒。这头可怕的畜生四处纵火，烧杀掠夺，如同在战争年代，如同革命时期的断头刑，如今在举天同庆的时刻，它欢腾飞跃，大汗淋漓，它的欢欣与残忍一样令人可怕。

用白色的粉末撒向对方，令他们双眼看不见，这是怎样愚蠢的幸福啊！左碰右撞，挨肩擦背，这样徒劳的奔跑与嘶吼，这样毫无意义、粗暴剧烈、没有回报的运动，何来的幸福感？

齐聚于此互掷脏物，有何乐趣可言？为什么这群人兴高采烈？其实没有任何快乐可言！为何我们早早就谈论这个节日，在它结束后久久难以忘怀？仅仅因为那天我们解除了畜生的锁链而已。我们赋予它自由，就像一只狗那样，它一整年都被风俗、礼仪、文明、法律的链条牢牢锁死！

人类的兽性是自由的！它的那股兽性得到了释放，可以尽情嬉戏。

不能怨恨人类，应该恨这个种族！

然而，这就是乐趣，这就是幸福！这些人在这段期间是幸福的。是的，这就是幸福！其实很多人对幸福的要求不高。

尽管时局惨淡，这种享乐、幸福的思想在我们心中扎了根，且根深蒂固、枝繁叶茂。

20岁时，我们是幸福的，因为血气方刚，精力充沛，明知幸福触不可及，却又觉得近在咫尺，有种朦胧的期盼，这种感觉足以令灵魂绽放，仅仅因为活着而激动不已。

但是之后，我们有了经历，我们懂了，我们学了知识！当白发丛生，当我们年过三十，当我们每天都失去一点活力，失去一点信心，失去一点健康之时，怎样才能对可能的幸福感始终保持信仰？

就像一个旧宅，年复一年，瓦掉了，墙倒了，壁虎漫步其间，青苔俯拾即是，它遮住了往日的色彩。不可回避的死亡对我们穷追不舍，令我们节节败退。日复一日，它侵袭着我们，光滑的皮肤、结实的牙齿、乌黑的头发都一去不复返了！十年内，它令我们面目全非，将我们变成一个完全异样的人，连自己都无法认出。我们越是往前走，越感到它在后面围追堵截，它摧残着，践踏着，使我们羸弱不堪。

每一分每一秒，它都在折磨我们。每一天，每一刻，每一秒，我们身体都在缓慢地分解着，死亡也就离我们越来越近。呼吸、睡觉、吃喝、走路、做事，我们做的一切其实都在死亡！但是我们不予理睬，幸福地活着！我们总是在期盼着近在眼前的幸福，我们在狂欢节上载歌载舞。可怜的人类！

这种幸福，我们想象力丰富的人类是怎么去憧憬的呢？除了日益逼近的死亡，我们还在不停地期盼着什么？是何种幻想在欺骗着我们？只因整个人类总是在期盼着美好、难以预测的东西。

很多人都渴望爱情！一些激情的夜晚，一些风花雪月之事，深情的目光，随之而来的哭泣，失恋的痛楚，忘却……接下来就是死亡！

另外一些人求财，向往奢侈、雅致的生活，令人垂涎欲滴的精美菜肴，几年内掏空身体的盛宴集会，豪华的装修，仆人的敬仰。这完全是坐着双篷四轮马车奔向死亡的拥抱！

还有一些人渴望权力，主宰的骄傲感，寥寥几笔就能改变人民命运的权力。他个人在其中得到了什么？得到了甜美？抑或是幸福？

再有一些人则认为平平淡淡、从从容容、刚正不阿、儿孙满堂的一生就是幸福。平淡的生活如一马平川，如一览无余的大海，如一成不变的沙漠。对于一个思想活跃的人来说，一无所待、一无所想、一无所盼，这样可能吗？对死亡和未知的恐惧使得一些人幽居在隐修院里忏悔祷告。他们摒弃我们可悲的生活能够赋予的美好事物，对神秘的惩罚心存芥蒂，对永恒的奖赏充满希望。

这些胆小怯懦的自私者又能得到什么呢？

不管我们有何期待，它们都是谎言。唯有死亡是真实的！我信奉那命中注定的死亡，它主宰一切！

但是一些人在狂欢节上载歌载舞，互相投掷粉末！

是什么在支撑着人类呢？是谁让它热爱生活，嬉笑怒骂，尽情玩耍，眉欢眼笑？幻想。它缠绕着我们，摇晃着我们，欺骗着、吸引着，一直如此。它令我们沉浸在梦中，把一切都看得美好，它宛如初日之光芒打在我们身上，又似朦胧的月色在我们身边游荡！它宛如迷人的长河在我们面前奔腾不息，像小草那样节节长高，像花儿那样绽放，像红酒那样醇香，它妖妖娆娆，令我们心醉，令我们疯狂。它掩盖了我们身后可怕永恒的苦难，改变了形式，让我们总是看到存在的不幸和转瞬即逝的幸福。

没有它，我们将何去何从？我们将变成什么？它名曰永恒的希望、永恒的欢愉、永恒的期待；它是诗歌，它是信仰，它是上帝！多亏了它，失去孩子的母亲才感到慰藉，老人才会保持微笑！我们满头白发，明知黑发永不复得，还能开怀大笑，这难道不奇怪吗？

有些人失去了这位伟大的说谎者。突然他们看见了生活，真正的生活，黯淡无光、赤身裸露的生活。正是这些人在自杀，从桥上纵身一跃而下，喝了火柴的磷或者白色粉末状的砒霜，或者饮弹自尽。

只要说谎者的面纱被撩起的片刻，只要一次失恋，只要一次希望破灭就足够了。他们恍然大悟，他们想立即了结一切。

其他人也感到对幸福未来的信心越来越少，但是死亡使其惊恐万分，疑虑令其灰心丧气。这些人以酒消愁、吞食鸦片！

成千上万的男男女女每天都用细小的注射器给自己的胳膊扎针，里面含有的几滴吗啡使他们暂时进入具有镇静作用的幻想里，他们会在一段时间内进入美妙的梦乡，不过终会醒来！

然而，人们已然永远失去了这种幻想能力，无法觅回。福楼拜在他的信中接二连三地大声疾呼，感叹幻想的破灭。

"我不相信所谓的'幸福'，只是那种泰然处之的心态。"那只是一个否定，我们翻开一页：

"一旦我不再写作或者我不想写一本书，就有一种令我嘶吼的无聊感。生活只有在我们掩饰它的时候才能忍受。"

"我就像一位老者一样徜徉在自己童年的回忆里……我对生活的期待只剩下在白纸上涂涂画画。我仿佛正在经历一个无尽的孤独，不知何去何从。我是沙漠、游侠、骆驼的统一体。"

接着他写道："我经历磨难的能力与我摒弃享乐的能力并驾齐驱。"

当这些人走入人群中，这些万念俱灰的人对着人群宣泄他们绝望无助的牢骚之时，另一些人正在狂欢节上尽情挥洒，互相抛着粉末，他们转过身来，惊恐万分，刚刚的欢快被搅得混乱不堪，他们怒火中烧，对忧心忡忡的人大发雷霆："这个人为何如此伤心欲绝？能让我们静一静吗？！"

他们宣布："这个人是病人！"

〔美术〕

中国和日本 [1]

最近，一位贵妇人举办了一场引起轰动的晚会，在这个晚会上，两位多才多艺的游客分别通过谈话和高超的绘画才能向簇拥在他们四周的一大群听众讲述了在日本的生活。

日本成为一种潮流 [2]。巴黎的每一条街都充斥着卖日本工艺品的商店，每一位漂亮女人的闺房或者沙龙都堆砌着日本的小玩意。日本花瓶、日本挂饰、日本丝绸、日本玩具、火柴盒、砚台、茶具、碟子，甚至裙子、发饰、珠宝、椅子，目前

事物及其他
How reading

[1] 该文于1880年12月3日刊登在《高卢人报》。——原注

[2] 在1850年之后，龚古尔一家和他们的朋友菲利普·布尔蒂以及商人宾格开始搜寻日本古董。十年之后，为了走出魔术画的危机，一些独立艺术家将目光转向了东方艺术，后者很快蔚然成风。在世博会期间，法国人发现了一个刚刚向西方开放的日本，他们对"日本主义"那些再肤浅不过的小玩意迷恋不已。1878年，艾尔奈斯·切洛在他一本名为《艺术故事》的书中极好地分析了"日本主义"。——原注

所有这一切都来源于日本。这不仅仅是一种入侵，更是品位的
"外迁"。日本的小玩意像潮水般涌来，大家的目光都聚焦在
上面以至于"杀死"了法国的小玩意。从另一方面来说，这种
情况最好不过了，因为昔日法国生产的这些迷人可爱的小玩意
如今已经成为"古董"。今天，法国只会生产些丑陋不堪、矫
揉造作、炫人眼目的破玩意！我们会问，为何如此？啊！为何
如此？很可能是因为制造商只生产销路好、能一直迎合大众口
味的商品。然而，新兴贵族的崛起带来的是一股源源不断的民
工潮，这些人鲜有艺术细胞。一旦发了点横财，就挥金如土，
大买特买，但是我们的功利社会完全丧失了优雅脱俗之人所散
发的独有品位。这些百万富翁的客厅里堆满了大量令人抓狂的
物品，新晋的暴发户粗鲁低俗，完全陶醉于俗不可耐的装饰，
可能只有他们的后代，才能在一两个世纪之后拥有必要的素养
来鉴别和领悟那些小玩意所流露出的别致与高雅。

真正的作品只会出自罕见的天才之手，他们与周边低俗的
氛围格格不入，丝毫不受时代和潮流的影响。

可是这些小玩意，货架上的常客，备受欢迎的畅销品，却
因大众品位的改变而改变。然而，如今的法国社会品位低俗之
风盛行，如果谁骨子里还带有一丝往昔的优雅的话，他在商店
里找到的只是迎合这股粗鄙之风的物品，最后只得在无奈之下
才选择迷人、精美、细致、便宜的日本小玩意。这种低俗之风
已经席卷整个共和国，人民大众受其之苦成为必然之势，至今
还没波及上层知识分子。这股风气将我们变成一个富有但不雅
致、灵巧但不灵敏、强大但不高尚的民族。这就是为何现在最
后一个"漂亮"的托词，即日本，开始占据我们的人文风俗，

我们的习惯，我们的穿着，日本货已经成为收藏家们最后的救命稻草，因为江户（东京旧称）很快就会成为塞纳瓦兹省下面的一个专区。刺绣的衣服，精美迷人的物品，小玩意的雅致，这一切我们都可称之为"精神性的小玩意"。

的确，日本正在西方化，但他们搞错了，黑色的礼服并不适合个头矮小的日本人。如果日本失去了它的原创性，如果日本人民成为巴蒂尼奥勒[1]式的东方人，他们乘着有轨电车，穿着乌尔斯特大衣[2]，戴着折叠式大礼帽，那么至少他们的邻居——中国人，在我们看来是故步自封的。早在亚伯拉罕时代，他们的祖先就发明了火药、印刷术，可能是造纸术，还有大家所说的蒸汽，从此便止步不前。他们大肆破坏正在修建的铁路，抵制我们的风土人情，我们的法律，我们的习惯，蔑视我们的活动、产品以及我们的人。他们会继续像其祖先那样一直生活下去，直至天长地久，也会继续生产世界上最瑰丽、最神奇的大瓷花瓶。

中国就是世界之谜。到底是命中注定，还是哪种未知的、不可抗拒的力量孕育了这个民族？他们先知先觉，在我们祖先还牙牙学语，没有句法规则，没有书写文字的时候就已经发现了我们今天才习得的知识。日本人有何稀罕之处？他们只是欧洲平庸的模仿者！他们所有人的理想就是成为工程师，从斯克布先生开始就有了这个共同的梦想。但是一位诗人借中国人之

〔1〕Batignolles，法国巴黎的一个区。——译注
〔2〕北爱尔兰风格。——译注

日本成为一种潮流

口说出：

> 普天之下万象升平，
> 无爱、无恨、无上帝。
> 我宁静的思想休憩于
> 中庸之道的平衡中！
> 我文采斐然
> 我直言不讳，我赢得了
> 镶满红宝石的腰带
> 嵌上金丝边的帽子。

那天，人们也谈起日本戏剧的历史，然而，中国的戏剧也同样精彩绝伦。

正如这个奇特民族的风土人情一般，几个世纪以来，戏剧几乎一成不变。如今，当一些爱享受的朝廷官员因剧本的精彩而连连称赞之时，其实他们的父辈以及祖先早就这么做了。

节目演出通常没有固定的场地，可以迅速地拆除和搭建。装饰的奢华、布景的华丽、背景的多样，中国人完全不在乎这一套。

剧场的中心区是免费的，相当于我们的正厅。谁愿意都可以来。我们何时才能给贫穷的书生提供同样免费的座位呢？更何况我们的剧院还是国家补助的！啊！这就是所谓的民主共和国？！

上演的戏剧很像我们中世纪的传奇故事。一些夫人被软禁在象牙塔里面，骑士们经过艰苦卓绝的战斗终于将其解救出

中国和日本

来。婚礼通常在骑士比武和一些重大节日的时候才举行。

中国人还热衷于哑剧，这类剧在我们西方已经是明日黄花，但是在他们看来仍然具有相当大的影响力。

中国的哑剧充满了哲学寓意。比如说下面这一幕：

海洋的波浪不断拍击着海岸，慢慢地它爱上了大地。为了俘获大地的芳心，它献上了自己王国所有的财富。兴高采烈的观众看见从海洋深处涌现出一头硕大无比、令人惊叹的鲸鱼，紧跟着的是海豚、海豹、鼠海豚、帝王蟹、牡蛎、珍珠、活的珊瑚，以及其他千奇百怪的海洋生物，它们都跳着各自独特的舞蹈。

大地为了感激海洋的厚礼也馈赠了自己所拥有的：狮子、老虎、大象、老鹰、鸵鸟、各种各样的树，还有一场精彩绝伦的舞会，动物们个个兴高采烈、随心所欲。最终，鲸鱼游向观众转了转眼珠，就好像它生病了，张开大口打呵欠，然后向正厅的观众喷水，好似一条河流、一阵龙卷风、一场洪水。观众掌声如雷，还一个劲叫着"真美，精彩"，也就是中国话中的"好！很好"！

有关历史题材的剧本也备受追捧。

布瓦洛所规定的三一律[1]经常得不到遵守，有时候故事情节横跨整个世纪抑或整个朝代。作者肆无忌惮地将人物从一个地点带入另外一个。比如说，这就有个例子，在这里面人物

---

〔1〕要求一出戏所叙述的故事发生在一天之内，地点在一个场景，情节服从于一个主题。——译注

需要跋山涉水，走过很多地方。由于不用改变背景，就需要用到另外一种手法。演员骑一根棍子，手执一根细鞭，佯作抽打状，绕舞台奔走三四圈，口中低吟浅唱，为的是告知大家他的一路行程。然后停下来，将木棍放一角落，细鞭搁另一角落，继续演他的角色。有时候人物是月亮和太阳，他们互相叙说着太空发生的事件，星星间的恋人絮语，彗星的朝三暮四，来自地球的王子是如何在太空看他王国里所发生的事。扛着一把斧子的小丑充当雷电的角色，他蹦蹦跳跳，手舞足蹈，好像关节就要脱臼似的。

一位游客写道："中国演员的演技比起欧洲来有过之而无不及。每一位演员都兢兢业业，力求将人性的方方面面和最细微的差别都淋漓尽致地模仿出来。"

这难道不正是我们在法国称之为戏剧的"自然主义"最完美的诠释吗？

自远古时代中国就有滑稽演员，因为一切对于这个独一无二的国家来说都不是陌生的。如果说今天它停滞不前，只能说它走得太快了，它在我们的历史开始之前就已经耗尽了它所有的气力。

沙龙 [1]

女士们，先生们，

如果诸位愿意，我将带领大家一起参观画作的展厅，人们称之为沙龙，我也不知原因。请诸位不要认为我会像批评家们那样给你们上一堂绘画艺术的理论课。不是这样的，我对此有充分的理由。最好的一个理由就是，我对这门从未实践过的艺术一窍不通，我对这门工艺一无所知，而这些对形成具有权威、合情合理的见解是必不可少的。就这点来讲，我与我的同僚一样皆是有备而来，但是有一点我要胜于他们：我敢承认自

[1] 该文于1886年4月30日刊登在《十九世纪报》。从1880年开始，画家热尔韦恩请莫泊桑为他的沙龙写一个专栏。莫泊桑自觉力不从心，婉言拒绝了。六年后，他同意在《十九世纪报》上介绍1886年举办的沙龙。4月30日至5月18日期间，他共发表了五篇专栏文章。这些文章本来将以文集的形式在画报出版社出版，但面对前几篇文章中出现的众多错误，莫泊桑后来放弃了出版。——原注

己的无知，我大声地公之于众，这比他们的威望更有优势，因为这是办一场没有任何成见的沙龙所不可或缺的元素。此外，说到底，在文学、音乐、希伯来语或者疗养学方面，没人敢大言不惭地说了如指掌，那么最简单的事就是承认自己的不足，但没人愿意这么做，观众如此，批评家和画家亦是如此。

这一点很容易证明。

我们先从批评家说起。

我假设他们中的一个拥有现代艺术家所特有的火眼金睛，这种品质我稍后详谈，那是一种天生的本能，万里挑一。如果批评家也拥有这些品质的话，他会直接拿来为己所用，而不是写几句评论。

姑且认为批评家天生有才吧。他却总是缺乏作画的技艺，这是一门复杂难懂的艺术，非经年累月的实践所不能得。

绘画和文学的特殊之处在于：每个人好像都一知半解，但是几乎无人通晓。会用字母写一封信的人就飘飘然，觉得自己和作家平起平坐，对其评头论足，指指点点，他们从来没有想过作家为了赋予词语艺术般的神秘莫测，要经历多少折磨，要费尽多少心思，要斟酌多少搭配，要受尽多少苦难。漫步于画展的人胆敢评论画家，只因他们有着一双眼睛罢了！我看故我在！他自忖着。

难道看一辆奔跑的火车头就能掌握工程师的技艺吗？

然而，批评家自认为深谙此道，因其看过不计其数的火车，或者火车的画作，如果您愿意的话，他就开始评论了！他祝福、鼓舞、认同、谴责、大肆赞扬或者横加指责，谈污点或者荣耀。他这么做完全是依仗自己的观点和理论，或者更糟糕的，是依据他的客观性。

如果他信奉的理论是古典的，那就蔑视先锋派；如果他的理论是革命派，那他就会在专栏文章中抹杀所有艺术流派；如果他是不偏不倚的，那他对任何人都一窍不通，以同样的自负鼓励他们。

而画家们每年都在反抗这帮装腔作势之人，蔑视他们的观点。但是这些人的赞美之词对画家来说又不可或缺。

谁能评价画家呢？

观众？如果说，批评家的无能只是相对而言，那么这些过客就是不折不扣的无能。

观众观画如小孩看图。他首先关注画的主题，挖空心思了解故事的来龙去脉，因画面人物与熟人的相似性而忧心忡忡或者暗暗发笑。他嚷道：

"朱丽叶，看！这位胖乎乎的妇女多像巴福尔夫人[1]啊！"

满堂哄笑！

如果我们对观众说名作中蕴含着神秘莫测的东西，他就会像一只凝视钟表的猴子那样目瞪口呆，甚至更甚之。

要想参悟我们今天竞相追逐的艺术，首先得有一双慧眼，世上之人寥寥无几，即使画家也不多。

眼睛就像天才音乐家的一对聪耳那般灵敏精巧，仅仅观察细微的色调变化、复杂的色彩组合就能从内心深处油然生发出一种美妙的快感。一个训练有素、洞察入微的目光能够一眼识

[1] 这里是泛指，非指具体某人。——译注

别这些细微之处，回味它无穷的魅力，抓住对于常人来说无形的契合之处，点破暗含的无数细微变化。

观众的艺术修养还有待提高，他们只认识几种"母色"，这种说法出自古代诗人的诗歌。因为古人对色彩和声音的细微变化一窍不通，对画和音乐也是如此。我们只在他们的作品中找到屈指可数的颜色种类。他们更关注线条、形式的和谐、风姿的绰约，却对巧妙的色彩变化的神秘之美以及震撼现代人灵魂的音乐所表现出的强大魔力置若罔闻。

渐渐地，人类的眼睛领会了。意大利派孕育了光彩夺目的色彩油画家，尽管令人钦佩却总是带着丝丝冷酷无情；佛拉芒派令一群天才横空出世，他们能在一个色彩的渐进中，看到并展示出无尽的变化。伦勃朗笔下的一块布头向我们揭示出，我们原以为黑的色彩其实不尽然，这位可敬的大师画出了光彩照人的黑色。它比鲁本斯色彩鲜艳的画作更为丰富，更具多样性，更有出人意料的地方，更有摄人魂魄的魅力。

正是通过这些人我们才知晓画作中的主题是微不足道的。艺术品中不可思议的独特之美完全异于无知的人类所习惯认为的美。

不计其数的肖像画是一个个奇观，有老态龙钟的人丑陋的脸庞，有一般小资的画像。如果我们仅仅关注所展示画像的面部表情，定会忍俊不禁，心中泛起阵阵钦佩之情，因为那是艺术神秘完整的表达方式，而不仅仅是个脑袋！

事实上，画中的主题只有一个价值：艺术家要么表现一个通俗意义上美丽的事物，要么一个丑陋的，他只须发现和提炼出这个主题的所有价值和深层意蕴，以至创作出来的作品可以表现美的一面或者丑陋。他应该用作品本身来打动我们，而不是作品里的故事。一件物品或者一件事对我们感官和灵魂产生的简单直接的影响，不可与艺术阐释和表现这件物品或者事件的深层复杂影响混为一谈。在伟大艺术家的画笔或毛笔之下，最丑陋恶心的事物都可以变得精妙至极。

然而，观众、众多批评家以及文人墨客都将"文学体裁画作""古代或者现代画作"强加给画家，它们取材于远古的故事、昔日悲剧或者爱情的回忆录，或者今天的《法院小道新闻》。它对这门艺术的危害等同于看门人热衷的小说连载对富有观察力、妙笔生花的作家的危害。

因为观众对艺术家由目及心的这种独特、细腻的兴奋感是难以想象的，他天真地看着，感觉着，就像一位来消遣的村夫，对他而言，博物馆或者展览只不过是故事情节用五彩缤纷的色彩勾勒出来的罢了。

然而，在人群中有些人生来就是杰出的批评家，这些人最终会将自己的观点强加于人，但这样的人凤毛麟角，他们的声音被淹没，只有过了许久许久之后才能重见天日。

那么，谁有权利，谁有能力表达观点呢？画家吗？

也不尽然，我来说说原因：

他们极其特殊的教育孕育了他们的私心，这对任何异于他们天资禀赋、追随不同流派的同僚来说都是毁灭性的。

举些例子吧。毕维·德·夏凡纳[1]先生有着一双画家兼诗人的锐眼，他试图回忆在他眼前掠过的朦胧梦境，并将之固定下来。

鉴于他的作品，我们怎么敢说，他能理解、欣赏梅索尼埃[2]先生显微镜式的作品呢？

居斯塔夫·莫罗[3]先生也试图将其梦境固定住，但是却小心翼翼、亦步亦趋。

粗鲁壮实的色彩画家古尔贝[4]会理解并欣赏他吗？谁能相信？

正统艺术流派的那些人尽是些充斥着酸腐之气的名门正派，他们在马奈和莫奈以及所有离经叛道之人的作品前不都是耸耸肩，表现出一副不可一世的模样吗？而这些人鄙视学术型画作以及因循守旧、抱令守律的作品，他们对色彩不可捉摸的和谐感孜孜以求，这是前辈们所不曾参透的真理。如果自然一

---

〔1〕皮埃尔·毕维·德·夏凡纳（1824-1898）完全革新了大尺寸装饰画的画法。索邦大学和万神殿里的壁画都拜他所赐。他在1886年的沙龙里展出了三幅画《古代视野》《天主教灵感》《罗纳河和索恩河》，本来是专为里昂博物馆而作。——原注（按：夏凡纳是十九世纪法国著名画家——译注）

〔2〕路易·欧内斯特·梅索尼埃（1815-1891），1861年成为美学院院士，他是当时最伟大的宫廷画家之一。他的专长是历史画。——原注

〔3〕居斯塔夫·莫罗（1826-1898），1888年成为美学院院士，因其主题和技巧深受象征主义推崇。——原注

〔4〕居斯塔夫·古尔贝（1819-1877）是现实主义流派画家中的佼佼者。1869年至1870年，他在诺曼底工作，惠斯勒陪伴着他。他在此期间画了《埃特勒塔的海浪与悬崖》，莫泊桑正是在这个时期与他会面的。——原注

成不变，那是人类的目光在改变，它能认出文字所不能表达的色彩。

只要欣赏新兴的画作就能对此确信不疑。谁能用语言传达出细微的变化？看看所有中国的粉色和红色系列吧！红色的丁香，玫瑰色的丁香，橘色的丁香，还有形形色色的绿色，如此迷人，如此新颖，不计其数，浩如烟海，如今，我们的双眼能够区分，但是言语已无法传达。

现实主义者尽管才华横溢，但是他们会承认华多的高雅吗？

我们不是每天都听到现代画的大师对古代画嗤之以鼻吗？安格尔会接受德拉克洛瓦吗？与后者同时代的人尽管个个身怀绝技，但是对他喝了倒彩，心生鄙视。他们这些人对柯罗、米耶[1]以及其他众人都有过同样的举动。我们不是每天都听到大名鼎鼎的艺术家以饱满的热情、坚定不移的信念以及成功与知识赋予的权威来质疑其他有名的艺术家吗？其实后者完全有权力鄙视与其禀赋相异者。然而，这些观点都顺理成章地受到了有识之士的捍卫，他们的根据是一成不变的法则，虽然不一而足，但是对所有人来说是无可驳斥的。

那么有人就会说了，如果没人能够评价画作，我们为何还来沙龙？

我们就把自己当成是天真的人，诚实的小市民，来此只为观看图片，别无他求。我们穿梭于人群中，一个展厅接一个展厅游览，既欣赏画作也观察我们的邻人，既倾听别人又自

〔1〕让·弗朗斯瓦·米耶（1814-1875），擅长画农民的生活。——原注

己讲述。我们给您带回思考，或者逸闻，但是我们丝毫不会讨论色彩和绘画，依据这句谚语："口味和色彩，我们丝毫不会论及。"

艺术家为技艺和作品、潮流和方法、透视法和阴影部分的清规戒律、价值观的改变等等而争论不休，我们且听之任之。

我们会观赏画作，当然也会注意画家。我们乐于把画家选择他们主题的初衷当作研究的目标。我们将进行一次探索性的旅行，尽情畅游在画家的思绪、意图、想法、情感的海洋中，以及他们用来感动像我们一样正直的普通人的写作技艺。我们将会看到躺在长沙发上的阿拉伯人，苏丹人从未见过此种情景，高卢或者法兰克战士，他们蓄着淡黄的胡须，长着一对凶神恶煞般的眼睛，衣冠楚楚，盛气凌人。我们会看到毛骨悚然或者催人泪下的画面，动作富有表现力，意图昭然若揭，就连小孩都停下来说道：

"爸爸，看啊！那个人发怒了！"

或者：

"啊！妈妈，那个妇人患了重病！"

最终，我们会发现整个文化世界良莠不齐，这些都是被群众和批评家压制得喘不过气来的画家迫不得已融入他们艺术中的东西。

啊！有时候看着这些文人画、煽情画，这些柔情似水、富含戏剧或者爱国主义色彩的画，这些催人泪下、浪漫主义的画，这些奇闻逸事、富有历史主义色彩的画，这些充斥花边新闻的画，这些有关伸张正义的画，这些家庭式或者下流猥亵的画，以及这些叙事、抨击、教化、说教、毒害人心的画，是多么令人痛心疾首的事！

财富[1]

　　建筑艺术正在消亡，或者说它已然死亡。这个艺术的消失显而易见，但是细细揣摩，我们不应该把矛头指向建筑家。

　　如果我们隔三岔五地在巴黎看见一个新的丑陋不堪的建筑物拔地而起的话，那么部长大人或者建筑学院的院士必定组织了一个委员会，他们已经审核了上百份的草案！因此，我们首先应该探讨的是备受尊崇的院士，接着是部长，最后是整个委员会，他们是值得研究的！身为铁器卖家的埃菲尔先生在巴黎竖立起这座令人悚然的铁塔，它的设计和开工都让人预想到了不折不扣的丑陋，可是我们绝不能埋怨埃菲尔先生，他用铁做了他力所能及的事。当我们能够一览无余地欣赏这个俗不可耐的当代建筑物时，才发现它的高大与丑陋。我们高呼这座冷作

[1] 该文于1887年8月9日刊登在《吉尔·布拉斯》。——原注

业建筑物的拥护者的名字[1]，即使艺术部人员空缺，我们也将这些人永远拒之门外。

不计其数的人参与建造了这座避雷塔，这位名不见经传的建筑师的新锐思想得到了实施。如今，众多可怜的年轻人寻觅线条及宝石装饰之美，而他们不得不面对的是资产阶级的品位，还有艺术部牵头组织的委员会，成员尽是冥顽不化的老学究，他们还裹足于古希腊、中世纪和文艺复兴时代。

我们当代建筑艺术的无力应该首先归咎于我们执政者泥古守旧、毫无价值的品位，同时，平庸粗俗的上层资产阶级也责无旁贷。

这是一个耐人寻味的研究，就如同我们研究今天的财富是怎么使用的。

曾经的达官贵人在他们的灵魂里有一股好奇心、一份热情、一种果敢，激励着他们放开手脚大胆干。当他们结束战争，满足了四处征战的野心之后，就兴建城堡或者大教堂。法兰西不正是处处可见技惊四座的建筑物吗？它们形态各异，由世世代代观点前卫、耐心、自信的艺术家建造而成，他们对无知、爱摆阔的王公大臣的命令置若罔闻。我们这片土地上四处屹立的纪念性建筑物令人叹为观止，这一切都要归功于勇于进取的王侯将相以及那些不知名的伟大艺术家。只要说出所有法国负有盛名的城堡名字就足够了，不管它是东南西北中！我们

[1] 1887年2月14日，莫泊桑在一封请愿书上写下自己的名字，反对埃菲尔铁塔的建造。——原注

眼前瞬间浮现出一条宫殿的长廊，千姿百态，技艺超群，整个法兰西的建筑才华都融于其中。每个世纪都留下了众多的印痕，这门艺术历久弥新，更新不迭，有着无与伦比的样本。我们能够追随时代的脚步，欣赏这门不朽艺术焕然一新的面貌。今天已经荡然无存。是我们缺少艺术家吗？既然我们一直拥有一流的雕塑家和举世闻名的画家，为何建筑师会在法兰西销声匿迹呢？未来定有青出于蓝而胜于蓝的大建筑家，我坚信不疑！但是，我们缺的是为这些创举慷慨解囊的富人。

有一点肯定的是，如今大富大贵之人的品性大不如从前。

让我们看看富甲一方的人是如何支配他们的时间与金钱的，他们的智慧又闪现在何处。

总体来说，他们最大的奢望就是通过其财富达到名扬四海、一言九鼎的目的。这个奢望本身无可厚非，但是至少达到目的的手段是值得商榷的。

使用最多的是马。此动物已成为人类最尊贵的战利品，正如福音传教士布封[1]先知所宣称的那样，因为它赋予荣耀与尊敬。我说的完全不是一般使用的马、那种被套上车的马，而是我们所谓的赛马，一头皮包骨头的可怕畜生，在其背上有个瘦骨嶙峋的小人，他策马扬鞭，催逼着马一路狂奔，最终胜过旁边的马拔得头筹，而他自己在这场竞赛中两脚都未沾地。

这些游戏作为消遣备受推崇，它能笼络观众，也能滋生

事物及其他
Slow reading

[1]路易·勒克莱尔·布封（1707-1788），法国博物学家、天文学家、哲学家、作家，曾写过《自然史》。——译注

赌博。我更倾向于娱乐场的小马，一样的激动人心，花费却少得多。

其他的无足轻重。我们不需评判，不需指责，不需禁止，也不需说教，只要看看与我们同代的富贾是如何绞尽脑汁让这些畜生两脚生风，如何让这些技艺精湛的职业赛马骑师名扬四海的。而不是那些别具一格的艺术家将他的资助人姓名铭刻在永垂不朽的建筑物之上。当一个富人因其天资禀赋或者体格障碍不再是一位运动健将之时，他就理所当然地成为艺术爱好者和收藏家。

如果按照现代马术混乱不堪的术语来说，他只是位简单的赛马爱好者，那么他的价值就没那么高，因为他几乎注定要一贫如洗，而收藏家在冠冕堂皇的高贵品位之后藏匿着奸商所特有的贪得无厌的灵魂。他收购不是为了激励、帮助艺术家，也不是竭力寻找有才华的后生，不是给他们资金以助一臂之力，使得艺术家能够完全自由地钻研艺术。他在权贵的控制之下，收购奇珍异宝，价值连城，甚至超过了国库的收入。

事实上，在他身上所体现出的怪异惊人之处，是他对艺术品的一窍不通。由于不断的收购，他终于能估摸出名品的市场价，但是他在稀世之宝面前举棋不定，无法识别它们的出处以及辨别真伪。一言以蔽之，他不是聚财之人而是位囤积瓷器、名画、家具、珠宝的守财奴，总是以比较法行事，从来不靠直觉。当他迟疑时，他求助专家，这恰恰证明他不喜爱物品，对它的美和高雅之处完全置之度外，仅仅对专家的估价视若珍宝。

就像猎人的猎狗，这类惶惶不安的专家阶层正是拜他所赐才得以蓬勃发展。一些人就像公证人和诉讼代理人那样从事这项官方的职业，但是最信得过的往往是些有天赋的业余爱好者。他们一贫如洗，就是为了艺术品而生，使用上帝赋予的才华、嗅觉以及对美、稀罕、优雅的辨别力去寻觅、挖掘、识别、鉴赏、评论、估价、分类。他们对别人展示或者自己发现的物品一眼就能辨出真伪，可谓火眼金睛。

在法兰西这块土地上有一百件展品的价值超过了宛若仙境的坐落在圣米歇尔山上的修道院。

这些展品现在何处？整齐地列于橱窗中，尘封在橱柜里，被看作是植物标本或者勋章。它们被用来装点王公大臣们独一无二的府邸吗？没有。相反，府邸的建造仅仅是为了容纳它们，正如商店用来储藏商品那样。事实上，商人购买了这些商品，他们诚惶诚恐，担心被骗、被盗，之后将其罗列成行，很兴奋地知道它们的真实价值，继而掸去灰尘，写上数字，编成条目，表现出井井有条的富人所特有的那股谨小慎微和天真无邪。

一天，其中的一位对拜访他府邸的朋友说道："看看我的浴室吧，我认为，它是天底下最舒适的了。"

朋友看了看这个富丽堂皇的浴室，对其赞不绝口，整个墙面自上而下贴满了来自意大利的年代久远的陶瓷和彩绘玻璃。之后他回答道："很好，但已过时。您还在使用浴缸啊！"

"是在使用浴缸。是的！您想用什么替换它呢？"

"啊！我要是家财万贯，我就建一个镶满红色大理石的游泳池，每日每夜都在流淌着温水，就像流过草坪的一汪清泉。可以容纳二十人游泳。在水池的边上，置着一些雕像；要么呈坐姿，双脚置于水中；要么亭亭玉立，搔首弄姿；要么双膝跪地，顾影自怜；要么低头读书；要么高歌一曲。均出自当代的大师巨匠之手，细细的石柱错落其间，拱着白莹莹的大理石制成的穹顶。在这一条巨大的艺术长廊底部有着华美的彩绘大玻璃窗，还有那一片青葱翠绿的植被和妖娆的鲜花。"

"我的朋友会成群结队地来我家游泳，而不屑于在底部用木头制成的浴缸里洗浴。"

"这个美妙的幻想花费五十万法郎就能实现了！"富贾聆听着，惊愕不已，在长长的沉默之后说道："啊！这个想法真疯狂！"

〔巴黎生活〕

职员[1]

周日、密集、麻木、迟缓、拥挤的人群宛若一团黏糊糊的肉酱在大街上缓缓而行,我穿梭其中,好几次,有一个词响彻在我耳畔:"奖金。"事实上,艰难行走在道路上的是职员[2]。

在所有阶级、所有等级的工作者、所有为了生活艰苦奋斗的人中,这些人是最应该怨声载道的,因为他们是最不幸的人。

我们不信,但其实我们一无所知。他们根本无力抱怨,无法奋起反抗;他们与其悲惨命运紧密相连,却一声不吭,那是与中学毕业者这个文化层次完全相符的命运。

[1] 该文于1882年1月4日刊登在《高卢人报》。——原注

[2] 当莫泊桑在海军部任职时,对职员的悲惨生活了如指掌,从1880年至1883年,他就这个主题写了几篇专栏文章。——原注

我多么热爱儒勒·瓦莱斯[1]这句题词啊："谨献给所有精通古希腊拉丁文且食不果腹的人！"

目前人们纷纷讨论议员加薪之事，或者更准确地说，议员正在谈论提高自己的薪水。谁在谈及职员加薪之事呢？我的主啊！他们做出的贡献可不比波旁宫那帮天花乱坠的人少！

你们知道这些学法律的业士赚多少钱吗？生活的无知、教父的疏忽以及高官的庇护使得这些人被当作临时雇员聘用，这应当受到谴责。

职业生涯初期的薪水在一千五至一千八法郎之间浮动。之后每隔三年，他们的薪水上涨三百法郎，最高达到四千，不过那时他们已经风烛残年了。晋升办公室主任的人风毛麟角。此事一会我再详谈。

你们可知如今巴黎一位瓦匠能赚多少？

每小时八十分钱，也就是每天八法郎，每月两百零八，折合成每年大约两千五百法郎。

其他行业的工人呢？每天十二法郎，也就是每年三千七百法郎。我说的还不是手艺精湛的！

然而，议员先生们，既然你们觉得薪水不够，你们知道面包的价钱吗？还有柴米油盐酱醋茶？你们得承认，小职员也得像你们一样操办婚礼、生儿育女，至少还得添置点衣服，尽管不是皮革裹身，那也得体面点去上班。您觉得，如今一位平均薪水两千五百法郎的职工有能力娶妻生子，而且为了你们所

事物及其他

[1] 儒勒·瓦莱斯（1832-1885），法国记者、作家、政客。——译注

担忧的法国人口平衡，生一男一女？他还要为自己和儿子买短裤，为女儿和妻子买裙子？我们姑且算一笔账：房租五百、衣服六百，其他杂费五百。只剩九百法郎，也就是每天两点四五法郎用来赡养父母和孩子。真是丑陋之极，令人愤慨！

为何只有职员生活在水深火热之中，而工人却衣食无忧，原因何在？因为他们既不能申述，又不能抗议，既不能罢工，又不能转行，也不能成为手艺人。

这种人有教养，他尊重自己的教育，也自我尊重。他的文凭阻止其糊墙纸或者刷浆，本来对于他来说这是上乘之举。如果他辞职了，何去何从？他不会像作坊工人那样改变自己的行政职务，这有一整套手续要办。他无法抗议，因为会被驱逐。他甚至连申述的权力都没有。试举一例：前些年，海运业的职员已经厌倦饥肠辘辘的生活，万国博览会以及整体生活水平的提升使得物价飞升，而他们的薪水还是一如既往的微不足道，遂给议会的主席甘贝塔先生递呈了一封请愿书。办公室里闪现一丝希望的光芒，所有人都在上面签了字。据说一些议员信誓旦旦地想介入此事。然而，这封信被没收，并以违反纪律和藐视法律之名告发它。某位海军上将以撤职之名威胁签名者，并对其咆哮怒吼，令整个行政部门震颤不已。我们能做些什么呢？没有任何能做的。只能缄口不言，让他们饱受贫困之苦。

当我们想到这些可怜兮兮的职员通过神秘莫测的省吃俭用偶尔能够支付他们的儿子上学，可为的还是让他们将来获得这个可笑至极、毫无用处的中学会考文凭！

著名的勇士形象完全能够用在他们身上，我们只能说："他们靠节衣缩食活着。"

让我们谈谈他们的生活吧。

在部门的门上用黑色的笔写着但丁的名言："进门之人保留着所有的希望。"

入职的年龄差不多在22岁左右，一直工作到60岁。在这漫长的岁月里，一无所获。终其一生都在狭小昏暗的办公室里度过，墙上贴着绿色的墙纸，自始至终保持原样。进去的时候青春年少，风华正茂。退休之时已是风烛残年，垂垂老矣。我们一生的记忆，出人意料的事件，柔情似水抑或潸然泪下的爱情，充满冒险的游行，自由自在一生的所有偶遇，所有这些对于他们这样如苦役犯的人来说简直是天方夜谭。

年复一年，日复一日，重重复复。从22岁到60岁，千篇一律，依然如故。仅有四个突发事件：结婚，第一个孩子诞生，双亲的去世。其他一无所有，没有晋升。他们对平常生活一无所知，甚至对巴黎也是一问三不知。不知道阳光灿烂的日子在街上快乐地行走，也不了解在田野的闲庭信步，因为他们无法在规定的下班时间前离开。从早晨十点开始就成了牢中囚犯，下午五点才走出牢门，夜幕依然降临。但是，作为补偿，他们每年有十五天可以待在家中休假，这个权力也是千方百计争取而来，备受争议，饱受指责。他们闭门谢客，身无分文能去往何处呢？

木匠攀登高峰，马夫游荡于大街小巷，铁路工人穿越森林、平原、大山，不断从城墙走向一望无垠的大海。职员从不离开办公室半步，宛如一个活死人的棺材。在那一面小小的镜中，他还依稀记得入职时意气风发的样子，蓄着金色的胡须，如今离休之时，已成头童齿豁。一切都结束了，生命走向尽头，希望化为泡影。为何到了如此田地了？就这样老去，没有任何丰功伟业，没有任何震撼心灵的惊人之举？可是事实却如此。得给年轻的职员让位！

就这样离职了，过着更加悲惨的生活，拿着微不足道的退休金。他们隐居在巴黎的郊区，住在垃圾丛生的乡村，由于突然与平常艰苦的办公室生活、一成不变的日常活动、年复一年的工作节奏决裂，他们不久便与世长辞。

现在来聊一聊办公室主任。

一向默默无闻之辈终于升官加爵，他们便妄自尊大，目空一切，但是一位被任命为办公室主任的老职员却更甚之。被压迫、被侮辱的他唯唯诺诺，马首是瞻，如今他手握权力，发号施令，他要吹起复仇的号角。他大声怒吼，言辞激烈，语气生硬，属下只得唯命是从。

诸如公众教育之类的部门要排除在外，文明礼仪的古老传统直至今日保存完好。其他部门可是糟糕透顶。我刚才提到了海事部门，我再重拾此话题，我亲身经历过，知根知底。在那里听见的尽是军官在甲板上的指挥声。

一些迂腐之人凭借资历得到晋升，遂在办公室称王称霸，完全一副暴君的姿态，他们的傲慢、自负、蛮横简直无人匹敌。

被主任侮辱的工人揭竿而起，双拳相向。而后他捡起工具，寻找另一个工地。而一个稍显高傲的职员第二天就会失去工作，这将持续很长时间甚至终其一生。

最后，一位部长在他行政管辖范围内的高层、主任以及职员面前差不多总是发表这样的言论："先生们，请不要忘了我必须得到你们的尊重和服从，尊重那是因为我有这个权力，服从那是因为你们有这义务。"

满口独裁者的味道！

这个言论自上而下口口相传，连副主任都对发货员高谈阔论！

啊！在这个硕大的工厂里有很多饱受折磨、伤心欲绝的人，他们的知识与才能兼备，本可以出人头地，却悲惨一生，终究落得个一无是处。他们绝不会让女儿没有嫁妆就下嫁于人，除非是和他们一样的职工。

分手的艺术 [1]

庄严神圣的法兰西学院刚刚任命了专员，他们将为1880年的天才作品颁奖，还有些其他的作品。

在备审的作品清单中，我苦苦寻觅一本能对当今人性有教化意义的作品，结果徒劳而返。

在成堆的作品中，我找到《法国历史中最具雄辩力的文选》，难道口若悬河在历史学中也有用处吗？

接着我又看到一本法语书籍，它特别谈到了道德情操的提升。暂且不谈。

在实至名归的奖赏中，"有一个奖颁给了古希腊拉丁文或者外文诗歌的最佳翻译"，以及"两笔钱，一笔三千法郎，另一笔五千，用于资助杰出的文学作品"。

我觉得这个杰出文学一文不值，总的来说，那些有头有脸

〔1〕该文于1881年1月31日刊登在《高卢人报》。——原注

世俗琐记

263

的人竞相追逐法兰西学院的大奖，他们实则连优秀的作品都难以写出，或者甚至连一般文学都谈不上。

此外，我坚信，在四十位"不朽者"的眼里，巴尔扎克或者福楼拜从来就没写过杰出的作品。

而我呢，给那些正直的颁奖者们再添几位成员，他们将从纯粹务实的角度出发审核作品，而《分手的艺术》这一论著必定榜上有名。

唯一的奖项其实足以推动弱势体裁的发展，它们与杰出文学和诗歌翻译一样岌岌可危。相反，比起取缔浓硫酸，我们难道不应该不懈地寻觅对人类更有用的发现吗？

那是一个男人几乎必然得到的结果，他给我们提供了一系列简单易学的分手艺术。这样就可以体面地、恰如其分地、礼貌地、温柔地、和平地与崇拜你的女人分手，我们对其已经忍无可忍。

浓硫酸已然成为公害。

确实，昨天有一位无耻之徒毁了他情人的容颜，但是就在前夜，一位女人嫉妒一个年轻的女孩，她的情敌。前些日子，一女子烧瞎了她不忠丈夫的双眼。明天，此种灾难可能还会周而复始。

浓硫酸是不忠的达摩克利斯的利剑。

然而，当其他女性都很妩媚动人之时，理性地讲，我们无法终其一生只对同一个女人忠诚。

通常，女人绝无二心、死心塌地，或者更准确地说，她们在死缠烂打（请原谅我的措辞）。可是她们从来不对自己的丈夫忠诚！啊！她们只对心血来潮、一眼之缘的男人忠诚，他们的关系是何等的弱不禁风！敢问谁有能力解释这种古怪现象？

经历过爱情洗礼以及两个心灵间的缠缠绵绵之后，任何人在解开这个我们称之为"恋爱"的结时都会黯然失色。如果无法巧妙地分离千丝万缕的关系，那么他就会像亚历山大那样割断一切。由此衍生出一系列的灾难性事件，浓硫酸是最后的终结者！

谈一谈所有人世间爱情的简史。其中涉及的心理学是一成不变的。

女人的内心与男人大相径庭。我们这些男人是美好事物的真正爱好者，我们所仰慕的是女人，当我们临时选择了一位女性，那是在向所有女性致敬。他是一位酒鬼，一位爱偷腥的馋猫，他会永远只对一种酒情有独钟吗？他喜欢酒而不是一种酒，喜欢波尔多只因它就是波尔多，喜欢布尔贡只因它就是布尔贡。我们酷爱棕发女郎只因她们就是棕发女郎，金发女郎也如出一辙。棕发女郎的目光犀利、直击心灵，而金发女郎的嗓音令人神魂颠倒；棕发女郎烈焰红唇，金发女郎曲线傲人。鉴于我们无法同时拥有众多佳丽，天性在我们身上埋下了冲动和心血来潮的种子，使得我们轮流地去追求她们，这样每个人的价值也在我们心潮澎湃之时无形中得以提升。

然而，男人的心血来潮总是昙花一现，很快坠入漫长的等待。欲望的满足使爱情化为日常的相敬如宾。理想主义者们，你们咆哮吧！

有些人朝三暮四，一周就移情别恋，有些人是一个月，半年，而另一些则是一年。只是一个时间、急缓以及既成习惯的问题罢了！

但是女人呢？啊！她们跟我们简直是南辕北辙！这正是危险之处。

一旦男人俘获了她的心，她的所有欲望被点燃之时，她就会坚信这位风度翩翩、巧舌如簧、穷追不舍的男性疯狂地爱上了她，她提的所有要求他都满口答应，信誓旦旦要做出一切非人类的牺牲。女人会心生忧虑，惶恐不安，因被人照顾而兴奋不已。此时她的爱情里容不下金钱二字。她自忖："这个可怜的男孩，他还不是对我一往情深。"她被爱情深深感动了，她有着一副热心肠，虚荣心也得到了满足。然而，她终日提心吊胆，不愿做出过多的承诺，她想到了心血来潮，这种感觉如过眼烟云，令人陶醉！心中留下的是一缕缕温馨甜美的回忆，丝毫没有苦涩的味道。那是生命里的昙花！

男人对心血来潮之事满不在乎，对之嗤之以鼻，只要结果是一样的就行。他所追寻的结果千篇一律。

他凯旋而归，进攻的人夺取了阵地。然而，一旦俘获芳心，他会逐渐意识到他原以为无与伦比的猎物其实与前任毫无二致。但是战败者渐渐爱上了征服者，虽然这种爱意还比较朦胧，就像一位刚刚借给花花公子五百金路易的放贷者。她提前预支，期待一点点回本。怎么才能做到？她把自己的名声、生活的有序与安宁都赌进去了。接着所有的女性都很看重这个著名的词语，也就是仲马先生口中的"财富"。啊！她们曲解了意思，仲马先生认为财富瞬间可化为泡影，而她们则认为这是取之不尽用之不竭的。

下面就上演了情感的连环戏。

日复一日，男人越来越关注其他女人，他感到胸中萌发了新的激情，挠得他心花怒放。他也越来越能理解，一个人的灵魂是无法得到满足的，美的表现形式是五花八门的，生活的魅力源于它的变幻与多姿。

而女人呢，她的爱更加浓烈，宛如扎根于新土壤的植物。她的浓情蜜意如千丝万缕的根须，扎得愈来愈深。她爱他！她全身心投入，完全封闭囚禁在了自己的爱情中。她的生命别无他求，她的思想别无他想，她的身体别无他需，她只要爱！

不由自主的奴役行为接二连三地拉开了大幕。一连串温柔体贴的话语，散发出孩童般的幼稚："我的老鼠，我的猫猫，我的大灰狼，我亲爱的。"温柔的虐待！她曾说过心血来潮！啊，理所当然！

他想分手，畏畏缩缩的。你会和一个崇拜你的女人分手吗？她对你呵护备至，她的百般殷勤折磨着你，她唯一想的就是讨你欢心！分手！不再那么简单！情感的链条是坚不可破的，我们不能就这么砸断它，我们得拖着它前行。一个人的情感与日俱增，而另一个则日渐消退，他们就像一起演奏的音乐家，一个加快节奏，一个放慢脚步。

有句谚语说得好："女人就像你的影子：跟着她，她就远离你，逃离她，她就尾随你。"这句谚语道出了千古不变的道理。凭着热恋中女人的直觉，她已猜到你会抛弃她，她胡搅蛮缠，决不放手·

每天都重复上演着那些不合时宜、纠缠不清的问题，很难做出回答：

"你还一直爱着我不是吗？"

"是啊。"

"重说一遍，我想听！"

"我不是跟你说了吗！"

"确实说过，你还是有点爱我的是吧？大坏蛋。"

"是。"

"答应我不要欺骗我。"

"不会的。"

"什么？不会？"

"我不会欺骗你。"

"你发誓？"

啊！见鬼，是的，他发誓了。您觉得他还能做什么呢？即使最聪明的女人也会千篇一律地重复着这些愚蠢无用的问题。

那个因缘之结是无法解开的。

有两个解决方案，其实总是这两个：

要么是争吵不休，直到最后一战，真正的一战：丑陋的扇耳光，这对男人来说是莫大的耻辱。当一个男人举手打自己的女人时，不管是出于何种原因，在任何场景，他永远只是个懦夫，一个粗俗不堪的莽夫。

要么他消失，一走了之，无迹可寻。那么她会踏上找寻之路，不屈不挠，因为胸中满腔怒火。当她看见自己的男人正在热情洋溢地与其他女人搭讪时，她躲在街道一角，手中握着浓硫酸……

比起毫无用处的道德书籍或者贺拉斯的法译本，《分手的艺术》这本充满理性的书籍的实际价值要远胜于它们。就我看，如果美食和爱情是天性赋予我们最美妙的消遣方式，那么洞察一切的哲学家也应该送给我一本需要的书，就像那些介绍各种各样食谱的丛书，它让我们的味蕾得到了满足。

我求助于所有将爱情看作其生命中最甜美之事的人。分手难道不是对他们聪明才智的最可怕考验吗？对一个风情万种的男人来说，他也束手无策。

如今之计，我只模糊地看到一个方案，但又不敢公布于众，因为可能众口难调。

当我们已经厌倦一个女人，那么就留着她。"您说，留着她？那下一位呢……""我们把所有人都留下，先生！"

恋人与时蔬 [1]

几天前就正式立春了。可怕的季节，我们称之为"恋人季"，这是个灾难，它肆虐横行，春天的喜气全被糟蹋了。但也是祝福之季，满眼尽是上帝赐予的恩宠：时蔬。

我完全没有诽谤爱情之意。我所憎恶的是春天的爱恋，内心的涌动就像树液勃然的喷发，这个无法自控的需求令你春心荡漾，如斑鸠的喃喃私语。除了血脉贲张，别无他物，它是天性布下的陷阱，也许只有不经事的少年才会落入其中。

常言道，春天是爱恋的季节！谁在恋爱？动物吗？爱情之季？对那些才子来说，爱情应该有一个属于自己的季节。那么春天就是乡村男孩、小职员、穷人们的爱情之季吧。

而那些理智胜于情感的上层精英更青睐冬天：在香气四溢的客厅里，在灯火通明好像智慧之光也在闪耀的剧院里，爱情

[1] 该文于1881年3月30日刊登在《高卢人报》。——原注

仿佛温室里绽放的花朵，如此美丽，但却是一种病态的美。

真正有修养的巴黎人把"诱惑"看作一门精妙的艺术以及一个迷人的职业，他洞察爱情的一切，就像一台任意拆卸的精密仪器，每个内部构造都烂熟于心。总是在窥伺，总是在追寻，对新鲜的肉体和高雅的享受望眼欲穿。他混迹各种阶层，拜访各种沙龙，体验各种女人，凭借面相、音色、举止就能看透人心。他是情场高手，情场技巧信手拈来，从未出错，迷倒过万千女子。

他对巴黎知根知底，对适合幽会的、不为人知的隐秘餐馆如数家珍，能够抓住女人耳根最软的最佳时机，找到一举击溃女人最后防线的花言巧语，就像战场上骑兵发起的冲锋。在一排整齐划一的马车队列中，他能不假思索地挑选出出类拔萃的那个，鬼知道他是怎么认出来的，马夫的鼻子？马的体格？抑或是马车的雍容华贵？

女人同他在一起时，泰然自若，不用担心祸从天降，不用害怕意料之外的相遇，不用伪装自己。他想她所想，已经备好了一切，他是情场上的天才。他还爱情以本色——神秘——那正是它独一无二、焕发光彩之处。

神秘！你们去瞧瞧春天里的一对恋人吧！他们糟践了万象更新的春天，就像音乐里的弱音破坏了世上最美的音乐那样！你觉得他们这样的人会在乎神秘？

他们正在我邻桌用餐。首先，他们对菜单没有任何敬意，令我心痛！餐厅老板对他们的蔑视溢于言表，给他们随意凑合了一桌菜。于是他们就开始用同一个杯子喝水，同一个叉子吃饭，在同一个盘子里取菜，脏了桌布，打了酒杯，满嘴油

美食

污，互相拥吻，一副丑恶嘴脸，令人作呕！还有一次，我刚刚在火车车厢里安顿好，准备度过宁静的一夜，一对恋人上了车。他们关上窗帘，熄了灯火，蜷缩在车厢一角，肆无忌惮，卿卿我我，视我为空气。接着他们夸夸其谈，喋喋不休，放肆大笑，不停地拥在一起。最后饥肠辘辘，重新燃上油灯，走到一个散发出装满粗茶淡饭香气的篮子前，于是火车上弥漫着这类食物的气味。当他们酒足饭饱之后，又开始嬉戏玩耍。他们就是未开化的野人，一旦给点阳光就谈情说爱，正如寒气刚至，我们就染上了感冒。

此外我毫不遮掩我的偏好。在所有激情中，唯一令人尊敬的可能就是美食。

时蔬的到来也令我心花怒放，垂涎欲滴。

爱情属于每个人。每个人或多或少都经历过，稀罕之事是唯一珍贵的东西。杂货铺的伙计绝望地投河自尽，王公大臣也经常娶牧羊女或者舞女为妻，都是司空见惯之事。王后也让马夫坐上了爵爷的宝座。我们费尽心思到头来只是徒劳无功，爱情不是个万花筒，它总是千人一面：我们能够轻而易举地追踪每个阶段的不同表现，自始至终都如出一辙。感性之人想方设

事物及其他

法地加工它，提炼它，使之复杂化、完美化，结果一无所获。在实际中，一位即将会考的中学生知道的不比患了痛风的老议员或者久经沙场、风流倜傥的院士少。

　　但是众多激情中，最纷繁复杂，最难在实践中达到高度，最阳春白雪，最追求词语真意，最配得上风雅才子的当属美食。它完全是人类的发明，上古的人类尚不通晓，随着岁月的流逝日臻完美，伴着文明日益壮大。蛮族和庶民对它不屑一

美食能帮助共同进餐者维系不可磨灭的情感关系

顾，庸人无法参透其奥妙，蠢人蔑视它，这正是它的荣耀所在；鲜有女人欣赏它，这是它得以理想化的原因；历史的长河中，名厨赋予它千变万化的形态。美食就存在于味蕾的极致享受和味觉的微妙变化中，只有心灵手巧、七窍玲珑之人才配拥有，也只有这样的人才能明晓其中的真意。

真正会品之人寥寥无几，如天才般稀罕。整个巴黎也不过数十位。

但是所有伟人都实践过拉伯雷口中的"吃的艺术"。

历史悠悠，令人赞不绝口的例子不胜枚举。

《圣经》中最著名的人物当属所罗门，他拥有十二个内务总管。他们每人每月负责国王的饮食，其他剩余的十一位踏遍千山万水寻找新的菜肴，不同寻常的做法，出人意料的搭配。

他们之间维系着永恒的竞争。

比起爱情，美食的好处自不必多言。但是其中最重要的一点：爱情的沉沦需要两个人，而美食只需一人，尽管修道院院长莫若雷曾经说过："吃松露火鸡需要两个人，一个是火鸡，一个是我。"

另一位美食家蒙特莫先生在与朋友共进晚餐时，因不忍朋友大声地说笑，写下了一排字，他们瞬间缄口不言："啊！先生们，请安静些，我们不知道自己在吃什么。"事实上，为了品味食物的美味，我们必须与生性安静、爱思考的朋友以及懂行有品位的专家用餐，只谈菜肴本身，那会令我们的味觉备受刺激。

所有文人墨客都是美食家。伟大的戈蒂耶在访谈时表达了对面包和肉汤的憎恨，这些都是他的女婿爱弥儿·贝尔吉拉向我们透露的。他还以大作家和美食家的双重身份写美食方面的议论文。他写道：

"是的，我曾梦想解释何谓味觉，细细描绘一道菜肴在味蕾上激发的种种感觉。我自认为这个世上只有我才能完成如此壮举……面包是西方愚蠢乃至危险的发明，它是贪婪的资产阶级想象出来的，也招来了大革命！取消面包，那芥末也会绝迹，只有人类孤身面对自然。人类光洁平整的舌头本来昏昏欲睡，一旦接触沁人心脾的美食就会像一朵红花恣意绽放。他享受琳琅满目的菜肴，品味它们肉质的鲜美和那醉人的香气。丝质柔滑、入口即化、酥脆、冰镇，这些感觉都对他揭开了神秘的面纱。经过四千年尝试各种香料之后，人类终于心领神会，这些味道几乎与其感官融为一体，上帝为此苦其心志劳其体肤……我要恢复美食的地位，我要还它道德的美誉。我拿出一道道日常菜肴，清晰明了地解释它们独特的味道；我描绘食物进入口中与上颚接触的那一光辉时刻，这种魔力在口中的延续、缠绵，以及它的转瞬即逝、回味无穷。我建立美食诗歌的规范，那就是我们所谓的'菜单'……"

在巴黎的众生相中最令人惊奇的面孔非一家著名咖啡店的老板莫属。总体说来，他人高马大，神色威严。一起瞧瞧他。

三个"社会阶层"同时进入咖啡店。他首先殷勤地奔向巴黎人。啊！他一眼就能识别他们。他知其所需，以密友的口吻给他们面授机宜。他不给这些人推荐前菜，这些无用的零食只会令味觉麻木，令胃部膨胀，令胃口大减。但是他给那家巴西人上了一桌套餐，有虾、小红萝卜、橄榄、鳀鱼等等；接着，他突发奇想，一道异想天开、毫不相干、奇形怪状的菜横空出世，一下子就抓住了这些粗俗之人的想象力，酒足饭饱之际，他们付上双倍大洋，心满意足地离去。最后他接待了第三组客人，那是来参观巴黎的外乡人。他把菜品清单递给他们，仿佛一位在杂耍扑克牌的魔术师。目瞪口呆的一家人显得尴尬不已，因为菜单上的菜品真是琳琅满目！他们交头接耳，相互咨询，口中拼写不认识的字，简直一头雾水！这正是老板大显身手的时候了！他向溺水者伸出了救命稻草，倏忽他已设计出一个才华横溢的菜谱，酷似一幅加瓦尔尼[1]的漫画。外乡人欣然接受，十年后还对其赞不绝口。

美食还有一个难以估量的优势，它能帮助共同进餐者维系不可磨灭的情感关系。一旦建立，牢不可破，远胜于花前月下成双成对的恋人。

恋人的记忆是最短暂的。墓地里的墓碑上刻满了"永恒的追忆"，可是它和人心一样，尽是一派谎言！

一个可怜兮兮的酒鬼刚刚失去了与他并肩作战的酒鬼兄弟，他会奉上精致、感人、卓尔不群的敬意吗？恋人也不例外。

他走进教堂祷告，接着跟随队列奔赴墓地，等待棺材落地，走近，从衣服里抽出一瓶一升的酒，打开，泼洒在朋友的尸体上，直至一滴不剩，泣不成声地嘟哝着："喝吧，喝吧，我可怜的老伙计！"

[1]苏尔皮斯·谢弗里亚·加瓦尔尼（1804-1866），法国画家、雕塑家，有众多漫画作品。——原注

〔政治生活〕

该死！[1]

"约瑟夫！"

"先生？"

"我的矛和盾！"

"先生您说什么？"

"我让你拿我的矛和盾。"

"但是，先生……"

"快点！你个混蛋！告诉我的佣人快快备马。听说意大利人在辱骂我们，我发誓，我将用长矛刺穿他们骂骂咧咧的臭嘴！"

这可能是爱好和平的资产阶级与其奴才的对话，他刚读完那天报纸上一位专栏作家对战争的号召。

这个号召振聋发聩，一副高傲的姿态。它响彻法国，唤醒

[1] 该文于1881年7月5日刊登在《高卢人报》。——原注

了沉睡的勇气。我自己在听见号召的那一刻，已备好矛与盾。我自忖："啊！意大利人侮辱我们！啊！他们高呼着'打倒法国'！近邻，我们走着瞧！"我一屁股坐了下去。

灿烂的日光洒进大开的窗户。朗朗晴空中回荡着鸟儿的啾鸣。我在床上都能听见门前河水的汩汩声，乡村模糊的喧哗夹杂其间。

我房间里的所有书都躺在书架上。大桌上搁着我刚刚动笔的小说，刚好停留在我昨夜未完成的一页空白纸上……我自言自语道："但是……话说回来，他们真的对我们如此破口大骂？"我有点昏昏欲睡，当我重新卧床，闭上双眼，我就在想："不，我没觉得自己被侮辱了。"我将英雄主义、昔日的壮志豪情、爱国主义都抛置九霄云外。我决定保持镇定自若。我重新进入梦乡。

当我重新穿上衣服，又开始理性思考：

"我可能是人性中的一头怪物，冷酷无情，穷困潦倒。应该多听听别人的意见。"

刚好河边有一位先生在静静垂钓，看上去彬彬有礼，完全不像无耻之徒。我走近，礼貌地向其致敬：

"不好意思先生，打扰您了吗？"

他回答道："请自便，先生。"

受到了鼓舞，我继续说道：

"您觉得自己被侮辱了吗？先生。"

他一脸惊愕地问道：

"被谁？"

我尝试用英雄般的口吻冲着他嚷道：

"意大利人！该死的！"

他镇定地答道：

"您疯了吗？我瞧不起这些意大利人。"我动之以情晓之以理，援引历史上反反复复的两国交战，我试图说服他，偷偷瞧他有没有动摇。确实他好像动摇了。他目光如炬，手中的鱼线也在颤抖。突然，他转过头来，面红耳赤，双唇微颤。我心想："他信了！"啊！那是当然！

火冒三丈的他冲我大吼大叫：

"您别用您的那些故事来烦我，让我安静待会！您没看见鱼上钩了吗？多嘴的家伙！"

我要做的就是灰溜溜地走开。

但是这种思想萦绕着我，我当天就坐火车赶往巴黎。在大街上偶遇一朋友。他正是我们所谓的很难相处之人。我问他："那么，你已经准备好参加战争了吗？"

他错愕地回答道：

"你说的是哪场战争？"

我感到很诧异，假装愤怒地说：

"当然是与意大利的啊！他们每天都在辱骂我们。"

他回答：

"我才不管什么意大利呢。当他们骂完了自然就会闭嘴。他们只会吹牛，可笑至极。"

我向他道别。

没几步远，我又遇见巴黎公社的前成员。我得承认，他尖锐的思想甚得我心，更何况他还是个大师级的天才作家。他为了自己的事业奋斗不息。他的思想完全独立，鄙视一成不变的信条与箴言，以致他的同僚都觉得他是个不可靠的人。我问他："您是怎么看意大利的？就快战争了，不是吗？一触即发的大战。"他回答道："这些已经足够愚蠢！突尼斯还有其他的！"接着，他陷入深思，补充道："如果他们愿意就为这些无聊之事厮杀吧！而我呢，等着打内战呢！"

这个可笑的回答令我忍俊不禁，我便走了，结束了我的调查。

但是在归途中我想到了这句话："而我呢，等着打内战呢！"给人第一感觉是骇人听闻。所有过去类似的言论涌入脑海："公民之间的战争，那是同你的手足、和你讲同一种语言的人战斗，真是太可怕了！"可是细细想来，我们改变了看法。陈词滥调的哲学暂且搁在一边，我们独立思考，不禁自言自语道："这个人说的在理，完全在理！只有一场战争是站得住脚的，那就是内战。至少我知道自己是为何而战！"

真正的仇恨源于家庭内部和亲朋好友，因为利益关系纠缠不清。同理，真正的战争爆发于人民内部，因为我们每时每刻都在钩心斗角，我们的各种情感都沸腾了：嫉妒，无尽的竞争，等等。那是"你起开，让我坐那"的实践。是的，内战是合乎情理的。而与意大利的战争则不是。我认识这些意大利人吗？我们有共同的利益吗？我不喜欢意大利通心粉。我去他们国家做什么？有人回答我：

"他们辱骂你呀，可怜虫！"

"太可惜了！这刚好证明他们无所事事。"

我想起前几天两位工人争吵不休的场景。

一群面无表情的人中有位工人怒不可遏，指手画脚，吐沫飞溅，他指着另一个的鼻梁吼道："懒鬼，你就是个懒鬼！一无是处，懦夫，你就是个懦夫！我打得你鼻子开花，听见没，懒鬼！"另一个泰然处之，依着铁锹站着，静静聆听，当他的对手破口大骂"我打得你鼻子开花"之时，他不紧不慢地答道："那就来吧，那就来吧！"狂怒者还在嘶吼，但仍原地不动，突然，他转身对伙伴们平静地说道："你们大伙要抓住我，不然我会干蠢事。"其他人纹丝不动，他悻悻地走了。看见被侮辱之人重新投入工作，我便在想："这个人真有大智慧，有气节，有自控力，有品位！我们法兰西民族何时才能拥有这样的理想与冷静？他们的集团荣誉感在我看来是有问题的。"

其实法兰西人民刚刚做出了理性的举动！我们人民此时此刻的想法不仅仅是对意大利人的漠视，也是对战争的鄙视。伟大的英雄气概已经销声匿迹，很幸运的是，我们已经变成理性的国度，不再是好战分子。无畏的精神已远去，光荣的时刻已逝去。当有人冲着我们喊"我打得你鼻子开花"，我们不动声色地答道："那就来吧！"

我觉得这个很美，中世纪的骑士文明终于入土为安了。我对那个刀兵相见、愚蠢之极的世纪从未有过好感。那些满身盔甲、刻有纹章的粗人散发着一股恶臭，令我心惊胆战。他们炉火纯青的剑术没有令我激动不已，我想到的是，当这些声名显赫的贵族从他"煮"了一天的"砂锅"里走出来时，会何等的臭气熏天！

我们变得平静如水，那再好不过了！可笑的沙文主义开始消退了吗？我第一次对政府有了尊敬的感觉。我所指的不是政府的代表，仅仅是它的表现形式。法兰西民族的这种智慧是否要归功于共和国呢？在君主制统治时期，一旦"战争"一词被提及，所有人都发出疯狂的嘶吼声。在共和国时期，我们静观其变，置之不理，相时而动，安之若素！原因何在？我一无所知，我看到了惊人的进步，如此而已。

不要有战争，不要有战争，除非我们被侵略。我们会拿起武器捍卫自己。工作，思考，研究。劳动的荣耀是唯一真实的。战争是野蛮人的行径。法尔将军取消了军队中的战鼓，我们也在心中抹除吧！战鼓是法兰西的伤口，我们有事没事都要敲两下。

部长们将来也会取缔大炮，那是很远的事了。

而我呢，看见一队士兵路过，锣鼓喧天，旌旗飘扬，它令我丝毫打不起精神，相反，一个简单的机械铡草机就令我兴致勃然，心向往之。

一封来自非洲的信[1]

亲爱的主编先生：

我听说很多阿尔及利亚报纸都对我写的那篇阿尔及利亚专栏文章讥讽嘲笑。我一直在外行走，还未读过任何一篇此类文章。我只是听一些外国人跟我这么说，所以很难透彻了解这些文章到底写了什么。

可能以下几点就是他们最想批判的。我曾写到，世界各地的冒险家蜂拥而至阿尔及利亚。一家当地的报纸就此做出评论："您就是其中一员！"这个看法令我欢欣，也开了我的眼界。我批评了阿尔及利亚，本来还想批评他们国家的饮食，但是瞧此情景，不出几日，相似的辱骂也会铺天盖地而来，我定

〔1〕该文于1881年8月20日刊登在《高卢人报》。1881年7月17日至10月19日期间，莫泊桑为《高卢人报》写了不下十五篇文章，署名为他的名字或者"侨民""军官"。——原注

会瑟瑟发抖，因为我自己就是个拙劣的厨师。究其根本，我觉得事实就是，无法与一个聪明、爱国的阿尔及利亚人畅谈叙旧，因为他很快就会怒斥大批进驻自己国土的外来冒险家。可能他是有道理的。

他们反对占据整个奥兰的西班牙人，反对一些意大利人，反对四海为家的犹太人。犹太人曾经被阿拉伯人斩尽杀绝，如果法国人一旦撤军，西班牙人也会遭此厄运。

就西班牙人被屠杀一事，我想说点题外话。我刚跨越了他们占领的国家，一些正直的人经常跟我提起他们，谈起幸免者的逃亡。我坚信：如果西班牙人被杀，那完全是咎由自取。

历史已经让我们看清西班牙人在殖民地的行径，他们是如何粗暴对待战败者的。

我觉得，西班牙人在阿尔及利亚完全继承了该国的优良传统：他们对占领区阿拉伯人的虐待可谓惨绝人寰，让他们终日采摘细茎针茅。这些外来者就盘踞在部落中心，屠杀阿拉伯人，这些都不是真主的勇士。然而，没有一个法国人被杀害，横贯整个国家的铁路也完好无损。一些迫不得已穿越这个地区的人明确告诉我，身处揭竿而起的部落远比高原上偏安一隅的西班牙人占领区安全。有何惊奇的？这些外来人多是国家的败类。这就是规矩，一个国家抛弃的通常不是它的精英。不管从哪个角度审视，盘踞在阿尔及利亚的西班牙人正是如此。

我由此得出结论，西班牙提出的申述，尽管有据有理，但事实上相差甚远。

然而，如果恰巧法国人也被细茎针茅的产业、滚滚的财源吸引至此，潮水般涌来，那么西班牙人会发出其他呼声，因为这些逃兵期待两国间签订赔偿协议，很快便会看到又有大批人纷至沓来。

此外，我明确地说过，法国向阿尔及利亚派遣了道德沦丧的官员。有人因此也批评我。好像现在这种情况有了改观，那再好不过了！我只想知道事实是否如此，法国有没有在很长一段时间内将殖民地交予遭本国淘汰的官员之手。

说到底，人们尤其怨恨我两点：一是我对阿尔及利亚一见倾心的好感，二是当我发现法国人对其进行殖民教育所采取的手段时表现出的愤怒。

在巴黎，我们才不会理会阿尔及利亚人在想什么。我们都天真地认为，文明制度的建立会慢慢融化人心。

相反，在绝大多数阿尔及利亚人心目中，那是阿拉伯民族灭亡的信号。极力抵制阿拉伯官僚制度的几家报刊无时无刻不在发表文章，题目如下："再也没有崇拜阿拉伯文明的人了！"口令是"灭绝"，思想是"你起来让我坐下"。谁在这么说？阿尔及利亚的执政人员。除了给他们皮鞋上油的阿拉伯人之外，没见过任何其他人，他们在自己的寝宫里进行殖民统治。

他们游历过自己的国家吗？从未有。他们有无一周都待在军营中，另一周在市镇中，仔细聆听行政部门主管官员的报告，明察秋毫，查看相关原则落实情况？从未有。他们大叫道："阿拉伯民族是无法管理的，必须把他们扔到沙漠里，屠杀或者驱逐，他们没有安身立命之地。"

我们遵从阿尔及利亚报刊的建议，只身奔赴军营，我们去拜访阿拉伯军队中具有传奇色彩的将军，那是一群吃肉不吐骨头的妖魔鬼怪，一伙无恶不作的强盗！这其中也有文质彬彬、温文尔雅的读书人，他们以阿拉伯世界为研究对象，对其情有独钟，心生怜悯之情。他们对我说："这是一个天真无邪的民族，只要几句话就能令其服服帖帖。我们对他们可以为所欲为，只要投其所好就行。"这些将军都干了些什么，你们知道吗？他们帮助阿拉伯人反抗殖民者的谩骂与勒索。

那么您会说："我理解，他们扮演了新角色，为的是反对当局。这其实是一场正义之战。去旁边看看吧！"我们来到了邻国，执政官员身着礼服，他是这样回答您的问题的："啊！自我在这里起就改变了观点。在阿尔及尔，我的想法截然不同。秉着公平正义的思想、毅然决然的态度以及一片仁慈之心，我们对阿拉伯可以为所欲为。阿拉伯人温顺听话，时刻准备好干苦差事。他们珍爱孩子和妻子。只要抓住这个命门即可。"

我们感到惊愕，嚷道："我们真是罪孽深重！怎么会这样！本来只需严加看管的民族，现在却一个劲地想要斩草除根，驱逐到荒漠，你们想没想过谁来顶替这个民族？"

您说了，他们揭竿而起，但是剥夺他们所有财产，而付给的钱只有九牛一毫，不足真实价值的千分之一，这难道不是真的吗？他们开始造反。我们毫无理由、毫无借口地夺走了他们价值七万法郎的财产而每年只支付三百法郎作为租金，此事难道不属实吗？

我们唯一授予他们的权力是游荡在属于他们自己的森林中，当太阳炙烤着所有草原，当进入小山冈的路被封死，这是他们放牧的唯一途径。但是森林管理员是所有行政管理中最吹毛求疵、最不公正的代表，他们为整个森林建立起防卫机制，起诉任何越过界限的山羊，而倒霉的当然是它们的主人，鬼知道这些护林员长了一双什么眼睛！

那么发生了何事呢？森林起火。

目前到处一片火海，成千上万公顷的森林被大火吞噬。我们远远瞧见了纵火者，大叫道："铲草除根！"这个民族只有在危急存亡之时才会群起反抗。

我的所思所想可能没有一个阿拉伯官员会苟同，他们也不会在任何场合下说出来。

但是在阿尔及尔，深居简出的能人志士只看到了阿拉伯人的错误和恶习。他们不厌其烦地重复着，这是个凶残、爱偷盗、爱撒谎、阴险狡诈、粗暴野蛮的民族。这一切都属实，但是还应该看到闪光点。

我在当地一家小报刊上读到一篇言辞激烈的文章，突然发现最近巴黎成立了一家保护阿尔及利亚当地居民的协会，否则我可能自己都会让步，最终接受他们看待阿尔及利亚人的眼光，认为他们是狂躁不安的人。

这个协会的创始人有雷赛先生、舍尔歇先生、埃利兹·雷克先生，以及其他人。

我同样提到，在这个国家，所有权力的概念已不复存在。这点太正确不过了，当我看见一个汽车的司机向一个阿拉伯人买了两只山鹑后用警棍痛打一顿，以此作为付款方式，我忍不住笑出了声。这儿，人人都对不公平习以为常，因为他们就浸润在此环境中。但是我敢说任何一个法国人，如果他像我一样在阿拉伯各个部落生活二十天后，定会勃然大怒。

我为这封冗长的信致歉。我前往艾格瓦特绿洲，之后会去阿尔及尔和君士坦丁堡南部的省份，途径安瑞石和布萨达。听说这边的部落受人挑唆，准备在斋月后起义。我将会持续不断地和大家报道这个国家，尽管它连张地图都没有，游客更是凤毛麟角。政府官员是唯一知情人士，我正是与两位官员一道前往。

战争[1]

　　我们对中国的战争议论纷纷。为什么？我无从知晓。此刻，部长们犹豫不决，不断思量是否想去那边大开杀戒。他们关乎的不是杀戮之事，借口才是唯一一令其寝食不安的。中国是东方的礼仪之邦，正在试图阻止这场血光之灾。法国是西方的蛮夷之邦，它催发战争的爆发，四处挑衅，希望发动战争。

　　当我听见有人说"战争"一词时，我顿觉惊慌失措，就好像有人在跟我讲魔法，或者一个远古、已经绝迹、可憎、骇人、畸形的东西。

　　〔1〕该文于1893年12月11日刊登在《吉尔·布拉斯》，写于重庆战争之际。题目选自1881年4月10日在《高卢人报》上发表的一篇专栏文章。他在那篇文中已经猛烈抨击法国的殖民意图。皮埃尔·罗蒂作为海军上尉参加了重庆的军事行动。1883年10月，他在《费加罗报》上刊登了三篇报道，厚颜无耻地介绍了法国军队在重庆烧杀掠夺的行径。法国在几个月后就对中国正式宣战，一路高歌猛进，直到1885年3月29日在镇南关战役中大败而逃，法国总理茹费理也因此引咎辞职。借此良机，莫泊桑写了《政治哲学》，一篇政治立场鲜明的专栏作品，于1885年4月7日刊登在《吉尔·布拉斯》上。——原注

当我们谈论起食人族时会油然而生一种自豪感，比起这些野蛮人，我们有优越感。什么才是野人，真正的野人？那些为了吃掉战败者而战斗的人还是那些仅仅为了屠杀而屠杀的人？我们觊觎中国的一座城，为了得到它，杀掉五万中国人，自损一万。这座城市对我们毫无用处，仅仅是国家荣誉在作祟罢了。至高无上的国家荣誉鼓舞着我们占领一座本不属于我们的城市。荣誉因此得到了捍卫，它也因五万中国人和一万法国人的死而显得更加璀璨夺目。

而战死沙场的都是年轻人，他们本可以为国效力，建功立业。他们的父辈已垂垂老矣，过着贫苦的生活。他们的母亲二十年来深深地爱着他们，就像天底下所有母亲一样，含辛茹苦地把他们养育成人，不知费了多少心血和金钱，她们六个月后会得知自己的孩子永远躺在了芦苇丛中，身中数弹。为何杀了她的孩子，她英俊的孩子，她唯一的希望，她的骄傲，她的命根？她无从可知。是的，为什么呢？因为在亚洲的尽头有一座名叫镇南的城市，因为一个不认识这座城市的部长把从中国人手中夺走它看作一场游戏。

战争！战斗……屠杀……当今这个时代，人类智慧已登峰造极，文明、科学、哲学的知识非常广博，我们还有专门训练杀人的学校，首先是一枪毙命，然后是集体屠杀，屠杀无辜可怜的人、有家庭的人、没有犯罪前科的人。

儒勒·格雷威[1]先生义无反顾地要赦免那些可恶至极的

〔1〕儒勒·格雷威（1807-1891），法国政治家。法兰西第三共和国总统（1879-1887）。1887年因其女婿卷入一场政治丑闻，虽与本人无涉，却被迫辞职。——译注

刽子手，他们将女人四分五裂，杀害长辈，勒死儿童。而总理茹费理先生因为在一次外交事件中心血来潮，决定处死成千上万个英勇的年轻士兵，整个国家都震惊了，包括议员。

最令人诧异的是，整个法兰西人民居然没有揭竿而起，推翻政府。君主制和共和制又有何区别？最令人惊愕的是，整个社会居然不被战争一词所激怒。

啊！我们将长久生活在陋习恶俗、战争犯、祖辈野蛮可怕思想的重负之下。

就是天底下所有人受到唾弃，也不应该是维克多·雨果，他掷地有声，发出了解放和追求真理的第一次吼声。

如今，力量被唤为暴力，开始受到审判，而战争也受到了控诉。文明在人类一片抱怨声中给科学进步好好上了一课，为征服者和军队首长列了一份罪行清单。人民最终明白了：滔天罪行天理不容；如果杀戮是一个罪行，那么成批杀戮不能作为可减轻罪行的情节；如果掠夺是一种耻辱，那么侵略就不再是荣耀。

啊！让我们大声说出这些坚不可摧的真理，让战争无地自容！

在这场战争中，有一位技艺高超的艺术家，他杀人的技艺炉火纯青，他叫赫尔穆特·冯·毛奇[1]。两年前，他在回答维和代表团问题时，说了一些稀奇古怪的话："战争是神圣

---

[1] 赫尔穆特·冯·毛奇（1800-1891），德国元帅，1870年德法战争的主要功臣。——原注

的、由上帝所创；它是人类不可亵渎的法则之一；它使人与人之间维系着所有伟大崇高的情感，比如荣耀、无私、道德、勇气，这样他们就不会坠入无耻的唯物主义深渊中！"

因此，四十万人结成大军，日夜兼程，心无杂念，不学无术，目不识丁，百无一用，蓬头垢面，躺在泥浆，如野人般浑浑噩噩生活，杀人越货，焚烧村落；之后又遇一居民点，蜂拥而上，血流成河，尸骨成山，与泥泞的大地融为一体，染成一片血红色；成堆的尸体中，有的缺胳膊少腿，有的脑浆四溅，田野上的死人也是横七竖八地躺着，而你们的祖辈、妻儿子女却食不果腹，这就是我们所谓的"不坠入无耻的唯物主义深渊中"。

好战分子是我们这个世界的害人精。我们与自然、无知、各式各样的障碍做斗争，为的是让我们悲惨的生活有点起色。那些智者以及行善积德之人终其一生都在劳作，研究对人有裨益帮助的东西，接济不幸的兄弟姐妹。他们孜孜以求，奋勇前行，不断发现，拓展视野、丰富知识，每天都有新知识的累积，每天都给祖国带来舒适、富裕、力量。

战争来了。六个月内，将军们就摧毁了二十年来的苦心经营，那是耐心与才华凝结的成果。

这就是我们所谓的"不坠入无耻的唯物主义深渊中"。

我们都亲身经历过战争。我们看到人类又重新沦为兽类，陷入疯狂，杀戮只是因为乐趣、恐惧、谈资、炫耀罢了。人权不复存在，法律名存实亡，所有正义之词都灰飞烟灭，我们发现路上尽是中弹而亡的无辜者，而幸存之人变得满腹狐疑，因为内心充满恐惧。我们看到门口拴上铁链的狗的尸体，只因他们想试试新的手枪；我们看到田野上被机枪扫射的母牛，没有任何原因，只是他们为了开几枪博得一笑罢了。

这就是我们所谓的"不坠入无耻的唯物主义深渊中"。

侵略一个国家，杀死捍卫疆土之人只是因为他身着长袍，没有头顶法国军帽。烧毁贫苦人民的住处，砸烂家具，洗劫一空，大口喝酒窖中觅得的酒，奸污随处发现的妇女，将数以万计的财物焚为灰烬之后溜之大吉，将悲惨与霍乱留在自己的身后。

这就是我们所谓的"不坠入无耻的唯物主义深渊中"。

这些好战分子做了什么来证明他们还尚存一丝智慧？一点都没有。他们发明了什么？大炮和枪支。这就是他们的所有。

难道两轮车的发明者帕斯卡尔做出的贡献不比现代防御工事之父沃邦多吗？在两个棍上再加一个轮的做法既简单又实用，造福不浅。

希腊留给了我们什么？书籍与大理石。它的伟大是因为征服还是发明？

波斯人的入侵阻止他们"坠入无耻的唯物主义深渊中"了吗？

野蛮人的入侵拯救并革新了罗马吗？

拿破仑一世有没有继承上个世纪启蒙哲学家发起的伟大的理性运动？

当然，因为政府对人民有生杀大权，所以当人民揭竿而起，水能覆舟之时，也是人民掌握生杀大权之时。

他们在捍卫。他们是完全有理由这么做的。没有人拥有管理他者的绝对权力。当我们如此做时，那只是为其谋福利。执政者完全有阻止战争的义务，正如船长竭力避免翻船一样。

当船长失去了他的船时，我们会审判他、控诉他：是否对自己的玩忽职守或者无能供认不讳。

为何在战争爆发后，我们不能审判执政者？如果他们承认自己过错和不足，为何我们不能控诉？

当人民了解了这一点，当他们审判杀人不眨眼的政府，如有必要，当他们举起用来杀戮的武器反戈相向之时，战争也就名存实亡了。而这一天终将到来。

我刚读了卡米尔·勒莫尼耶[1]的一本书，名为《尸骨成山》，写得极为出色，读来令人毛骨悚然。这位小说家和一位朋友来到了色当[2]，徒步参观了这座杀戮之城，也是最后一个厮杀的战场。他行走在满地的尸体中间，遍地的头颅令他跌跌撞撞，成日成夜地游荡在这片腐烂恶臭之地。他在泥浆和血中捡起"被撕成碎片的信件，浸满污泥，有朋友间的信、母亲的信、未婚妻的信、祖辈的信"。

这就是千万件事中他看到的一个细枝末节。我本想引用全文，限于篇幅，试选几个片段：

> 吉瓦尼教堂里的伤员不计其数。门槛处堆积着被践踏的干草，上面沾满了泥土，像一团正在发酵的面团。

[1] 卡米尔·勒莫尼耶（1844-1913），比利时作家，与左拉过从甚密。——译注

[2] Sedan，法国东部小城。——译注

当我们跨入门槛时，一些灰色工作服上溅满血迹的护士正用扫帚把一团恶臭的血水扫出门外，让我们想起屠宰场穿着长靴的屠夫踩得地面啪啪响。

医院充斥着嘶哑的喘气声……伤员被绳子绑在简陋的床上。如果他们疼痛难忍，几个大汉抓住双肩，阻止其乱动。有时，一个苍白的脸庞从干草堆里挣扎地抬起，双眼凝视着隔壁伤员的手术，好像自己也在受刑一般。

我们听见伤员凄惨的叫声，当外科医生靠近时，他们挣扎着起身，准备躲过一场劫难。

在电锯声下，他们的叫声愈加尖锐，那是一种空洞的、难以名状的、沙哑的声音，好似被生吞活剥："不，我不要，不，不要弄我……"那是一位失去双腿的佐阿夫兵的哀求声。

"你们得向我道歉，"他说道，"你们脱了我的内裤。"

他上身穿着外套，双腿用碎布包扎着，血迹斑斑。

医生开始撕开这些碎布，但是它们互相粘着，最后一块血肉模糊。有人一边用热水浇在粗制滥造的绷带上，医生一边撕开碎布。

伙计，谁给你这么上浆的？"外科医生问道。

"是我的战友费弗雷，长官。"

我当时真是撕心裂肺。他的XX没了，而我是双腿。我对他说……

狭长电锯的锯齿上鲜血如注般流下来。

人群中一阵骚动。有人把一截腿放在了地上。

"再坚持一会，我勇敢的伙计。"外科医生说。

我在人群中左突右进，终于挤进去瞧见了那位佐阿夫兵。

"快点吧，长官。"他说道，"我感觉自己要坚持不住了。"

他咬着自己的胡须，脸色煞白，瞪着双眼。他自己双手握着大腿，时不时颤颤巍巍地发出"哇"的叫声，听的人感觉电锯插进了自己的肉中。

"结束了，老伙计！"外科医生截下了第二段残肢。

"晚安！"佐阿夫兵说。

他晕厥了。

我还依稀记得占领中国最后一个村庄的叙述，那是出自一位英勇的水手之口，直至今日，他还大呼过瘾。

他向我讲述了这一路以来，士兵们以刺刀屠杀囚犯为乐，受刑之人脸上露出的怪异鬼脸。为了震慑整个地区，高级军官命令展开屠杀，在惊慌失色的儿童面前奸污这片东方土地上的妇女；大肆抢劫，直至被塞满的裤子不堪重负，坠至脚踝处。抢劫已成为一种日常，一种公共服务，小至小资阶级的钱匣，大至富丽堂皇的颐和园。

如果我们与中国开战，那么古董爱好者们请注意，各类漆器制品以及中国精美的瓷器将大幅贬值。

〔旅游〕

一位游客的游记[1]

七点。响起一声哨响，我们出发了。火车车轮滚滚，发出剧院里暴风雨般的轰鸣；少顷，它陷入漫漫黑夜，冒着蒸汽，气喘吁吁，红色的灯光照得城墙、藩篱、丛林、田野一片通红。

我们一行六人，每排三人，油灯的光洒在我们身上。在我对面坐着一对胖夫妇，两人都上了年纪。一个驼背的人坐在最左侧。我旁边坐着一对年轻的夫妇，或者至少来说是一对情侣。他们结婚了吗？年轻的女孩很美，看上去朴实无华，但是散发着刺鼻的香水味。这是哪种香水？我知道但无法下定论。啊！我想起来了："西班牙之肤。"这个名字没有任何意义。

那位胖夫人恶狠狠地看着那位年轻的女孩。而她丈夫则双目紧闭。驼背人已经蜷缩成一团，我无法看出他的双脚在哪，

[1] 该文于1884年2月4日刊登在《高卢人报》。——原注

红色帽檐的希腊式教士帽下一双眼睛炯炯有神。接着，他一头扎进火车上的毯子，就好像扔在长椅上的一个小包裹。

唯有胖夫人还未入眠，忧心忡忡，神色慌张，仿佛一位负责维护车厢秩序的保安。

年轻人坐在那一动不动，两人膝盖上盖着同一条纱巾，四目相望，一声不吭。他们结婚了吗？

我假装睡觉，借机窥伺。

九点。胖夫人终未挡住阵阵睡意，她渐渐闭上双眼，脑袋耷拉在胸前，突然又抬起来，反反复复。她终于睡着了。

啊，睡眠啊，你是滑稽的奥秘，你让人类丑态百出，你是人类丑陋嘴脸的写照，你令所有缺点、所有丑态、所有瑕疵无所遁形，你令每张睡着的嘴脸在顷刻间化为漫画！

我起身，拉下油灯上蓝色的薄纱罩子，遂进入梦乡。

火车的每次到站都吵醒了我，一位职员大呼城市的名字，接着我们又出发了。

晨曦微露。我们沿着罗讷河一路向南，驶往地中海。所有人都在睡觉。年轻人相拥在一起，女孩的一条腿已经从纱巾中露了出来，多么白皙的腿啊！车厢里气味难闻，我打开窗户换气。一股冷气冻醒了所有人，除鼾声如雷的驼背人以外。他像一只陀螺蜷缩在毯子下面，丑恶的嘴脸在新生太阳的照耀下愈加明显。

胖夫人满脸通红，头发凌乱，面容可怖，双目环视一周，恶狠狠地看着周边的人。年轻女子笑容可掬，盯着自己的伴侣。如果她还未成婚，她可能首先会"顾影自媚，窥镜自怜"。

到马赛了，停站二十分钟。我吃饭，又出发。驼背人下车了，上来两位老者。

新老两对人开始拆开带来的食物。有人带了鸡肉，有人带了冷冻的小牛肉，盐与胡椒裹在纸中，醋渍小黄瓜置于手帕里，所有这些食物足以令你的胃翻江倒海！我认为，在坐满其他游客的车厢里吃饭是世上最普遍、最粗俗、最不合时宜、最缺乏教养之事！

如果结冰，那就打开车门！如果很热，那就关起车门，抽根大烟，尽管你很反感香烟；你开始唱歌，学狗叫，纵情于令人不适的古怪行为，脱掉皮鞋与袜子，剪脚趾甲；用以牙还牙的方式让这些没有教养的邻座看看他们粗俗的表现！

有先见之明的人带着一瓶轻质汽油或者煤油，一旦邻座有人吃饭，就把油洒在坐垫上。那些粗人饭菜的味道令我们窒息，对他们做什么都不为过！

我们一路沿着碧蓝的大海行走。阳光似雨水般洒在海岸上，迷人的小城比比皆是。

这就是圣·拉斐尔；那边是圣·托佩斯，它是这个荒无人烟、无人知晓、魅力四射的地区的首府，我们称之为"摩尔群山"。

一条名曰"阿尔让"的大河将这个充满野性的半岛与大陆隔开，在岛上散步一整天都不会碰见一个人影。矗立在山上的小镇保持了往昔的风貌：具有东方特色的房子，拱廊以及砌成拱形、精心雕琢、低矮的门。

没有任何铁路或者公路能够抵达这些美妙绝伦、绿荫如盖的山谷。唯有一个简陋的公共马车运送来自耶尔和圣·托佩斯的信件。

我们全速前进，抵达戛纳。它坐落于两个海湾的边缘，宛若一颗明珠。对面是勒兰群岛，如果有朝一日我们将群岛与大地相连，那可能是病人的天堂。

　　这是胡安海湾，装甲舰队好像在海面上进入了梦乡。

　　这是尼斯。听说市里举行了展览会。我们去瞧瞧吧！

　　我们沿着一条酷似沼地的大道前行，终于在半山腰处抵达一个风格难辨的大楼，它很像迷你版的特罗卡迪罗宫殿〔1〕。里面有一些游客漫步其间，收银台处乱成一团，熙熙攘攘。

　　展览会的历史由来已久，它可能已经为明年做好了准备。

　　内部的装潢一旦结束，将会异常引人注目，可一切还遥遥无期。有两个板块特别吸引我的眼球："食品和美术"。来自格拉斯小镇的干果、糖衣果仁令人眼花缭乱，精美的食物多如牛毛……但是禁止出售，我们只能远观！其目的是不损害小城的贸易。展览甜品仅仅满足视觉享受的举动在我看来是人类思想最美妙的发明。

　　美术展览正在紧锣密鼓的筹备中。在仅有的几间展厅里，我们可以欣赏到亨利·哈伯尼斯〔2〕、吉耶梅〔3〕、勒普瓦特万出类拔萃的风景画作，古尔瓦〔4〕为爱丽丝·勒尼奥小姐画的一幅自画像以及贝劳〔5〕的一幅精美画作。剩下的还未陈列。

---

　　〔1〕建于十九世纪后半叶，位于巴黎16区。——译注

　　〔2〕亨利·哈伯尼斯（1819-1916），法国风景画家、雕塑家。——译注

　　〔3〕吉耶梅（1841-1918），法国风景画家。——译注

　　〔4〕吉尔瓦（1853-1923），法国肖像画家。——译注

　　〔5〕贝劳（1849-1935），法国画家，尤其擅长肖像和风俗画。——译注

当我们参观时，得体的做法是面面俱到。我想给自己来一次自由地翱翔，遂走向戈达尔先生的气球。

强烈的西北风呼啸而过。气球左右摆动，令人担忧。接着一声巨响。原来是绳子断了。所有游客禁止靠近，我也被赶到了门口。

我上了汽车，远远观望。

随着时间流逝，又有几根绳子断了，发出奇特的声响，棕色的气球努力从捆绑它的绳索中挣脱开来。突然间，一阵飓风来袭，飘荡在空中的气球自上而下裂开一个巨大的口子，像一张无力的网突然落在地上，奄奄一息。

第二天我醒来时，命人拿来报纸，我惊讶地读到这一条："目前海岸线狂风肆虐，电闪雷鸣，尼斯气球管理中心为了避免意外发生，迫不得已给最大的气球放气。戈达尔先生所使用的泄气装置是他驰名天下的发明之一。"

啊！啊！啊！啊！

诚实可信的报刊！

整个地中海沿岸是药商的天堂。区区一盒祛痰镇咳药，没有百万身家简直是妄想得到！这些傲慢的商人连枣子都卖出天价！

沿着大海，穿过峭壁，我们从尼斯来到了摩纳哥。在岩石中开凿的这条道路令人叹为观止，它绕过海湾，穿过山洞，在山坡上蜿蜒曲折，沿途风景秀丽，美不胜收！

这就是岩石上的国家——摩纳哥。蒙特卡罗就在后方。嘘！酷爱赌博的人定会爱上这座秀丽的小城。但是不沾赌博的人则觉得它毫无生气、凄凉惨淡！我们找不到任何其他乐趣和娱乐活动。

芒通就在不远处，它是海岸线上的火炉，也是病人集结之地。橙色的橘子挂满枝头，而患肺病的人病情有所好转。

我乘了夜车返回戛纳。车厢里两位夫人和一个马赛人唠唠叨叨，不停地在讲述铁路事故、凶杀和偷盗，没完没了。

"夫人啊，我认识一个科西嘉岛人，他和儿子刚从巴黎归来。话说这事已经很久远了。我和他们是朋友，遂一道登车前行。儿子那会20岁，看见车轮滚滚，一时难以置信。他一直倚着车门举目张望。他父亲不厌其烦地说：'嘿！马泰奥，小心不要身子倾得太厉害，你会摔跤的！'但是男孩一言不发。

我对他父亲说：'你由着他吧，他正在兴头上呢。'

但是父亲依旧说：

'马泰奥，身子不要这样倾斜。'

儿子还是我行我素，于是父亲抓住他的衣服试图拉回车厢。

男孩的身体倒在了父亲膝盖上。夫人啊，他的头已经不知去向。过隧道时被割掉的。脖子已经不再流血，这一路已经挥洒尽了……"

其中一位夫人长叹一口气，闭上双眼，突然倒向旁边。她晕厥了……

事物及其他
ﬂaw reading

科西嘉岛的强盗^[1]

我要经过的山口远远望去就像一个漏斗，两边是陡峭、一毛不拔的花岗岩山峰。山坡上丛林密布，散发出的浓烈气味令我头晕目眩。太阳在山后缓缓升起，给山峰铺上一层薄薄的、细如粉状的玫瑰色面纱。它的光芒有着泼墨般的韵味，在空中四溅为一束束长长的光线。

我们那天得步行十五六个小时，我的导游将我们安插在一个山里人的队伍中，大家结伴而行。我们呈鱼贯式前行，脚下生风，一言不发，攀登淹没在丛林里的山间小道。

两头骡子紧随其后，驮着生活用品和包裹。科西嘉人肩上扛枪，步伐矫健，每遇水源，便照例停下，饮几口清泉，再上路。但是，临近山峰，他们渐渐放慢脚步，开始轻声细语地交谈，他们操着一口方言，令我无法理解。然而，"宪兵"一词屡次出现，我感到很惊讶。终于，我们停下了步伐，一个高大的棕色男孩走进了茂密的丛林。一刻钟后，他折回，我们再次踏上征途，两百米后又停下，又有一位大汉消失在丛林中。我很好奇到底因何缘故，遂向导游讨教。他回答我说，大家在等一位"朋友"。

这位"朋友"迟迟不露面，每次派出去的人回来之后，我们只得重新上路。突然，一个皮肤黝黑、身材矮胖的人从林子跳出来，闪现在我们面前，就像魔盒里蹦出的魔鬼。他和所有科西嘉人一样肩上扛着枪，用狐疑的眼神看着我。他长相丑陋，关节粗大，仿佛橄榄树的根一样盘根错节，蓬头垢面，双眼有点斜视，布满血丝。大家围着他，为他欢呼，嘘寒问暖，每个人都视他为手足，尊他为圣人。当仪式结束后，我们重新上路，大步流星，有一个山里人在前面领路，约一百米远，像一位侦察兵。

一个月来我的耳朵里充斥着强盗的故事，我也开始慢慢理解了。

走近山口时，恐惧感油然而生。我们终于到了。两只硕大的秃鹫在我们上空盘旋。身后，大海在远方若隐若现，雾霭使它的轮廓更加模糊；身前，横贯着一条不见尽头的河谷，没有人家，没有耕地，满眼望去尽是郁郁葱葱的橡树。每个人脸上都露出了一丝喜悦，我们开始下山……约一小时后，刚才以出人意料方式与我们相聚的那个神秘人匆匆道别，他与众人握手，连我也不例外，他再次跳进密林中。

他身影消失后我就请教导游，他只是简单丢下了这几个字：

"他不喜欢宪兵。"

我借机询问他目前占山为王的强盗的情况。我首先得知的是，我们刚刚经过的山口时常成为宪兵布设的陷阱，用来抓捕不法之徒，那是他们通往土匪强盗避难之地——萨尔丹地区——的必经之路。目前，约两百四十名不法之徒在嘲笑讥讽宪兵、法官和局长。他们其实不是十恶不赦的坏人，因为从来没对游客下过手。一旦有此种行为，可能会遭到同僚的审判，甚至被判处死刑，他们都是很有羞耻心的人。正是他们极强的羞耻心逼着他们占山为王，落草为寇。当一个女人红杏出墙，一个女孩行为不检，有人与最好的朋友发生口角，按照文明礼仪来说，诸如此类不值一提的小事本可以姑息纵容，但这儿的人割喉杀死女人、女孩、情人、朋友、父辈、兄弟、亲戚，所有的人；接着，活完成后，静静走向密林，一旦踏入那个国度，人们就会以你杀人的人数来评价你，你有了生活的资本，可以逍遥法外。宪兵只能鞭长莫及，还屡遭杀害。山里人欢呼雀跃，因为每个科西嘉人都会在黎明时分成为强盗的一分子，他们对宪兵的仇恨是一种本能。

这些不幸的人因脾气暴烈而犯下杀人罪，过着苟且偷生的生活，整日无所事事，不断受到追捕，但是也有幸福富有的强盗，与农民和平相处，相安无事。他们就是贝拉柯西亚兄弟，其家族史非比寻常[1]。

---

[1] 1880年9月与10月，莫泊桑陪伴他的母亲游览了科西嘉岛。1881年12月1日，莫泊桑在《吉尔·布拉斯》发表了《科西嘉岛史》一文，他已隐晦地提到了贝拉柯西亚兄弟。——原注

贝拉柯西亚的父亲有一个无法生育的妻子，按照族长的惯例，他休了妻子，娶了邻家的一位少女，将其带到放牧的高原。她给他生了好多孩子，其中就有安托万和雅克两兄弟，我一会再详谈。但是他妻子有一个妹妹经常来串门。风流的男人引诱她，结果两人有了一个儿子。他向妻子供认不讳，决定留下她妹妹，遂在隔壁建了新家，以防家庭争吵。然而，她的第二个妹妹开始频繁拜访两家，新的事故重新上演。可怜的父亲只有最后一点积蓄用来建造第三座房子了，大家也因此相安无事。他总共有三十多个孩子，而孙子辈的达到数百人。这个部落有时住在博科尼亚诺村落，有时栖居在四周。

他的两个儿子安托万和雅克，因为不值一提的原因早早就来到了密林。前者拒绝服兵役，后者劫走了他兄弟相中的一个少女。

他们在此称王称霸，无人敢言。

为了将他们绳之以法，政府派遣军队的费用就高达三十万法郎。政府军对其展开了长年累月的追捕行动，但总是无功而返。一整队步兵整装待发，不是，是宪兵，军官带队，他们四处搜索，占领村落，包围他们肯定能将其抓获的山头。而在此期间，贝拉柯西亚兄弟静静地坐在旁边的山头，饶有兴趣地看着他们的军事行动。等看乏了，他们悄悄地下山，来到宪兵供给部队前面的一块平原，把负重累累的骡子洗劫一空。为了平复惊慌失措的运货员，他们开了一张征购单，签上贝拉柯西亚的大名，让运货员捎给军队内需官。

很多次，他们险些被捕，很多次，他们化险为夷，凭的正是他们的勇气、处乱不惊的气魄、声东击西的策略、整个部落手足兄弟的齐心协力。

比如说，有一天，年轻的雅克被出卖了。他本应该在下午一点的时候来称一下他砍下的木材。宪兵就近设伏，守株待兔。

他出现在河谷，双手放在后背，慢悠悠地走在小道上。突然，还没等他走近，一阵猛烈的机枪扫射，但是距离太远，他还以为是鞭子的抽打声。他寻找赶大车的人，却发现一个黄色的肩带。他迅速跳到栗子树树干后面藏好，仔细观察动静。此刻万籁俱寂。

当他看见一块林中空地里驻扎的宪兵分队悄无声息地回营时，他心生忧虑，以为他们在布陷阱，那些人在扫射完后将武器扛在肩上。

他去称他的木头。

两兄弟富甲一方，用假名购入大量土地，开采森林，听说国家的森林也不例外。

所有在他们地盘走失的牲口都归其所有，活腻的人才会跟他们计较！

他们为很多人提供服务，一般来说，这些服务费价格昂贵。

他们的复仇迅如闪电，一剑封喉。

但是他们在外乡人面前总是表现得殷勤好客，文质彬彬。

他们总是为外乡人提供服务，他们对此类事完全是发自内心的。

兄长安托万是位棕色皮肤的大汉，头发有点灰白，一脸的胡须，看上去是位热心肠的老好人，第一感觉就是"平易近人"。其弟雅克一头金发，比起兄长，身材略显瘦小。一双具有穿透力的眼睛闪烁着智慧的光芒，他身轻如燕，实属罕见。他是两兄弟中最活跃的，也是最令人畏惧的。

前些年，有个来自巴黎的少女想一睹真容，于是邀一位亲戚一同前往。

他们进入了深深的大峡谷中，密林丛生，神秘莫测。巴黎女孩凭着一股与生俱来的热情迅速迷恋上了强盗。大家可以想象一下：一个幕天席地的男孩从来没脱过衣服，他杀人如麻，看惯了不法之徒，蔑视政府的宪兵。女孩和亲戚共进午餐后就出发前往难以穿越的岩石区。亲戚发出低吟，喘着大气，身子微颤。女孩挽着强盗的胳膊，跃过深渊，感到欣喜若狂，兴奋不已。多美的梦！真正的强盗只伴你左右，整整一天，从黎明至夜晚。他给她讲述爱情故事，科西嘉人的故事，绘声绘色；还提到一位曾经爱上他的女教师；女孩醋意大发，以至于深夜她还不想弃强盗而去，口口声声要带他回乡村的家中做客，家中已一切安排就绪。

商谈了许久才决定分开，听说他们在离别时个个神情沮丧，满面愁容。

奥斯曼先生[1]与雅克的会面方式很独特。他驱车前往博科尼亚诺，一个女人来到车门前，告诉他强盗迫切想与之对话。和这样一位有损名誉的人交谈，奥斯曼先生对此举棋不定，突然他脑海中闪过一个念头。他说道：

---

[1] 乔治-欧仁·奥斯曼男爵（1809-1891），法国城市规划师，拿破仑三世时期的重要官员。——原注

"我没有武器，所以如果有人逮捕我，我无力自卫，我会在某个时刻经过某个街道。"

在约定的时刻，一个男人纵身跳上头马的马背，车门开了，他摘帽走进车内。他与巴黎的重建者促膝长谈，还请求得到他的宽恕。

一件微不足道的小事足以说明这些科西嘉游荡者的复仇是多么迅速。

一个牧羊人出卖了强盗，他爬到了满是宪兵的山头，准备将其猎物交给宪兵。突然，密林里响起一声枪响，牧羊人的脑袋开了花，倒在宪兵怀里。宪兵惊慌失措，赶紧四处搜查，结果一无所获，只能把他们内应的尸体带回城里。

这些英勇的贝拉柯西亚兄弟目不识丁，缺乏最基本的文学修养，他们的威胁信用红色墨水书写，有着美洲印第安人的书写风格，充满诗意，效果惊人："光能照到你的地方，我们的子弹也能达到。"

他们住在深深的峡谷里，难以企及，看上去阴森可怖，周围的村落几乎都是家族子弟。优良的传统是带有遗传性的，前几年，雅克劫走了他兄长安托万的女人，一直将其留在身边。之后，他给自己未成年的儿子找了一位刚从女子修道院还俗的女孩，年龄一到，就令其成婚。

很多科西嘉人都认识他们，成为挚友，要么是出于害怕，要么是骨子里就流淌着反政府的血。

很多外乡人都亲眼见到了，但是谁都不敢承认，因为无计可施的政府终有一天会拿天真无邪的可怜汉开刀，让他们承认自己与被悬赏的强盗有勾结。

译后记

　　莫泊桑这本书的原版是"口袋书"经典文学系列，出版于1993年。第一次接触这本书，多亏了我的恩师张智庭教授。一天，他找到我，递给我一本书页已经泛黄的厚书，问我愿不愿意翻译这本莫泊桑的"非小说类"作品。我当时觉得受宠若惊，但同时也深感肩上的担子很重，虽然博士阶段陆陆续续翻译过一些片段和章节，但这可算是我第一次翻译一本著作，更何况这是鼎鼎大名的经典作家莫泊桑！于是我向张老师借了这本书，一回家就如痴如醉地投入到阅读中。这本书多达五百页之多，共分为文学专栏和世俗琐记两大部分，一遍下来，觉得主题驳杂，涉面广泛，文笔多变，与我所认识的短篇小说巨匠相去甚远。小说最大的特征是其引人入胜的情节和风格迥异的人物，但在这本书中，我们被一个个新鲜的话题所吸引，刚读完一篇文章意犹未尽之时，作者已经带领我们进入了另一个崭新的世界，一扇扇门被接二连三地打开。小说流露出的是整体的和谐之美，而专栏作品呈现的则是片段的流动之美。表面上看，这些主题像闪耀的碎片，但是它们有着共同的肌理，互相映射，交相辉映。莫泊桑以一名专栏作家的身份审视当时的社会，尖锐的文字似一把把尖刀刺破社会的毒瘤，引导人们去正视法国所遭遇的社会现实与文化困境，其视角不可谓不新颖，其见解不可谓不深刻，其启迪不可谓不广泛！

我在翻译的时候对这本书做了取舍，摘选一些在当今社会读起来还颇有趣味、能够引起共鸣的文章。这本书不仅让我们领略了日常生活中一些伟大作家的形象，比如福楼拜、左拉、龚古尔，而且与十九世纪法国的人文风情进行无缝连接，原生态地再现了那个时代法国人的精神追求和道德价值。此外，对不同的文章我采取了不同的翻译策略：“文学专栏”我采用的更多是意译法，莫泊桑在此直抒胸臆，

莫泊桑

毫无羁绊，我要做的是力求再现其灵动的文笔和多彩的想象；而翻译"世俗琐记"时，直译法居多，原因是想让这些社评类文章像新闻报道一样具有准确性和客观性。

这本书是了解十九世纪法国的一面镜子，我也借此翻译的机会将这面镜子递给更多的人，也让更多的人了解法国和"专栏作家"的莫泊桑。

在此，我要感谢张智庭老师，如果没有他的建议，我也不会与这本书结缘；还要感谢本书的编辑余红梅老师，是她辛勤的编辑和精心的编排才让这本书得以图文并茂地呈现在读者面前；最后是我的妻子，感谢她一贯以来的支持。

由于译者水平有限，书中难免有疏漏之处，还望各位读者和专家不吝赐教，万分感谢！

译者
2018年2月于天津

译后记

慢读译丛

事物及其他
Slow reading

暖梦

〔日〕夏目漱石著　陈德文译

书籍的世界

〔德〕赫尔曼·黑塞著　马剑译

密西西比

〔美〕威廉·福克纳著　李文俊译

水滴的音乐

〔英〕阿尔多斯·赫胥黎著，倪庆饩译

存在的瞬间

〔英〕弗吉尼亚·伍尔芙著，刘春芳　倪爱霞译

阿尔谢尼耶夫的青春年华

〔俄〕蒲宁著　戴骢译

霜夜

〔日〕芥川龙之介著　陈德文译

闲人遐想录

〔英〕杰罗姆·克·杰罗姆著　沙铭瑶译

凯尔特薄暮

〔英〕叶芝著　许健译

晴日木屐

〔日〕永井荷风著　陈德文译

我的生活故事

〔法〕乔治·桑著　管筱明译

事物及其他

〔法〕莫泊桑著　巫春峰译